LA TRAICIÓN DE RITA HAYWORTH

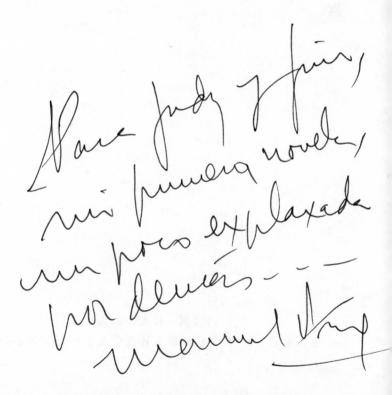

Para Judy y Jim, mi primera novela, un poco exfilaxada por demás ———

Manuel Puig

NUEVA NARRATIVA HISPÁNICA

SEIX BARRAL
BARCELONA • CARACAS • MÉXICO

MANUEL PUIG

La traición
de Rita Hayworth

Primera edición: 1978
(Jorge Álvarez, Buenos Aires)

Séptima edición: 1974
(Editorial Sudamericana, Buenos Aires)

Primera edición
en Nueva Narrativa Hispánica: 1971
Segunda edición, completa: octubre de 1976
1.ª reimpresión: abril de 1978

© 1968 y 1978: Manuel Puig

Derechos exclusivos de edición
reservados para todos los países de habla española:
© 1971 y 1978: Editorial Seix Barral, S. A.
Provenza, 219 - Barcelona

ISBN: 84 322 1370 5
Depósito legal: B. 10.430 - 1978

Printed in Spain

PRIMERA PARTE

I

EN CASA DE LOS PADRES DE MITA,
LA PLATA 1933

—El punto cruz hecho con hilo marrón sobre la tela de lino color crudo, por eso te quedó tan lindo el mantel.

—Me dio más trabajo este mantel que el juego de carpetas, que son ocho pares... si pagaran mejor las labores me convendría tomar una sirvienta con cama y dedicar más tiempo a labores, una vez hecha la clientela ¿no te parece?

—Las labores parece que no cansaran pero después de unas horas se siente la espalda que está un poco dolorida.

—Pero Mita quiere que le haga un cubrecama para la camita del nene, con colores vivos porque tiene poca luz en los dormitorios. Son tres piezas seguidas que dan las tres a un jol con ventanales todos tapados con una tela de toldo que se puede correr.

—Si yo tuviera más tiempo, me haría un cubrecama. ¿Sabés qué es lo que más cansa? Escribir a máquina sobre una mesa alta como la que tengo en la oficina.

—Si yo viviera en esta casa, me sentaría al lado de esta ventana el rato que pudiera dedicarle al cubrecama de Mita, por la luz.

—¿Tiene lindos muebles Mita?

—Mamá tiene esa gran pena de que Mita no pueda aprovechar de esta casa ahora, con todas las comodidades ¿no es cierto?

—Yo tuve el presentimiento cuando a Mita le ofrecie-

9

ron ese trabajo, me parecía que un año iba a ser interminable, que se fuera por un año, y ahora ya se quedó allá. Hay que conformarse a que se va a quedar allá para siempre.

—Tendría que venir dos veces por año a La Plata, de vacaciones, en vez de una vez.

—Los días se pasan volando, el primer día parece que no, parece que rinde muchísimo, pero después los días se pasan sin darse cuenta.

—Mamá, no creas que yo aprovecho tanto la casa tampoco.

—Me parece que tus chicos se metieron en el gallinero.

—Clara, tendrías que venir todas las tardes con los nenes, no tocan las plantas. Al abuelo lo vuelven loco con los pollos.

—¿A cuánto venden los pollos?

—Cuando le escribas a Mita decile que tenga paciencia con los muebles. Yo tengo miedo de que si compra los muebles se quede en ese pueblo para siempre. Escribile a tu hermana, que está siempre deseando tener noticias.

—¿Usted compró todos nuevos los muebles para esta casa?

—Si la casa hubiese estado terminada cuando Mita se recibió y nos hubiésemos mudado, yo creo que le hubiese dado más pena irse sola a ese pueblo a trabajar.

—¿Es tan feo Coronel Vallejos como dice Mita?

—No, Violeta. A mí me gustó bastante, ¿no es cierto mamá que no es tan feo? Cuando recién llegué al bajar del tren fue una impresión muy fea, porque no hay casas de altos, y parece todo muy chato. Es una zona de mucha sequía, así que no se ven muchos árboles. En la estación hay unos cuantos coches con caballos en vez de taxis, y a dos cuadras y media está el centro del pueblo. Hay unos pocos árboles, que se ve que crecen a duras penas, pero lo que no se ve es césped, por ninguna parte. Mita plantó pastito inglés ya dos veces, calculando especialmente el mes de abril, y sin embargo no le creció.

—Pero a fuerza de regar tanto los canteros del patio tiene lindas plantas en una especie de patio chico adonde dan la cocina, el comedorcito diario y la puerta del jol.

—¿Entonces no es tan feo?

—Cuando recién llegué me pareció feo Vallejos, pero la vida es muy tranquila. Mita tiene una sirvienta que le cocina y le limpia la casa, y la niñera para que le tenga el nene mientras ella está en el hospital. La adoran todos los pobres de Coronel Vallejos porque Mita no les mezquina algodón ni agua oxigenada, ni vendas.

—¿Es un lindo hospital nuevo?

—El farmacéutico que estaba a cargo del laboratorio antes de Mita mezquinaba todo como si todo fuera de él y no del hospital, en realidad.

—Vi la última película de Carlos Palau.

—Mita la va a ver cuando la den en Vallejos.

—¿Cuánto tiempo estuvo de novia con Carlos Palau?

—Nunca nos imaginamos que Carlos Palau llegara a triunfar.

—Nunca estuvo de novia con Carlos Palau, él la sacaba a bailar pero yo siempre aguantaba hasta el final del baile para volver con las chicas a casa.

—Él tiraba de las sogas detrás del escenario en el teatrito de la Municipalidad.

—Es el único galán bueno que tiene el cine argentino.

—El marido de Mita es idéntico a Carlos Palau, siempre lo dije.

—Más o menos, tanto como idéntico no.

—Parte de la familia de los Palau todavía vive en el mismo conventillo.

—Pero nunca creí que Mita se acostumbrara a vivir en

un pueblo.

—Lo que los pollos se comen primero es las sobras de la comida, primero que el maíz.

—Abuelito ¿cuál es el pollo que vas a matar para el domingo?

—Hoy voy a matar uno para el padre de Violeta, no le digas a la abuela que se enoja.

—Violeta volvió a la cocina con mamá y abuela, ahora no te ven.

—Voy a matar este pollo para el padre de Violeta y se lo mando de sorpresa.

—Abuelito ¿ganás más vos con los pollos o el padre de Violeta remendando muchos zapatos?

—Clara, delante de tu mamá no te podía contar de la oficina. Es un hombre que cuanto más lo tratás más va gustando. Se me declaró.

—¿Cómo podés decir que se te declaró? Eso es cuando un muchacho quiere ponerse de novio, un hombre casado no puede declarársete, lo que te hace es una proposición, Violeta. No me empieces a cambiar las cosas porque entonces es mejor que no me cuentes nada.

—De buen mozo no tiene nada. Tratándolo es que empieza a gustar.

—Si querés bordar un cubrecama la mejor época es ahora que los días se van alargando y después de la oficina te quedaría alguna hora de luz, cansa la mitad si bordás con luz natural, teniendo la suerte de salir tan temprano de la oficina.

—Pobre Adela.

—La pobre en la oficina tiene que usar luz artificial desde la mañana.

—Me tengo que ir sin ver a Adela.

—¿No sabías que trabajaba hasta tan tarde?

—Ahora Adela necesitaría tener un título y no trabajar de oficinista.

—Ahora la que tiene título es la que no lo necesita.

—¿Cómo le van los negocios al marido de Mita?

—Vendió una casa y con eso compró algunos novillos. Mamá quiere que le haga un cubrecama a Mita pero me parece que no voy a poder. Le mando los dibujos de molde a Vallejos y ella se lo puede hacer sola. Ella tiene las dos sirvientas. No digas nada pero papá fue a matar un pollo para que se lo lleves de sorpresa a tu papá.

—A mí me parece injusto que se haya casado en ese pueblo en vez de ayudar a tu mamá después de tantos sacrificios para hacerla estudiar.

—Los anteojos nuevos de Adela son de carey legítimo.

—Perdóneme, no lo ayudo a matar el pollo porque me impresiona, pero papá se lo va a agradecer con toda el alma.

—Mita tampoco quería mirar cuando yo mataba un pollo, pero después se lo comía todo.

—La que más aspaviento hacía era aquella compañera de Mita de la Facultad, la hija del profesor.

—¿Sofía Cabalús?

—¿Se casó?

—Mita debe extrañar en Vallejos la vida que hacía acá.

—Sofía Cabalús no pisó esta casa nunca más después de que se fue Mita. Hace meses y meses que no la veo.

—En la oficina me contaron que el padre está loco de atar, no hace más que faltar a las clases. Y no hacen más que leer. Ustedes no la ven a Sofía porque está siempre en la casa encerrada leyendo.

—No te vayas antes de que llegue Adela.

—Le quiero ver los anteojos nuevos.

—Le costaron casi medio mes de trabajo.

—Esos días que pasó sin anteojos se moría del dolor de cabeza.

—Abuelita ¿por qué Violeta se pinta los ojos de negro?

—Ya empezó a meterse en líos con el jefe nuevo que le pusieron.

—El padre va a estar contento con el pollito. Quién sabe cuánto tiempo hace que no comen pollo.

—A mí me da pena decírselo pero peor es que no le diga nada y que se siga complicando más todavía con ese hombre.

—Pobre madre, si se levantara de la tumba.

—Violeta se dio cuenta de que no le llevamos más los zapatos al padre.

—Cada vez que iba a buscar los zapatos tenía que volverme sin nada. No es posible que prometa que los hace para el martes y después el martes no están listos, aunque sea un simple taco. Así ha ido perdiendo todos los clientes, por estar pensando en otra cosa.

—No ensayan más a la noche en el local de la Sociedad Italiana, es inútil, la ópera es muy difícil, si las voces no son más que buenas se vuelve un mamarracho.

—Un día lo invita uno, otro día lo invita otro. Tu padre mismo le paga alguna vez alguna copa, no lo quiere contar pero estoy segura de que sí.

—Mita y Sofía Cabalús se tuvieron que ir del ensayo porque se tentaron de la risa.

—¿Qué podría hacer de cena esta noche?

—En el cantero del fondo ya tenés que empezar a cortar la lechuga porque las puntas se están poniendo moraditas.

—Puedo hacer unos bifes con mucha ensalada. Tu padre se puede terminar el puchero del mediodía si no está lleno. ¿Por qué tiene que regalarle un pollo a ese zapatero?

—Al padre de Violeta le escriben de Italia más que a nosotros.

—Es hora de que me vuelva a casa; de cena voy a hacer croquetas, que les gustan a los nenes y Tito las come si se las pongo en la mesa sin decirle nada.

—Yo no sé por qué no va a ver al médico.

—Papá, quiero que me mates un pollo para el domingo.

—Yo he comido siempre de todo y nunca he tenido nada.

—Qué hombre más cabeza dura, te creés que todos pueden comer como bueyes como vos, qué cabeza dura.

—Tito tiene el estómago arruinado, a la fuerza tiene que cuidarse.

—Y el hermano es igual, ya se ve que son delicados de estómago, de familia ya vienen así.

—No de familia, fue la cuñada que le terminó de arruinar el estómago a Tito, ya de novio se me quejaba de las digestiones, yo le preguntaba qué había comido y siempre era lo mismo: comidas fuertes.

—Cuando Tito vivía con el hermano ya se quejaba del estómago.

—Mi cuñada veo que les sigue haciendo esos guisos mal hechos, le da gusto a la comida a fuerza de pimentón, lo único en que piensa es en ponerle pimentón.

—Está siempre en la calle esa mujer, ¿qué tiempo le puede quedar para la cocina?

—Un guiso bien hecho tiene que llevar tiempo, y vigilancia. Vos mamá no sabés cómo ayuda tener plantas de verdura acá en tu casa, porque si no resultan muchas las cosas que hay que tener en cuenta para comprar, toda clase de verduras y condimentos que no sean pesados. No te tiene que faltar albahaca, romero, y montones de perejil. Y ella nunca tiene nada en la despensa, así que a último momento le echa pimentón a la olla y cualquier comida le sale pesada, aunque gaste un dineral en carne sin grasa.

—Mita no sé cómo se arreglará porque Berto tiene un estómago muy delicado también.

—Si come tranquilo digiere cualquier cosa. Dice Mita que es todo nervioso, en realidad Berto no es de estómago delicado como Tito.

—Abuelo fue a llevarle el pollo al padre de Violeta. ¿Me dejás ir con él, mami?

—Se fue con el delantal gris puesto. Si lo viera Mita que sale a la calle con ese delantal gris se pondría furiosa.

—Clara, el gusto de tu padre es andar con ese delantal.

—Mita no la defendería más a Violeta si supiera lo que dijo de ella.

—Mami, abuelito ya había cruzado la calle, así que no lo pude seguir.

—Pero Adela no podría haber estudiado con la vista tan mala. Acordate del dolor de cabeza que le atacaba.

—Es interminable ese horario, y tiene que trabajar con la luz prendida.

—Quién sabe si Mita se viniera a vivir a La Plata le volvería el entusiasmo por la carrera. El padre de Sofía la podría ayudar para entrar a la Facultad como ayudante de alguno.

—Qué ganas tengo de ver el nenito de Mita.

—No, porque lo que quiere Berto es que Mita no trabaje más, ni bien las cosas de él se le arreglen un poco.

—Estoy rendida del cansacio.

—Violeta se creía que trabajabas de 9 a 6, y se tuvo que ir a hacerle la cena al padre. Te dejó saludos.

—¿Me tenía que decir algo?

—A Clara le empezó a contar de un hombre de la oficina.

—Yo tenía ganas de hablar con Violeta, pobre. El padre se hace la cena solo, quién sabe adónde se fue Violeta.

—Dijo que tenía que ir a hacerle la cena al padre, se fue antes de las siete.

16

—Mamá, estoy rendida del cansancio ¿qué hiciste esta tarde?

—Yo querría haber limpiado la alfombra de la escalera pero como vino Clara nos sentamos a coser un poco.

—¿La convenciste de que le hiciera el cubrecama a Mita?

—Le va a mandar todos los dibujos. Qué ganas tengo de ver al nenito de Mita.

—Queda muy lindo el mosaico del piso encerado, mientras te esperaba en el zaguán que me abrieras la puerta veía al trasluz que brillaba todo desde el zaguán hasta el fondo del jol.

—Clara tenía razón, pero no la voy a dejar que me lo encere otra vez cuando se vaya el brillo, bastante tiene ella con su casa y los nenes y el marido. Como a él le gustan las croquetas y no puede comer frito, Clara tiene la paciencia de hervirle la carne, la pica y la condimenta con romero y queso y le da un golpe de horno, hasta que las croquetas quedan doradas y parecen croquetas fritas de verdad: le engaña la vista y no le hace mal al estómago.

—Si para el otro sábado hay que encerar, yo te puedo encerar todo a la tarde.

—Violeta no sabía que tenías un horario tan largo.

—Hubo muchísimo trabajo hoy.

—Violeta se quejaba de que tiene la máquina de escribir sobre una mesa alta, y la cansa.

—En la oficina de ella no hay la mitad de trabajo que en la mía.

—Tenía los ojos pintados como una gitana. Se habrá ido a encontrar con el hombre ese.

—Pero si es casado él debe estar cenando en la casa a esta hora.

—Se debe haber encontrado con algún otro.

—¿Qué querés que haga? Si vuelve a la casa lo único

que encuentra es al padre.

—Yo a veces pienso si las madres levantaran la cabeza de la tumba.

—Primero hay que barrer, después pasar el trapo así el piso queda limpio para recibir la cera. Después vas mojando de cera el trapo, sin empaparlo, y desparramando una capa de cera bien pareja por todo el mosaico. Después se deja secar un poco y ya viene la parte más cansadora, que es sacarle brillo caminando sobre los trapos.

—No hubiese sido así si la madre viviera.

—En verano desde el zaguán no solamente se va a ver el mosaico lustrado del zaguán y el jol, porque estando abiertas las puertas que dan del jol al patio cubierto se va a ver el mosaico hasta el fondo del patio cubierto.

—Mita dice que no le da gusto de arreglar la casa que tiene alquilada porque es tan vieja.

—Lo peor es que en Vallejos las plantas cueste tanto hacerlas crecer.

—Es lindo tener esta casa grande pero también es mucho el trabajo que cuesta tenerla limpia.

—Pobre Mita no la pudo aprovechar nunca.

—Fuera del gallinero no quiero que vayas con ese delantal.

—Papá, poné la mesa que estoy muy cansada. Me duele la espalda.

—¿Cuánto hace que no escriben de Italia?

—Vino carta de Mita ayer y nada más. Me gustaría mandarles una foto de la casa a los de Italia.

—¿De qué era el paquete que se llevó Clara?

—De pan duro para rallar.

—¿No mandaste ninguna foto a Italia de la casa? Mandales que siempre están deseando tener noticias.

—Yo voy a escribirles aunque ellos no hayan escrito.

—Cuando terminen de cortar la alfalfa van a escribir.

—Mita dice que tiene terror que empiece la primavera

en Coronel Vallejos porque es cuando más viento y tierra sopla.

—Adela, escribile a tu hermana que está siempre deseando tener noticias, ustedes no saben lo que es estar lejos de la familia.

—¿Qué le digo?

—No le digas que salí con el delantal gris. Decile que venga pronto que queremos ver al nene.

—Y muchos saludos a Berto.

—Decile que si vienen a vivir a La Plata pueden vivir con nosostros, que la casa es grande de sobra. Habría que encontrarle algún empleo bueno para Berto.

—No seas cabeza dura, papá. Él ya te dijo que no quiere emplearse.

—Decile que estuviste con Sofía Cabalús, decile una mentira.

—Siempre pienso llamarla por teléfono y después me olvido. La voy a llamar mañana desde la oficina.

—Decile que Sofía Cabalús te dijo que el padre le puede conseguir un empleo en la Facultad, como ayudante de algún otro profesor.

—¿Violeta trajo algún chisme nuevo?

—Se le dio por hablar de Mita, que para qué hizo el sacrificio de estudiar farmacia, que no era lo que quería, si después se casó y ya no piensa ejercer nunca más.

—Le voy a escribir a Mita diciéndole que si está en La Plata, y mejor que mejor si está empleada en la Universidad, puede inscribirse en la Facultad de Letras como quería ella.

—Basta de estudiar, ¿hasta cuándo?

—Papá, no comas más que vas a reventar.

—No le des demasiado pan duro a Clara, que después no me queda para las gallinas.

—Ya rallé un frasco entero de pan rallado para milanesas, así que todo lo que sobre esta semana lo podés dar a las gallinas.

—Te quejás de que no hay pan y sos vos el que come tanto pan en la mesa que no sé cómo te cabe en el estómago.

—¿Dónde dan la película de Carlos Palau?

—Es estreno, en el Select.

—Cuando la den más barata la quiero ver.

—En la foto del diario está igual a Berto.

—Hoy Violeta no hizo más que criticar a Mita, porque tenía la locura del cine.

—Me parece que Violeta le escribió a Mita y Mita no le contestó.

—Por eso estaba contra Mita.

—En la última carta Mita puso al final: "esta carta va también para Violeta".

—Violeta quería una carta especial para ella.

—¿Qué dijo?

—Que Mita tenía la manía del cine y que siempre hace su capricho y se casó con Berto que es igual a un artista de cine.

—Si no comés te vas a enfermar.

—De tan cansada es que se me va el hambre. Hoy se me cayeron los anteojos al suelo, casi me muero del susto.

—¿Adónde?

—Por la calle. Si se me rompían otra vez yo creo que me moría.

—¿Cuando te toca oculista otra vez?

—Me da lástima ir a gastarme la vista al cine, si no iría a verlo a Carlos Palau.

—De perfil sobre todo se parece a Berto.

—Si Mita se consiguiera un empleo en la Facultad podríamos encontrarnos a la salida de mi oficina. Cuando veo las ventanas de la Biblioteca al pasar no hay vez que no me acuerde de Mita.

—Pensar que después de todas las horas estudiando

sus materias todavía tenía ganas de meterse ahí con Sofía.

—A leer todavía, Mita tiene una vista de hierro.

—A leer novelas.

—Siempre veo que están las mismas caras, hay poca luz en esa Biblioteca. Esas pobres lamparitas colgando del techo están negras de sucias, tienen una pantalla de vidrio como en forma de una pollerita de tul, de vidrio blanco, y están negras de hollín. Con un trapo empapado en aguarrás se podrían limpiar en un minuto, tanto la lamparita como la pantalla, y habría más luz en esa Biblioteca.

II

EN CASA DE BERTO, VALLEJOS 1933

—Porque somos sirvientas se creen que nos pueden levantar las polleras y hacernos lo que quieran.

—Yo no soy sirvienta, soy niñera del nene y nada más.

—Ahora porque sos chica, después vas a ser sirvienta.

—No hables tan fuerte que se va a despertar el nene.

—Pero nunca te vuelvas a tu casa sola de noche por esas calles de tierra.

—Las enfermeras del hospital que se vuelven a la noche viven todas por las calles de tierra y lo mismo se vuelven solas.

—Las enfermeras son todas unas atorrantas.

—Hay una que parió soltera.

—Tenés que tener cuidado porque te ven que sos sirvienta y a vos te la deben haber jurado, aunque tengas 12 años. Te puede correr uno de los negros que viven por tu casa.

—Los dientes los tienen marrones del agua salada.

—Y a vos te la deben tener jurada.

—Es a vos que te la tendrán jurada.

—Cuidate porque ya saben que a tu hermana tu papá la echó de la casa por parir soltera.

—Dormí, Totito, dormí. Tenés que ser bueno y dormirte de nuevo. Así, así... Esta guacha puta de mierda cree que voy a ser como ella.

—Tenés que tener cuidado más que nunca que ya te empezó la regla, ya estás perdida si te dejás embromar por alguno. Te hacen un hijo en seguida.

—Que hable, esa puta, vos Totín cuando seas grande no vas a decir malas palabras ¿no es cierto, amorcito?

Vos que tenés suerte que no sos como la Inés, ésa sí que no tiene suerte, pobrecita que no tiene padre. ¿Dónde estará mi hermana? ¿No se habrá muerto? Yo soy chica pero ya soy tía, esta noche a la Inés la voy a poner a dormir en mi cama, entre mí y la Pelusa, así la Inés duerme calentita entre las dos tías. Vos te asustarías si tu papá volviera borracho que se cae y agarra el cinto del pantalón y me dio un cintazo, Totín, que tu papá le pido a Dios que nunca te dé un cintazo cuando seas grande. La Inés es tonta y no sabe que si empieza a llorar se liga más cintazos todavía, me gustaría que cuando fueras grande te casaras con ella, es un poquito más grande que vos pero no importa, la Inés ya dice mamá y papá. ¿Cuándo vas a aprender vos a decir mamá y papá?

—Yo tengo que preparar el matambre, no seas haragana, y secame el piso, Amparo, no seas roñosa, ya te dijo la señora que lo que ensucie el nene lo tenés que limpiar vos.

—Yo no soy roñosa, ¿quién tiene el delantal más limpio, vos o yo?

—¿En tu casa no barren nunca el piso? Mi casa será un rancho pero barremos el piso, aunque no haya baldosas barremos el piso de tierra siempre.

—En mi casa el piso también es de tierra y no por eso no lo vamos a barrer.

—Parece que fuera de revoque el piso en casa de apisonado que está. Después de barrer hay que echarle un poco de agua todos los días y no se levanta más la tierra.

—Y en casa mamá le echa agua de cal en el piso. ¡Te querés dormir de una vez, mocosito del diablo!

—El señor Berto te va a oír.

—¡Amparo! ¡Hacé callar a ese chico que estoy trabajando!

—El señor está haciendo cuentas en el comedor.

—No todos tienen la suerte de tomar la mamadera

23

siempre calentita, como vos, Totín. Pobre la Inés se despierta con hambre y se tiene que tomar la mamadera fría que si mamá se tiene que levantar a la noche a prender la leña para calentar la leche tarda una hora y llora la Inés más todavía si papá le da el cintazo, Totín. Por suerte tu papá no lo mató al Director del Hospital.

—¡Amparo, vení!

—¡El señor!

—Quería que matara una araña que iba por la pared, pero no la alcancé.

—¿Una araña grande? En mi casa hay una araña pollito escondida entre la paja del techo que nunca la pude matar.

—En mi casa entre los ladrillos cuando mamá está lavando afuera en el fuentón la saco a la Inés y entro a la pieza con un balde lleno de agua y lo echo a la pared, y entre los ladrillos hay escondidas muchas telas de araña y si le echás un poco de agua salen las arañas de mierda del escondite y les doy un zapatillazo que se quedan reventadas contra los ladrillos.

—¿Queda bien el piso cuando le tirás el agua de cal?

—Era mentira, lo que le tiró mamá fue el agua con el desinfectante que le dio la señora Mita. Le tiró un balde lleno y quedó el piso apisonado con unas manchas blancas del desinfectante.

—¡Amparo!

—Ya está dormidito de nuevo, señor.

—Vestilo lindo para las seis que la vamos a ir a buscar a la señora a la salida del hospital.

—Le voy a poner el pantaloncito y la capita que le trajo la señorita Adela de La Plata.

—¿Te retó el señor?

—No se acostó a dormir la siesta, está haciendo cuentas en el comedor. Por suerte no lo mató de la trompada al Director del Hospital.

—Si no estaría preso, no lo habrían soltado. Pero la señora no había dicho que te llevaba a La Plata, ¿por qué te quejás?

—Si no se hubiese quedado sin vacaciones me habría llevado a La Plata.

—Secame el piso de una vez.

—Yo estoy contenta de que el señor no lo mató.

—¿Cuántos litros de leche quieren que les deje?

—A usted ya le dije que no viniera a golpear la puerta a la siesta; déjeme dos litros y medio.

—El timbre no suena.

—Lo desconectamos para que el señor duerma la siesta. Entre sin golpear.

—Hoy no se acostó, pero si estaba durmiendo y se despertaba con el ruido usted iba a saber lo que son gritos.

—Tu patrón se salvó ya más de una vez, mejor que no grite tanto.

—Usted tendría que saber que con la sequía se le murieron todos los novillos al señor. A usted se le tendrían que morir todas las vacas si me golpea la puerta de nuevo.

—Yo porque tengo cuatro vacas nomás y las cuido yo. Los que tenían muchas se jodieron.

—Salga de esta cocina que tiene que ir a cuidar sus vacas. Cuando llegue se va a encontrar alguna muerta.

—Con vos no hablo. ¡Qué lindo delantal tenés, Amparo!

—Es robado. Esta ladrona después que tomó la primera comunión no devolvió el vestido que le prestaron las monjas.

—¿Me pagan los 20 litros de la semana o no?

—Espere, que la Amparo va a pedirle al señor.

—Te espero en la vereda, que se me escapa el caballo.

—Dice el señor que le paga la semana que viene.

—Amparo, tené cuidado con la Felisa, es una atorranta.

—No le crea a la Felisa. Cuando tomé la primera comunión las monjas me dieron este vestido como a todas las pobres que van atrás de todo en la procesión. Y la señora Mita me dijo que me lo quedara, total estaba todo roto en el ruedo. Y me lo acortó.

—Me dijo la señora Mita que cuando seas más grande te va a enseñar para entrar de enfermera en el hospital.

—Yo no quiero, esas sí que son atorrantas.

—Peor es la Felisa.

—Las enfermeras andan con los guardapolvos todos gastados y sin almidonar.

—Pero es mejor que ser sirvienta.

—¿De qué se salvó el señor?

—De que lo matara un marido cornudo.

—Pero el señor nunca sale si no es con la señora.

—Pero cuando era soltero se salvó de que lo carnearan más de una vez. Metete de enfermera, Amparo.

—Hay una enfermera que parió soltera.

—Tu hermana también parió soltera, ¿quién te creés que sos?

—¿Por qué te despertaste ya? mocosito, te daría un cintazo si pudiera. Pero te voy a cuidar hasta que seas grande. Cuando tu mamá se decida a comprar los muebles me voy a quedar a dormir acá en tu casa. Si hubiera una cama para mí me quedaría a cuidarte toda la noche. ¿Cuesta más una cama o un novillo? Si tu papá tuviera mucha plata como el padre de la Mora Menéndez no me iba más de esta casa como la niñera de la Mora Menéndez... No llores, que ahora te cambio, te saco este pañal mojado y te pongo uno seco, si te quedás callado un ratito le doy una planchadita al pañal y así está calentito, que tenés todo el traste paspado. Y ahora la Mora Menéndez es grande, es una señorita, y la niñera sigue todavía en la casa, y tiene un novio del campo que la viene a visitar a la casa en la sala. La Mora todavía no tiene novio pero cuando se ponga de novia, y la venga a visitar ¿le quitará la sala a la otra y la niñera tendrá que estar con el novio en la cocina?

—Amparo, después me tenés que llevar esta carta al correo. ¿Qué dice mi negrito? Peinalo bien lindo, Amparo, así dentro de un rato lo llevamos a ver a la madre.

—Me lo llevo al nene conmigo al correo, señor.

—Amparo, acordate que me juraste no decírselo a nadie.

—Yo no se lo dije a nadie. Por Dios que me caiga muerta.

—Nunca le digas a Mita que tenemos un secreto.

—No, señor. Pero la señora me preguntó por qué tenía morado el brazo.

—¿Morado de qué?

—De cuando usted me vio que yo lo vi que usted estaba detrás de la puerta, escuchando lo que ellas decían.

—¿Qué brazo morado?

—Que usted señor sin darse cuenta me agarró fuerte del brazo hasta que le juré que no le iba a decir nada a la señora Mita.

—¿Y Adela no te preguntó nada?

—Sí, la señora y la señorita me preguntaron por qué tenía el brazo morado. Pero yo ya le había jurado a usted que no les iba a decir nada a ellas que lo encontré a usted escuchando detrás de la puerta lo que ellas hablaban.

—Jurámelo de nuevo. Que no se lo vas a decir ni a Mita ni a nadie.

—Sí, señor. Se lo juro por la luz que me alumbra, que me quede ciega ahora mismo.

—Dios te castiga si faltás al juramento.

—No, en el catecismo nos dijeron que era pecado jurar, que no hay que jurar nunca.

—¿Y qué les contestaste del brazo morado?

—Que era el cura que me había zamarreado en la iglesia. Yo le había contado a la señora Mita lo que pasó en la iglesia una vez. El cura a la de Roldán le dio una cachetada que la tiró al suelo, y la de Roldán se paró y no sabía dónde tenía que ir media mareada y se iba a meter a la sacristía y el cura la agarró de un brazo y la tiró contra la pared porque no sabía tragar la hostia y la empezó a masticar porque no le pasaba y la tenía media atragantada, en el ensayo último de la primera comunión.

—¿Quién es la de Roldán?

—Una chica que vive en un rancho detrás de la vía. Iba conmigo detrás de todo en la procesión.

—¿Y Mita te lo creyó?

—Señor, yo no sabía que usted estaba escribiendo una carta, yo creí que estaba haciendo cuentas. ¿Van a comprar los muebles?

—Amparo roñosa desgraciada, tuve que limpiar yo el piso.

—No tengo que ir al correo porque el señor rompió la carta que estaba escribiendo.

—Traeme pan rayado de la panadería. ¿Sabés una cosa? De cena voy a hacer mi-la-ne-sas, y vos en tu casa te tenés que comer las sobras del puchero que habrá hecho tu mamá a las doce.

—Vos sí que tenés suerte, Totín, no como la Inés. La Inés no es hermana mía ¿sabés? Si vos supieras, la pobre Inés es hija de mi hermana soltera la más grande, entonces yo soy tía de la Inés, así que cuando sea más grande yo le puedo pegar... Y la Pelusa sí es hermana mía, pero más chica y si yo le tiro del pelo me rasguña que tiene uñas de gato. A vos no te puedo pegar porque tu papá tiene plata y me paga para que te cuide, pero si no te quedás quieto te voy a dar un buen pellizcón si no nos ve nadie, mocosito, ¡quieto, te digo! Si supieras la pobre Pelusa nunca comió milanesas, y la noche que llovía tanto y no me podía volver a casa y la Felisa hizo milanesas, después cuando el señor me llevó en el coche después de cenar, me acosté con la Pelusa y le conté de las milanesas. La Pelusa me destapó la barriga y me pasó la mano fría por la barriga para ver si se tocaban las milanesas. Ojalá tu papá gane mucha plata y compre los muebles. La suerte que tuvo la niñera de la Mora... el novio toca el timbre y sale ella a abrirle la puerta, y no anda con delantal... Por suerte tu papá no está preso, pobre tu mamá de golpe le quitó las vacaciones el director y no pudo ir a La Plata, pero el señor lo dejó medio muerto en el suelo al director.

—¿Qué compraste?

—Un kilo de pan rallado para milanesas.

—El pan rallado ahora cuesta 5 centavos más por paquete ¿cómo te sobraron 5 centavos?

—Le dije al panadero que no me cobrara más porque la señora Mita le dio pomada para los granos en el hospital.

—¿Por qué le cuidás tanto el bolsillo a tu patrón?

—¿Por qué lo quisieron matar al señor?

—Lo corrieron una vez a balazos, y otra vez más, me contaron.

—¿Todas lo querían al señor?

—¿No te das cuenta que es lindo como un artista de cine?

—Bueno, Toto, ahora te peino y tu papá nos lleva en el auto hasta el hospital a esperar a tu mamá. ¡Quedate quieto con ese brazo! No me pegues en las costillas que me duelen que la Pelusa dormida toda la noche me clava los brazos de palo que tiene de flaca que está, que no quiere comer más puchero. Si esta noche a ustedes les sobra una milanesa mañana a la mañana se la pido a tu mamá y me la va a dar. La Pelusa nunca comió milanesas. Vos todavía sos muy chico para pedir milanesas, pero tendrías que pedir una milanesa esta noche en la cena. Pero sos muy chico, si no la podrías esconder y yo se la llevo mañana a la Pelusa. Pero piojo de mierda todavía no sabés hablar.

—Amparo, qué lindo lo peinaste, pero guardá los pañales sucios, no me los dejes tirados que lo del nene lo tenés que acomodar vos y no yo.

—Felisa, ayer vi que la señora lloraba.

—Pero no lo digas delante del señor, la señora llora si él no la ve.

—¡No te despeines, Toto! Dejá quietas las manos. Y el desgraciado del panadero ladrón quería aumentarme el precio, nosotros tenemos que ahorrar, Totín, así tu papá nos compra los muebles y me quedo a dormir en la cama nueva. Cuando llueva va a crecer el pasto para que coman los novillos, pero me cago en mi suerte negra, por más que llueva no se le van a resucitar los novillos muertos a tu papá. Yo te voy a cuidar hasta que seas grande.

III

TOTO, 1939

Son tres muñequitos, con la dama antigua, peinada de alto con peluca grande, y la pollera inflada más cara de seda, los tres muñequitos tienen medias blancas largas hasta el bombachón de seda hasta la rodilla, las muñecas con traje de seda y los muñecos con traje de seda también, mami, y la pechera blanca los hombres igual que la tuya, con la puntilla, y la peluca blanca, son de porcelana y están parados en una repisa, de la madre del chico de enfrente, que son duros, no se comen, con el mismo traje que los muñecos con caras de tontos, son buenos, miran todos a una sentada en la hamaca, dibujados en la tapa de tu caja para carreteles, guardada al lado del mantel y las servilletas, la caja que antes traía bombones. Con el mismo traje, iban disfrazados, en el Beneficio de la Escuela 3 el número de los chicos más grandes bailaron vestidos como los muñecos, la gavota, el número más lindo de la Escuela 3 ¡mami! ¿por qué no viniste? con papi, porque mami de turno en la farmacia se perdió todos los números que hicieron los chicos de la Escuela 3. Era un muñequito, y una muñequita, y un arbolito y una casita, todos que terminan en una punta de escarbadiente para pincharlos en la torta de nuez? ¿O era de dulce de leche? Mami te comiste un muñequito, yo me comí otro, con el sombrero verde ¿y la cabeza? ¿les duele a los muñequitos? y la Felisa el arbolito que también era de azúcar, pintados de todos colores. A papá no le gustan las cosas dulces pero el chico de enfrente está en segundo grado y se quedó sin canario, dejame que yo le cambio el agua, "no, no" el chico de enfrente porque fui una semana a Jardín de Infantes y no quise ir más? en el Beneficio los más chicos que estuvieron todo el año en Jardín de Infantes hicieron el número de los enanitos que no me gustó. Yo ensayé un día, todos los más chicos uno va detrás del otro formando una fila y la maestra que tocaba el piano cantaba si fa sol-sol-sol la y todos los chicos tenían que tener una pierna renga al mismo tiempo todos se agachaban para el mismo lado, yo me equivoqué de pierna y no quise ir más a Jardín de Infantes: no me lo presta "cuando el canario canta es porque está contento" ¿porque es el cumpleaños? ¿la madre del chico de enfrente puso un bizcochuelo en el horno? mami, no debe estar cocinado todavía, con un escarbadiente lo pincho y si el escarbadiente sale limpito ya está cocinado el bizcochuelo pero no, está caliente y hasta que se enfríe no lo podés cortar y ponerle el dulce de leche, qué humito rico que sale del horno va dando una vuelta por toda la casa y le llega al canario? le toca el piquito y por eso canta hasta que el chico de enfrente se quedó sin canario. Me lo dijo el chico y me lo dijo la madre: por culpa del gato. ¿El gato sabe cocinar? ¿con papitas? ¿con ajo y perejil? el chico de enfrente "yo había ido a buscar la bolsa de alpiste y le había cambiado el agua y me olvidé de cerrar la jaula, total el canario no se vuela y sentí un ruido, que el gato saltó de la mesa a la jaula y de un manotón se metió al canario en la boca, cuando me di vuelta ya el canario no estaba más" ¿entero? ¿se lo tragó entero? "el gato se lo tragó entero y se lo mandó al buche, por eso está gordo, tocale la panza" ¡mami! ¡no lo mires! yo tampoco, lo miro de lejos ¿y no llamaron a la policía? en la casa del chico al gato lo dejan dormir en el jol. Pero en Jardín de Infantes aguanté tres días nada más, el chico de enfrente "en primer grado tenés sumas y restas, si sos burro la maestra te va a romper el lomo a punterazos si no aprendés": la marcha de los enanitos fue el número más feo del Beneficio de la Escuela 3, en el salón de la Intendencia llegamos temprano y papi "mozo, ¿cuál es el menú?" antes de los números sirven mayonesa amarilla lisa a papi le toca el plato adornado con la sardinita? ¡pero a mí con la aceituna verde y la aceituna negra! ¡a mí no me gustan! papi: por qué no comés la sardina? dámela a mí. Papi: ¡ganas de hacer pis! "podés irte solo", ¡no alcanzo a la luz! pero mami, en el cine en el intervalo se prenden todas las luces y con vos "vamos a aprovechar a hacer pis ahora" al baño de las mujeres porque al de los varones las mujeres no entran, pero si mamá no tuviera ganas de hacer pis en el patio del cine hacen pis los nenes y las nenas. Una nena grande. Con el vestido de tul almidonado duro que pincha, pincha con el vestido, la Bruja de Blancanieves pincha con la nariz de pico, está sentada en la mesa de al lado ¡papi, no, no le digas nada! "querida ¿podés acompañar a mi nene al baño?" una nena grande con cara de mala, papá, ella no puede llevarme al baño de varones "llevalo al baño de mujeres, no importa" ¡no, vení vos! "¿a qué baño te lleva mamá en el cine?" por un corredor de la Intendencia hay una puerta cerrada con llave y si estuviera abierta me escapo a la farmacia donde estabas vos mami, cruzando la plaza, ¿es cierto, Felisa? "un gitano malo malo cara de carbón con brazo peludo que roba a los chicos que están bien vestidos y se han escapado", porque yo un día me escapé solo a la plaza. Una puerta abierta en el corredor y yo me asomé pero no era el baño, los chicos más grandes se están disfrazando para el número de la gavota y colgada en la percha no alcanzo a agarrar una careta rosa ¿cuál de los chicos se la pondrá? ¿un chico o una chica? La luz está prendida en el baño de las mujeres es como el baño de casa pero no hay bañadera y la nena alcanza a la luz? la luz ya estaba prendida, y la nena no cerró la puerta, me puedo escapar, Felisa ¿detrás de la puerta? el gitano pone a un chico en la bolsa y en la calle no se dan cuenta pero un policía lo mete en el calabozo porque sabe que es un gitano, sí, pero el gitano se pone la careta color rosa y le dice "en la bolsa llevo un gato rabioso con sarna" y si el chico gritó en ese momento cuando el gitano después lo suelta dónde están las carpas de los gitanos? "ya se fueron de Vallejos, pero queda uno que roba los chicos" ¿dónde está escondido, Felisa? "detrás de la Laguna Municipal, donde está el corral de caballos, la cara parece negra como de carbón" y le pega a los chicos con el rebenque, como a los caballos. Las maestras pegan con el puntero, a los de Jardín de Infantes no, fui a ensayar el número de los enanitos y no aprendí, si el año que viene en primer grado hacen número de enanitos no entro en el Beneficio? pero si la nena estira la mano y apaga la luz antes de que yo termine de hacer pis y papi "gracias por acompañarlo, querida" y le dio un beso en la frente sin que el vestido duro lo pinchara "decile gracias a la nena" ¡y yo estoy escondido! ¡escondo la cabeza entre los pantalones de papi! pero mucho mejor para esconderse son tus polleras porque escondo la cabeza y si papá abre las piernas me ven: a la mala la va a agarrar el gitano cuando pase por casa. ¿Y de postre qué van a servir? Una torta de crema con una guinda y nueces cortaditas todas pegadas tapando la crema "no, mozo, no quiero torta" ¡papá! ¡dámela a mí! me como tu torta y la mía, mamá me da la torta de ella, no quiere engordar, en el coche-cama Vallejos-La Plata "te tenés que portar bien, no estamos en casa", papá pedí la torta tuya que la mía no tenía guinda "no digas mentiras, ya sabés que a los chicos que dicen mentiras les crece la cola y parecen monitos" y ahora se van apagando las luces "si no te portás bien nos volvemos a casa sin ver los números" y si le digo a papi la verdad que me volví del baño sin hacer pis me lleva a casa antes de que empiecen los números y se va levantando el telón pintado grande en el escenario hay una escarapela porque "el niño Joaquín Rossi nos recitará la bonita poesía 'Patria' de Francisco Rafael Caivano" pero no la llames a la nena, papi, en el baño de mujeres la luz está prendida y me animo a ir solo, no hay nadie en la otra pieza con toda la ropa colgada subido en la silla alcanzo hasta donde está la careta rosa y si en ese momento entra la maestra de Jardín de Infantes le digo que pasaba un perro y me subí a la silla para que no me pudiera morder ¿y me voy al baño con la careta rosa? así el gitano cree que yo soy otro, me subo a la silla "¿qué hacés acá? ¿qué estas toqueteando?" ¡un chico grande está disfrazado de chino! no estaba disfrazado para la gavota que son los únicos chicos más buenos! ¿no viste un perro? que los nenes más chicos no deben decir mentiras porque les crece atrás una cola larga como a los monitos y entonces sí que es fácil que me agarre el gitano me enlaza la cola y listo, "¿qué estás toqueteando?" y no le pude decir la mentira del perro: le dije que había ido al baño donde tienen que ir los varones. El Jardín de Infantes no era un jardín, era una pieza con una mesa de arena mojada, pero papá no quiso la torta que me perdí con una guinda: el botellón del juego tiene un tapón colorado rico como una guinda, pero es de vidrio. Mamá, hoy a la vuelta del cine vamos a ver las vidrieras ¿me jurás que sí? un rato largo en la vidriera de la juguetería con la vaquita pintada en madera y un árbol de alambre, las casitas de cartón feas más baratas porque la Felisa se va a atrasar con la cena y no va a estar lista ¿entonces aprovechamos a ver las caras de risa? todas las fotos de comunión en la vidriera del fotógrafo y mami se te hace agua la boca? el confitero cambia todos los días la vidriera de él: para mi cumpleaños ya comimos la de chocolate, el arrollado lo sabés hacer, la de crema blanca dijiste una vez que te repugnaba? y la más cara rellena de helado y fruta abrillantada: en el medio tiene una fruta grande verde como la piedra de tu prendedor. ¿Adónde te vas? ahora ya es hora de dormir la siesta? ¿adónde? hoy no tenés que trabajar en el hospital ¿adónde te vas, a hacer una torta? ¡Mami! no me dejes solo que quiero jugar otro rato ¿por qué no me hacés una torta? mamá no va a la cocina, va al dormitorio ¿a buscar el libro con todas las recetas? Papá la llamó y mamá tuvo que irse a dormir la siesta. Y lo único que me tapo es la boca, no quiero taparme la nariz con la bufanda, no le hago caso a papá no tiene frío, se puso el poncho, era de tío Perico que se murió, a la salida del Beneficio es tan tarde que hace mucho frío, llevame a la juguetería, es más lejos si pasamos por la juguetería pero mamá siempre me lleva a casa pero primero damos la vuelta por la juguetería: en la esquina ese que está debajo del farol me parece que es un vigilante, no es el gitano ¡no quiero ir por ahí! ¡vamos a ver la vidriera! "no se hace bochinche a la una de la mañana" y la luz de la vidriera está apagada, "te dije que la luz estaba apagada, por tu capricho tenemos que caminar tres cuadras de más" ¿cambiaron los juguetes de ayer? no se ve nada, los que están colgados me parece que son los de ayer, está muy oscuro, en el vidrio lo que mejor se ve es las casas de enfrente y los árboles de la vereda como en un espejo, todo negro porque los árboles de la vereda y la cara negra en el vidrio es como de carbón y el tapón de guinda es de vidrio, si no me lo comía ¿quién se está mirando al espejo en el vidrio? no, porque ese poncho tan feo es de tío Perico, y por suerte con todas las luces prendidas esperaron mami y la Felisa porque mami tiene miedo de noche hasta que llegamos con papá del Beneficio. Pero ahora están durmiendo la siesta, la Amparo se fue a Buenos Aires y no vuelve más y el Héctor se fue a jugar con los chicos más grandes. El chico de enfrente "¿el Héctor es tu hermano?", mamá da cachetadas que no duelen mucho, al Héctor también pero es más grande que yo, corre más ligero, mamá no lo alcanza y el chico de enfrente "tu papá es el más bueno de todos, más bueno que el mío" porque nunca me pega, al Héctor tampoco le pega y yo una vez la desperté a mamá a la siesta porque me aburro y papá "nunca te he pegado pero el día que te ponga la mano encima te deshago" y voy a pensar en la cinta que más me gustó porque mamá me dijo que pensara en una cinta para que no me aburriera a la siesta. *Romeo y Julieta* es de amor, termina mal que se mueren y es triste: una de las cintas que más me gustó. Norma Shearer es una artista que nunca es mala. Mamá pega cachetadas que no duelen mucho y papá pega cachetadas que deshacen. En la comunión del Héctor había una estampita igual a Norma Shearer: una santa con un traje blanco de monja y unas cuantas flores blancas en las manos. La tengo seria, que se ríe y de perfil recortada de todas las revistas, en muchas cintas que no vi. Y la Felisa "contame la cinta de bailes" y le dije mentiras porque no que bailaban ellos dos solos y el viento le levantaba el vestido de tul a ella y las colitas de etiqueta a él, pero que venían unos pajaritos volando despacio y le levantaban la cola del vestido y las colitas de él y hacían un baile los pajaritos con ellos porque Ginger Rogers y Fred Astaire con la música se levantan en el aire, y el aire los lleva alto con los pajaritos que los ayudan a dar vueltas cada vez más ligero ¡qué linda esa flor! me parece que la Ginger la quiere, una flor blanca muy alta en un árbol ¿y se la pide a un pajarito? y el pajarito se hace como que no la oye, cuando les quiero dar las migas de pan se espantan y me tengo que ir lejos ¿a mí me tienen miedo? ¿y a mami también? pero hay un pajarito que es el más bueno de todos y cuando la Ginger no lo ve... vuela y corta la flor del árbol y se la pone en el pelo rubio y después Fred Astaire le canta que está linda con la flor y ella se mira al espejo y tiene la flor que quería en el pelo, como un prendedor, y llama al pajarito bueno que le viene a la mano; ella le hace muchas caricias porque el pajarito le hizo ese regalo de sorpresa. La Felisa se cree todo y es mentira, en la cinta *Blancanieves* nada más hay pajaritos amigos, porque es de dibujos animados, cuando no son dibujos animados no se puede hacer venir los pajaritos a la mano que se espantan, tienen miedo, la paloma de la Choli no tiene miedo, pero los pajaritos son más lindos. La paloma va hasta la planta de peras y vuelve y hace unas vueltas como en *Blancanieves* porque la Choli no se la podía llevar en el tren, que se fue para siempre a Buenos Aires. "La única amiga que tengo en Vallejos" y se fue. Mamá no tiene otra amiga, yo estoy cerca y la paloma come, duerme de noche en el jardín en una casita alta sin puerta. Los pajaritos se bajan a comer el pan con leche que les prepara la Felisa y muchos juntos se suben al techo y las plantas y vuelven a bajar, y cada vez se llevan un poco de pancito, pero yo tengo que mirar de lejos. Felisa, no es cierto que los gatos no van a llegar hasta la casita de la paloma? "a esta paloma no la alcanza nadie, ni los gatos ni los caranchos" que mami me jure que no ¿qué son los caranchos, Felisa? "son pajarracos" ¿cómo son? "grandes, negros, con pico de gancho" ¿grandes como qué? no, no son grandes como un gato "más o menos como un gato". ¡Mami! ¡la palomita tiene que dormir conmigo! en el jardín a la noche la casita que no tiene puerta un carancho negro, con el pico largo de gancho porque los gatos tienen la boca grande ¿le arranca las plumas con el pico de gancho antes de comerse a la palomita? No, las palomas no se dejan alcanzar, vuelan ligero, mucho más ligero que los pájaros malos que son pesados, con la barriga hinchada de comer... canarios? Cuando mami se levante de la siesta me tiene que jurar que a la palomita no la alcanza nadie, da una vuelta por acá y por allá, las serpentinas mami las tira mejor que nadie van desenroscándose y dan más vueltas que un pajarito hasta tocar el suelo, y la Ginger Rogers da una vuelta entera y por una casa grande con piso de mosaico de dibujos grandes, que todos los muebles hubo que sacarlos para que la Ginger bailara sin chocar con nada, sabe zapatear sin rayar el piso. Antes todas las cintas con ella eran cómicas, el sábado vimos la más linda de la Ginger Rogers porque es de bailes y termina mal, que Fred Astaire se muere en la guerra en el avión estrellado y ella lo está esperando pero él no llega. Y hay un lío porque lo están esperando que tienen que bailar juntos en un Beneficio, y entonces ella ve que el amigo gordo le viene a anunciar una noticia mala y la mira muy triste casi llorando y ella se da cuenta, entonces se le caen las lágrimas y mira para el escenario donde no hay nadie porque Fred Astaire ya no viene porque se murió, y ella ve aparecer a ella y él transparentes, que se imagina que después de muerto siguen bailando y se van cada vez más lejos y se van haciendo chiquitos y por ahí dan vueltas detrás de unas plantas y ya no se ven más ¿dónde van, mami? "están transparentes, quiere decir que ella siempre lo sigue queriendo como cuando bailaban juntos, aunque ahora él esté muerto" ¿la Ginger está triste? "no, porque es como si estuvieran juntos, en el recuerdo. Ya nada los puede separar, ni la guerra, ni nada". El Héctor no es mi hermano, mamá dice que el Héctor es primo pero la madre está enferma y el Héctor vive en casa pero no juega conmigo y los cartoncitos. Yo tengo *Romeo y Julieta* toda dibujada en los cartoncitos, el lápiz negro para dibujar primero y después los otros de todos colores para pintar las cintas que mamá dibujó en un cartón a Romeo, en otro a Julieta, después el balcón y Romeo, que se va subiendo por la escalerita de soga y Julieta que lo está esperando, y ayer quedó dibujada toda otra cinta, la de Ginger Rogers y él que se muere, y mami me dijo que si me portaba bien y no hacía ruido a la siesta me va a hacer otra cinta, la dan este jueves y es la cinta más linda de bailes que dice mamá que vio unas fotos y es de más lujo que todas las otras. Se llama *El gran Ziegfeld* y por suerte este jueves mamá puede ir al cine, no va a estar de turno en la farmacia. El Héctor no quiere jugar conmigo, se sienta adelante, en las tres primeras filas del cine se sientan los chicos, y juegan que le pegan al que está sentado más adelante y el de adelante no sabe quién le pegó porque no estaba mirando y se desquita con el otro que está atrás pero no le pegó, era el del costado: el Héctor y todos los chicos se ríen cuando los artistas cantan, uno de los chicos cuando se murió la artista con la boca se tiró un pedo. Papá no quiere que mamá esté sola, me siento con mamá que cuesta más caro en las filas de atrás. Uno de los chicos de Jardín de Infantes estaba sentado en las filas de adelante. Doce años tiene la Pocha Pérez "vení a la hora de la siesta que te dejo jugar con el pesebre" a la salida de *Romeo y Julieta* la Pocha, la madre y la tía estaban en la fila de atrás y mami "yo vi *Romeo y Julieta* en teatro en Buenos Aires" y voy a poder volver un día a la siesta solo a jugar con la Pocha porque vive en la esquina de casa y no tengo que cruzar la calle "Pocha, entretenelo al nene así podemos hablar un rato con Mita" y a la salida de *Romeo y Julieta* la Pocha me mostró el pesebre que lo tiene armado en el comedor "¡no se toca!" ¿no puedo tocar la vaquita? y como no tengo que cruzar la calle fui a la casa de la Pocha un día a la siesta: tiene los rulos negros atados y el vestido a florcitas verdes, tiene dos iguales, uno a florcitas verdes y otro a florcitas azules, la tía está sentada en la máquina de coser "¿sabés una cosa, Pocha? en el cine había en la fila de adelante una viejita que lloraba" y la Pocha se ríe ¡la Pocha es mala! "pobre la viejita, cómo llora" porque yo lloré cuando se mueren Romeo y Julieta y fui a jugar al pesebre: en el comedor está todo armado y en el jol tiene el piano y me deja tocar "no podemos jugar al pesebre ni tocar el piano porque están durmiendo la siesta, vamos a jugar que vos sos el chico y yo la maestra" ¡no! "así aprendés a contar", no Pocha, ¿cuándo me vas a prestar el pesebre? "no se desarma" después de la siesta es tarde y tengo que ir al cine con mamá "sos muy chico, no podemos jugar a nada porque no sabés" sí, yo sé todos los juegos "sos muy chico" no, con mamá jugamos a dibujar cintas "juguemos a dormir la siesta" ¿qué hacemos? "juguemos a que yo estoy durmiendo en la azotea y estoy durmiendo tapada con una frazada pero sin bombachas puestas. Entonces vos sos un muchacho grande, y venís... y me hacés una cosa" ¿qué cosa? "ese es el juego, tenés que adivinar" si adivino después vamos a jugar al pesebre pero qué te hace el muchacho que se aparece en la azotea? Mamá bajó la vista, la cinta de asesinatos es impresionante y uno entra en una pieza oscura y detrás de la puerta está el asesino y con mami bajamos la vista porque es una cinta de miedo y antes de la cinta larga una vez dieron una cinta corta del fondo del mar y mamá bajó la vista porque hay una planta que se mueve en el agua clarita del fondo del mar y tiene todos los pelos que flotan como serpentinas pero "¡bajá la vista!" y yo miré, fui desobediente cuando se acercaban los pescados chiquitos de colores y pasaban al lado de las plantas carnívoras del fondo del mar. "Jurá por tu mamá que no sabés lo que hacen los muchachos grandes" te lo juro "si un muchacho se subía a la azotea mientras yo estaba

41

dormida, me sacaba la frazada y me cogía". ¿Que quiere decir cogía? "es una cosa mala que no se puede hacer, se puede jugar nomás, porque si una chica lo hace está perdida, está terminada para siempre". Yo en vez de bajar la vista miré porque en el agua clarita del fondo del mar esos pelos como serpentinas que flotan se juntan de golpe y los pescaditos que van pasando por entre esos pelos quedan agarrados. "No me preguntes más porque no te lo voy a decir" la Pocha mala no me quiere decir qué le hacía el muchacho con los pelos "si no sabés lo que quiere decir no podemos jugar, sos muy chico" Pocha decime qué quiere decir cogía "no podemos jugar a eso, tiene que ser un muchacho grande, con pelos en el pito" y no le dije a la Pocha que yo había visto una cinta del fondo del mar con la planta llena de pelos que se come a los pescaditos de colores, Pocha, entonces podemos jugar a que yo soy la chica y vos sos el muchacho, porque yo no sé cómo se hace y así aprendo, y la Pocha "sí": me acuesto en la alfombra como que estoy durmiendo en la azotea y la Pocha ese día tenía puesto el vestido de florcitas verdes, viene de atrás caminando despacito y quién está espiando por la puerta un poquito abierta? ¡la tía de la Pocha se está riendo de mí! con los rulos atados también y le pregunté qué quiere decir cogía. "Pocha, sos una puerca" y la tía se volvió a la cocina. "Sos muy chico para jugar conmigo" y a la Pocha no le puedo pegar porque soy más chico, que si no le cortaba los rulos con la tijera de recortar artistas y después le hacía meter en la boca los rulos que se los comiera. Y después le decía "Pocha, comé este bombón" y lo que le daba era caca dura de perro que encontré por la calle. Porque por culpa de ella la Felisa me pegó. Si ahora no fuera la hora de la siesta podría ir a jugar al pesebre pero está la Pocha, no me quiso decir qué era "cogía". ¿Qué le hacía con los pelos? "el muchacho me mete el pito en el agujerito de la cola y no me deja ir, yo ya no me podía mover y él se aprovechaba y me 'cogía'". Y que la "cogía" no me quiere decir qué es. Los pelos son los que se comen a los pescaditos en la cinta del fondo del mar. Los pelos largos primero se mueven blanditos en el agua y los pescaditos que se habían acercado? "Toto, ¡bajá la vista!" ¡ya no se ven más! porque la planta de pelos se los tragó. La chica que lo hace está perdida, está terminada para siempre, el muchacho grande viene, se acerca, ve que la Pocha duerme, le levanta despacio el vestido a florcitas verdes, ¡y la Pocha se olvidó de ponerse bombachas! y para que no se mueva el muchacho le mete el pito en el agujerito de la cola y le va pasando los pelos, que si la Pocha se queda quieta como un pescadito los pelos del chico le van comiendo todo el traste, y después la barriga, y el corazón, y las orejas, y poco a poco se la come toda. La cadenita de oro, los moños del pelo, los zapatos y las medias, el vestido a florcitas verdes y la camiseta quedan tirados en el suelo sin nada dentro. La Pocha está perdida, está terminada para siempre, no se ve nunca más. El otro vestido a florcitas azules queda colgado en el ropero. ¡Paf! la cachetada que me dio la Felisa, que nunca me pega. La leña se está quemando en la hornalla de la cocina envuelta en papel le acerco un fósforo y se prendió fuego en seguida y se va cortando sola en pedazos de dulce de zapallo que tengo ganas de comerlos y son de fuego al revolverlos con un cuchillo los carbones de dulce se parten en pedazos más chicos y salen chispas "¡te vas a quemar!" la Felisa no quiere que revuelva la leña en la hornalla "¡te dije que te quedes quieto!" que mami estaba de turno en la farmacia y papi hacía cuentas en el escritorio y la Felisa me quitó el cuchillo "¡Felisa cara de cogía!" y la Felisa me dio una cachetada. ¡Mamá! "¿quién te enseñó esa palabra?", "señora este chico se porta cada vez peor", "a la madre de la Pocha no le quiero decir nada, pero a la Pocha le voy a dar un buen reto", "este chico está muy desobediente, Berto", "sí, el domingo a la mañana empieza el Baby-Fútbol" ¡no quiero ir! "este chico está muy desobediente, lo voy a anotar en el Baby-Fútbol así se entretiene con los otros chicos", "todo el día acá nos saca de quicio", "no hace caso cuando se le dice algo" porque se murió tío Perico. Yo no quise ir más a Jardín de Infantes y me puse a jugar con los cartoncitos, pero no estaba jugando a la cinta del fondo del mar que se morían los pescaditos el día que se murió tío Perico "Toto, dejá de jugar, hace un rato murió tío Perico" con los cartoncitos más lindos de *Romeo y Julieta* todos puestos en fila sobre el mosaico del jol pero papá "pobre tío Perico se murió, vení a vestirse y tenés que estar callado y no hablar fuerte ni cantar" porque mamá no puede dibujar la cinta del fondo del mar cuando bajó la vista. Tío Perico, siempre en el bar con los del campo, después de la feria de los novillos van a jugar al truco, no van nunca al cine y las plantas del fondo del mar es una lástima que se coman a los pescaditos lindos de todos colores, se tendrían que comer a los pescados malos y a los pescados viejos con cara de pulpos y de tiburones pero en los cartoncitos mamá dice que la cinta que más lujosa va a quedar es *El gran Ziegfeld* que por fin la van a dar el jueves. "¡Te dije que dejaras de jugar! ¿no estás triste que se murió tío Perico? sos desobediente y caprichoso, y lo peor es que veo que no querés a nadie!" No me dieron una cachetada, papá si me pone la mano encima me deshace y al chico de enfrente la madre le baja el pantalón y le da chirlos en el traste pero no lloré cuando murió tío Perico. Shirley Temple es chiquita pero es artista y es siempre buena, que la quieren todos mucho y tiene un abuelo malo de pelo largo blanco, en una cinta, y fuma en una pipa que al principio ni la mira y después la empieza a querer porque es buena. Y no dijo mentiras. Al que es desobediente no le crecen las orejas de burro, la colita crece de decir mentiras. Si al chico de enfrente se le muere el tío me parece que no le van a crecer orejas. Pero al que lo agarran los gitanos la madre no lo conoce más porque lo pintan de carbón. En el colegio está la maestra con el puntero, al que no sabe contar hasta cien le da un punterazo en cada oreja y el chico se mira al espejo para verse las orejas que crecen hasta que son orejas de burro y si le digo "maestra, cara de cogía" agarra otra vez el puntero pero ahora es para matarme y salto por la ventana que estoy enredado a la pierna de la maestra ¡la colita larga me creció cuando dije que había ido al baño de los varones en la Intendencia! Ahora la colita está más larga que nunca y no puedo saltar ¡y ya se acerca la maestra con el puntero en la mano! Si la Felisa viene en la cocina a darme otra cachetada salto y me escapo porque no tiene puntero y yo hago tanta fuerza al dar un salto muy grande por la ventana, para no caer a la laguna del Parque Municipal y hay que tener cuidado que en el fondo puede haber plantas de cogía. Y salto... y voy casi volando... ¿detrás de la laguna está el corral del gitano y me caigo adentro? Entonces digo que soy un pescadito y me voy a caer a la pecera, glu, glu, glu grito fuerte y mamá me está buscando porque ya es la hora de ir al cine? mamá me busca y no me encuentra y va a buscarme al baño del cine, pero no estoy en el baño de las mujeres y al baño de los varones no puede entrar! pero dan una cinta linda y se queda a verla y se oyen gritos de pescadito que llegan de lejos y mamá "qué mal se porta ese pescadito, no quiere a nadie, que se murió el tío y el pescadito no lloró, se volvió a jugar". Y no grito porque se abre una puerta: el gitano entra, viene caminando despacio, agarra a una nena robada, y le pega una cachetada? le baja las bombachas y le da unos chirlos en el traste? no, el gitano es malo, se baja los pantalones y los calzoncillos, le mete el pito en la cola a la nena y cuando la pobre nena ya no se puede mover se la pasa por los pelos y poco a poco se la va comiendo toda, primero una pierna, después una mano y la otra pierna y el culito gordo. Y atada a un carro cerca de los caballos está la Shirley Temple. Pero yo no soy un pescadito malo, yo soy un pescadito bueno y le desato la soga y la Shirley Temple se escapa. Porque yo voy a ser bueno como la Shirley. Las ventanas del colegio son muy altas pero le voy a decir a mamá que cuando salga de compras se ponga en puntas de pie y va a a alcanzar a verme en la clase, tiene que pasar todos los días, se lo voy a hacer jurar a mamá, y yo le prometo que me porto bien, y a la salida me viene a buscar. El día de mi cumpleaños nos compramos una torta y después vamos al cine a ver una cinta de bailes y si me vienen ganas de hacer pis me lleva al baño de las mujeres ¡y ya dije una mentira! que fui al baño de los varones, entonces no puedo ir al baño de las mujeres, porque entonces me crece la colita y por suerte los chicos en el patio del cine pueden hacer pis y nadie les dice nada, aunque el chorrito de pis hace un hoyito en la tierra y queda el patio con algunos charcos de barro y mamá mira donde va pisando y no pone el pie en el barro y yo me pongo a hacer pis... si no está la nena grande del vestido duro que pincha... y es mala... y puede agarrar barro de los charquitos y me pinta la cara de negro... pero yo me escondo en el baño de las mujeres y la nena me alcanza y de penitencia me pone una pollerita por haberme metido en el baño de las mujeres... ¡mami! ¿ya empezó la cinta y está oscuro adentro del cine? mami me estará esperando adentro sentada en la butaca ¡entonces yo grito para que me venga a salvar! "¿quién es esa negrita que está gritando? ayer gritaba un pescadito que se escapó y el dueño vino y lo metió en la pecera, y ahora se llevan a la negrita que se escapó y tiene que ir a cuidar al pescadito y los dos van a llorar toda la noche y mejor cierro la ventana porque lo van a despertar a Berto, que los ruidos lo ponen nervioso". La negrita y el pescadito están en el corral del gitano. Están negros de tierra y barro y pelos de la cola de los caballos. Los portones están cerrados con llave y pasador. Y ya está empezando la cinta de bailes y mamá está triste porque yo me la voy a perder, el primer número no es el más lindo, es un zapateo y nada más, el número más lujoso de todos es al final ¿cómo será el número más lujoso de todos? se sube el telón y queda otro telón brilloso y se sube ese otro telón y ya queda el último telón que quiere decir que ya va a empezar el baile más lujoso de todos y yo no me lo pierdo: ¡qué viento fuerte! y un portón se abre por el viento tan fuerte y se escapan la negrita y el pescadito, qué suerte, corren lo más ligero que pueden porque el gitano los sigue y la negrita y el pescadito tienen que saltar la laguna del Parque Municipal ancha de agua sucia negra y pegan un salto pero son chiquitos y se caen y el gitano no los ve porque cayeron debajo del agua negra y el gitano sigue corriendo y nunca nadie más lo volvió a ver. Cuando ya están todas las bailarinas en fila es el principio del último número, todo va a quedar dibujado en los cartoncitos: la cinta más lujosa de toda la colección, pero mami sale triste del cine porque yo no estoy. Mamá lloró una vez que íbamos los dos caminando por la calle pero no me acuerdo por qué. ¿Cuándo? ¿Por qué llorás, mami? no me dice, pero la negrita y el pescadito están muertos flotando en la laguna, y por suerte después que se estrelló el avión Ginger Rogers y Fred Astaire bailan transparentes en el recuerdo, que ya no los separa nadie más: ni la guerra ni nada, cuando mami se levante de la siesta le voy a decir que no hice ruido y me porté bien. La Felisa nunca más me dio una cachetada porque me porto bien. El pescadito y la negrita después de muertos van a estar transparentes en el cielo pero no quiero que mamá los dibuje en los cartoncitos, van a quedar feos transparentes todos sucios ¿un pajarito es más lindo? ¿se murió algún pajarito? ¿el canario del chico de enfrente? ¡no! ¡mami no lo va dibujar! otro pajarito, en el recuerdo, que está transparente en el cielo, entonces mami se da cuenta que está muerto y todos los días cuando volvemos del cine miramos para arriba cerca de las plantas de peras y le contamos la cinta, quién trabajaba y los números de baile, que así no se queda con las ganas de verlos: alto desde las nubes se ve todo chiquito en Vallejos, y el gitano ya no está más en el corral. Lo mejor es estar en las nubecitas con los otros pajaritos de la Ginger y jugamos todo el día, la maestra con el puntero está chiquita abajo en la escuela, y la Pocha en la cocina con la tía. A las nubes llegan nada más que los pajaritos, que se comen migas grandes de torta que les manda la Felisa ¿y nada más? no, porque no hay pájaros negros grandes como gatos con pico de gancho, se lo voy a hacer jurar a mamá.

IV

DIÁLOGO DE CHOLI CON MITA, 1941

—Mita, podés estar contenta del chico que te salió. Más divino imposible.

—No, te lo aseguro. Se debe haber puesto más feo de grandecito, con cara tosca de hombre, pensaba yo.

—

—¡El mismo miedo tenía yo! no puede seguir tan lindo, va a cumplir ocho años, y lo encuentro divino. "Mami, llevame a ver a la Choli de la casa con escaleras", en este pueblo inmundo mis escaleras le parecerían las de un palacio.

—

—¡La casa de la abuela! que estaba con la abuela y las tías de La Plata. Pero yo no estoy vieja como tu abuela ¿o sí? veo a estos chicos tan grandes que pienso en los años a la fuerza.

—

—Rejuvenecida diez años, porque me cuido.

—

—Tenés razón, no es por eso. Nunca se esperó él de morirse tan pronto.

—

—Se enfurecería, que me pinto los ojos y llevo el pelo suelto. Son todos una porquería.

—

—Fue suerte la tuya, porque hay uno bueno entre mil.

—

—...Porque le decís "sí" a todo. Yo cuando pienso en los doce años ¡doce! que viví con ese perro me desespero.

—

—Por mi nene, o si no doce años tirados a la calle.

—

—¿Qué tiene de malo charlar desde la mañana? Jáuregui era un hombre que si quería no te oía.

—

—Una hora diciéndole que le había echado a perder un saco. Con el agujero que le hice, tratando de desmancharlo: me lo pide y se lo iba a poner así como estaba, porque no sabía que le había hecho el agujero.

—

—¿Cómo hacías para tolerarle esos celos? Con tus mangas largas con el calor del verano, claro que él nunca se va a fijar en otra mujer, y Jáuregui se fijaba en todas. Estaba feo al final, pisando los cincuenta.

—

—Se puede estar desarreglada todo el día, pero a la tarde, una vez que lo hacía sentar al nene a hacer sus deberes yo no dejaba de darme mi baño y cambiarme, así salía un rato al balcón.

—

—No le das importancia al arreglo porque Berto no quiere que estés llamativa.

—

—Porque sabés que no vive más que para su casa, está ahí a un paso en el negocio y no se mueve de ahí, ¿pero dónde va a ir en Vallejos?

—

—No, más triste estuve en Buenos Aires, en los primeros tiempos, es inmundo ser vendedora por más categoría que tuviera esa casa.

—

—¿Cuánto hace que no vas?

—

—¿Y tu mamá?

—

—Pero a él tampoco le atrae el cine ¿no? Al cine te podría acompañar alguna vez.

—¡Las pastillas para dormir! Vos que estudiaste tendrías que saber más que yo. Siempre leyendo el diario hasta tan tarde a la noche, es eso a lo mejor que lo tiene tan nervioso ¿por qué lo mimás tanto? ¡no le leas en voz alta el diario! que se deje de embromar con ganar tanta plata, en vez de acompañarte al cine alguna vez, siempre sola con el Toto a la rastra.

—

—Pero en la vereda nunca me han visto desarreglada a mí, claro que aquí no hay gente interesante con quien hablar. Y después al entrar a la cocina para la cena siempre me cambiaba, o me ponía un trapo en la cabeza y el guardapolvo, porque si no la ropa se arruina y toma olor. Si me arreglaba un poco él se me reía, como diciendo "¿para qué?".

—

—Pero en las giras no había uno que no me dijera "qué interesante es usted, Choli".

—

—Interesante, que haga pensar a la gente "¿quién será?"

—

—Por los ojos sombreados ¿no te parece?

—

—Que por un hombre hacen una locura, se complican en un robo, se han hecho ladronas de joyas, de las fronteras, las contrabandistas ¿y las espías? no creo que sea todo por dinero, empiezan por complicarse porque alguien se los pide.

—

—Con turbante. El turbante oscuro me hace muy rara,

51

claro que ahora teniendo a mi disposición todos los cosméticos de inspectora de Hollywood Cosméticos sin pagar, con los montones de muestras gratis que llevo, puedo probar qué es lo que me queda mejor.

—La que se puede pintar y quedar elegante.

—Con una indumentaria sencilla no te podés pintar demasiado, tipo de mujer que ha estudiado. Cada una con su tipo.

—

—No, pero si vos me dijeras que sos la más vistosa de Vallejos entonces yo te retiraría mi confianza.

—Pero menos mal que esta vez por Vallejos estoy de paso.

—Les da rabia. Querían que me quedara encerrada en mi casa, toda de luto.

—¿De veras? Es que aprendí lo que es elegancia. Y tengo conversación ¿no es cierto? Aunque no haya estudiado ¿no? Con vos yo me llevo bien, Mita, porque no sos envidiosa, vos no te pintás más que los labios y te ponés un poco de polvo, pero vos sabés que ni a vos ni a mí las de acá nunca nos quisieron por forasteras.

—

—Tenés tu casa. Y Berto está a un paso en el negocio: el único momento que no lo ves es cuando vas al cine, de seis a ocho, pero un día con volverte por la mitad de la película basta, si tuvieras alguna sospecha, pero no creo que Berto te haga una cosa así.

—

—¿Qué? no tendría que dar más que una ojeada, para volver con alguna de las de antes, vos no sabés como son

52

estas moscas muertas de pueblo.

—

—Cuando lo contradije, porque vos habías estudiado y por eso te tenía que hacer caso en todo. Cómo me hubiese gustado estudiar, a mí.

—¿Por qué no se le puede decir?

—Ya estaba contra mí desde que le defendí a las mujeres que se pintan.

—Al nene el último domingo que pasé en Buenos Aires. Se tuvo que traer del colegio el libro para repasar Geografía, y tenés que ver cómo se conocía el mapa de Europa.

—Y así quedo bien, será que soy muy alta, tengo un tipo de norteamericana.

—En las giras.

—Los anteojos ahumados de armazón blanca y el pelo aclarado color cobre y lacio.

—El jefe de la Hollywood Cosméticos. Que convenía hablar poco, tener mucha autoridad, presentarse muy bien puesta y no dar mucha importancia al cliente.

—"Haga como la inspectora americana que vino el año pasado, no daba confianza a nadie", y claro, no hablaba porque sabía poco castellano. Entonces yo aproveché, ya que tengo tipo de norteamericana, para no darle importancia a nadie.

—Con trajes de brin de sport, amplios, con un buen

cinturón ajustado para lucir la cintura, y con el cabello bien cepillado hasta que parezca que la melena es de seda, que bailando en una boite tirás la cabeza para atrás y caería ese pelo en cascada provocativo sobre los hombros, y si hubiera una despedida en un aeropuerto el viento lo hace flotar y parecería emocionante. Que hay que saber mantenerlo sedoso, si no te lo lavás nunca te queda pegoteado y si te lo lavás mucho está todo plumoso seco.

—

—Una buena base de crema en la cara y casi sin colorete (es mejor pálida, más interesante) y después mucha sombra en los ojos que da el misterio de la mirada y cosmético renegrido en las pestañas. ¿Sabés una cosa? todos los peinados de Mecha Ortiz me quedan bien. No hay artista que me guste más, entre las argentinas.

—

—Hay que ver que se puede hacer cualquier peinado que todos le quedan bien. Quién sabe qué sinvergüenza era el marido, porque es viuda ¿sabías?

—

—Con el pelo largo está regia, bien largo y con ese jopo alto sobre la frente. Qué mujer interesante.

—

—De haber sufrido, porque para hacer esos papeles tan fuertes debe haber tenido una vida terrible, porque se ve que los siente. Empezó a trabajar como artista recién después de viuda.

—

—Y en una película cuando se enamora una siente que se muere por ese hombre, no le importa de nada, y sacrifica todo por seguirlo.

—

—En Buenos Aires a montones, para charlar un rato, nada más. Yo no sé si haría igual que ella, pero para eso hay que estar enamorada de veras, locamente enamorada. Yo ya no espero nada ¿me entendés? nada.

—

—No puedo.

—

—Siempre fue buen mozo, un artista de cine.

—

—Del campo al pueblo y del pueblo al campo, pero nunca se lo veía acompañando a alguna, él andaba siempre solo con algún amigo, no era compañero de las chicas. Y sin embargo, de tanto en tanto se corría la voz de que había alguna loca por él, que se quería matar o meter de monja, y hasta chicas con novio...

—

—Que lo tenés encerrado, porque no sale a ninguna parte y está enfrascado en sus negocios.

—

—Si no querés saber quiénes eran, me callo. Tantos años hace ya: con Jáuregui yo de novia tenía una ilusión.

—

—Los años de diferencia. Pero me daba todos los gustos: cuando venía a visitarme a Bragado no había un día que no fuésemos a tomar el copetín a la confitería, yo tomaba un poco de cerveza porque a mis hermanos no les gustaba que tomara vermouth. Y Jáuregui era de pocas palabras.

—

—Que empezaría a contarme sus cosas cuando nos casáramos y tuviéramos más confianza.

—

—Apenas si me pintaba los labios ¿me entendés lo que te digo?

—

—En invierno. Cuando llegamos a Vallejos hacía un

frío loco, teníamos una estufita que apenas si calentaba un poco la pieza. ¡Qué frío hacía para desvestirse! Y Jáuregui cómo se aprovechó, y yo ahí que no sabía nada, como un ángel.

—

—¿Vos te desnudabas delante de tus hermanas?

—

—Yo nunca.

—De novios él me había tocado toda pero pasando la mano por debajo de la ropa, que no es lo mismo que te toquen sin nada. Es tan feo estar desnuda, que se ven todos los defectos.

—

—Con la luz apagada. Pero soy tan blanca que se me ve toda, y una vez que me retiró las sábanas yo me tapaba con las manos y después me agarró las manos y no hubo nada que hacer, tener que desvestirme en la pieza con un hombre, y no hubo quien lo calmara, yo nunca había visto a una persona perder el control así. A Jáuregui de novios yo lo había besado y besado nada más, viste a los gatos cuando les echás agua se ponen como locos y los pelos se les revuelven todos. Jáuregui no era la misma persona, estaba todo desgreñado.

—

—Vos a todo que sí, porque te prometía dejarte ir a La Plata.

—

—¿Y para el casamiento de tu hermana?

—

—Esa vez no te habrán dado permiso en el hospital, pero todas las otras veces que no viajaste fue por Berto, por el capricho del señor Berto.

—

—Por los líos para llenar los papeles de la sucesión de

Jáuregui.

—

—Y se murió, y a mí si me preguntan cosas de él no sabría contestar nada, nada más que me llenó de cuernos y yo cada vez que me daba cuenta de esas tramoyas... daba gracias al cielo. ¿Qué podía saber yo de los datos que me pedía el abogado?

—

—Pedir todo por carta a mi cuñada, que entendía todo al revés ¿cómo no me iba a dar cuenta de la cajera? ¿desde cuándo una hora todas las noches para hacer la caja? Yo lo mismo cenaba con mi chico y después le recalentaba la cena a él, aunque pusiera cara de perro, que la comida estaba medio pasada.

—

—No, vos te morirías.

—

—Con el malhumor que le tenés que aguantar. Yo lo mismo no dejaba de arreglarme, me sacaba el trapo de la cabeza y el delantal y si era a la tarde me iba a tomar un mate a tu casa, vestida regia, impecable: te veo levantarte de la siesta toda ilusionada con los ojos hinchados de dormir.

—¡La noticia de que Berto te dejaba ir a La Plata ese invierno!

—Empezaba a temblar yo antes que vos, creeme.

—De esa forma no hay modo de pelearse, yo no me le podía callar a Jáuregui, yo siempre contestaba.

—

—¿En el hospital ganabas más que en la farmacia?

—

—Me preguntaban todo porque sabían que yo les buscaba la vuelta, a ésas sin frente o las de cara larga, para que el turbante las favoreciera.

—

—¿Cuántos cumpliste?

—

—¿Qué te regaló?

—

—¿Por qué?

—

—No, al negocio venían pocos, nada más que Ramos, el representante de las telas, qué encanto de hombre. Y el peón que le cargaba las telas, un urso que me hacía acordar de Jáuregui.

—

—Porque no hablaba.

—

—Mita, qué ilusión me hice con Ramos...

—

—Un poco joven para mí, pero tan fino, tan educado, unos modales... que ni una niña. ¡Y sabía de todo!, de modas sabía más que todas las del negocio y nos traía él las últimas novedades.

—

—En seguida. Me contaba de las cosas que veía en el teatro Colón, unas danzas clásicas divinas.

—

—No fui por tonta, quería estrenar un traje de terciopelo negro que después no me lo hice. Me decía que yo le resultaba tan interesante, quería que le contase todo.

—

—De Jáuregui y todo, todo, con detalles.

—

—Desde la primera noche. Y de las costumbres de Jáuregui. Se ve que me quería excitar, porque otro día me pidió que se lo repitiera todo de nuevo... ahí yo creí que iba a aprovechar para proponerme algo, y ya me empezaba a dar asco... pero no, no sé qué le habrá pasado. Yo nunca había hablado con un hombre de esas cosas.

—

—Yo, un día en la tienda. Le agarré la mano. Y al Colón hubiese ido lo mismo sin el vestido de terciopelo, hubiese ido sencilla.

—

—No la movió, pero no me apretó la mía. A mí el peón me hacía acordar a Jáuregui, la dueña se dio cuenta y para hacerse la graciosa una mañana que el urso estaba entrando unas piezas de tela empezó a contar que a mí me gustaba Ramos.

—

—Pero era un hombre con el que se podía hablar.

—

—Se me partían las piernas de cansancio.

—

—A media tarde. Las chicas del taller hacen un mate cocido, y cuando podía me lo iba a tomar, las chicas se lo toman ni bien hecho porque plantan la costura cuando quieren, pero yo si estaba adelante con clientas tenía que aguantarme. Al principio a las chicas del taller les contaba mis cosas, pero después no. Las piernas se te parten de estar parada, a eso de las seis: qué larga se hace la tarde, con esa taza en la mano, sentada en un banquito del taller, además de como cansa la espalda coser las chicas no tenían más que el banquito sin respaldo, yo que había tenido mi casa... ¿vos creés que la dueña no podía comprar otras sillas? y en invierno a esa hora es noche cerrada. En verano vaya y pase, porque salís de día y te parece que todavía hay tiempo para hacer algo de bueno, pero en invierno a la hora del mate ya es noche cerrada y a la salida con el frío y sin plata para gastar ¿dónde vas a ir? Al principio les contaba mis cosas a las chicas del taller, pero de tonta que era.

—

—Las más jóvenes, y encima sin educación, que se creen divinas y a las más grandes nos ven como cualquier cosa. Pero yo he hecho muchos méritos en la vida, y ni bien cuento algo de mi vida la gente para la oreja.

—

—Me oigo y me parece que estoy contando una película, Mita, no todos tienen al hijo como lo tengo yo, que no le falta nada.

—

—Que estaba en Jardín de Infantes, si sabían que estaba en el bachillerato me daban por lo menos cuarenta años.

—

—Nadie sabía que el negocio de Jáuregui había sido bazar, porque entonces se creen que yo despachaba detrás del mostrador; nunca trabajé yo hasta que entré en esa casa de modas.

—

—Que tenía estancia, que después se murió mi marido y los abogados me comieron todo.

—

—También a ellas se les va a acabar la juventud. Y yo después me tomaba el mate callada. "Están bien en esos bancos, no las defienda" me dice un día la dueña, "que son unas chusmas, a usted la llaman la estanciera y se matan de risa". No todas las madres pueden mandar al hijo a un buen colegio, con un sueldo de vendedora.

—

—El sueldo íntegro al colegio. Total yo en la pensión pagaba poco y lo sacaba del Banco.

—

—No, Mita, las penas se acabaron, por suerte ahora en Hollywood Cosméticos es distinto, con la libertad que tengo.

—

—Un hombre fino, que hable bien, y si ella cae, que la haga sentir como una dama, y que la reciba como se debe.

—

—Una robe de chambre de seda, en una pieza perfumada, o algo así.

—

—Tendrás razón que es muy inteligente, no tenía nada y se está haciendo de una posición. En casa éramos muchos pero a él que no lo hicieran estudiar fue una pena, teniendo un hermano grande que ganaba plata a montones, bien que lo podría haber hecho estudiar.

—

—Sí, pero vos estudiaste y él no. Yo me quise morir cuando vi lo lejos que estaba Estados Unidos de Inglaterra, yo creía que Londres era la parte más chic, pero más cerca.

—

—Si le digo blanco él ya está pensando en que es negro, desconfiado como él solo, piensa que tiro la chancleta en las giras, y ahora que está ganando bien ¿por qué está tan nervioso?...

—

—Desarmaban el motor del auto y lo volvían a armar. Mi nene no manejaba porque no alcanzaba a los pedales, pero Jáuregui ya le había enseñado a manejar.

—

—Con el único que se entendía Jáuregui.

—

—Jáuregui le enseñó a desarmar el motor y lo armaban y desarmaban.

—

—Cuando sea grande no va a tener auto.

—

—¿Cómo voy a hacer para comprárselo? Si Jáuregui viviera se lo prestaría. Armaban y desarmaban el motor ellos dos pero lo mismo tenían que llevarlo al taller.

—

—Los chicos son así, la hermana de Jáuregui al nene le traía siempre juguetes pero nunca se encariñó con ella el nene, pero con el padre y el muchacho del taller de al lado se volvía loco. Y el muchacho del taller le dejaba tocar todo, la caja de las herramientas, como vos le dejás al Toto las revistas, y los carreteles de hilo, pero se me ponía a la miseria de grasa de autos.

—

—Claro que no tiene tiempo de nada, siempre en su escritorio, enfrascado en sus negocios, charlando con los empleados ¿vos no creés que están todo el día hablando de mujeres? ¿de qué otra cosa te creés que hablan si no de eso?

—

—Viajando por toda la república, aunque eso sí, es un poco solo, estar siempre viajando, una mujer sola.

—

—El momento en que una querría charlar un poco. En Mendoza a esa hora cae el frío, por más sol que haya habido durante el día, el clima de montaña.

—

—Se anda regio con un saquito cualquiera, porque además de que una se está moviendo con su trabajo, hay un sol fuerte que te da ese calorcito. Pero al atardecer hay que abrigarse muchísimo y no se ve un alma por la calle.

—

—Por suerte el nene en Buenos Aires tiene calefacción central en el internado, que es lo primero que tiene que tener un colegio de categoría, por las horas que pasa quieto haciendo sus deberes: ahí no tengo que estar yo gritándole, aprenden lo que es disciplina.

—

—Siempre en los mejores hoteles. Por orden de Hollywood Cosméticos.

—Son de hilo bordadas. El piso encerado que te refleja. A veces hablo sola, se creerán que estoy loca, a veces te hablo a vos, cualquier cosa: "Sentí Mita qué perfume tiene esta cera" o te pregunto "¿te gustan las sábanas almidonadas?"

—

—Te invitan a ese copetín y ya estoy harta de las mismas tretas.

—

—Casarme no. Tendría que conocer muy bien a ese hombre, muy inteligente, del tipo de Ramos, que me enseñe, y de danzas clásicas, porque no quiero morirme ignorante. Que sepa de todo.

—

—Casi me voy. Cuando me vino a abrir el Toto ya estaba cansada de tocarte el timbre, y ni bien golpeé en el vidrio se me aparece el Toto blanco del susto, y pensé "¡estará muy enfermo alguien, Dios mío!" pero nada, viene a decirme en puntas de pie que Berto estaba durmiendo la siesta, que no hiciera ruido.

—

—¿Y si viene un telegrama cuando el timbre está desconectado?

—

—¿Le tiene terror? Y me quedé con él hasta que te levantaste, él estaba calladito a armar casitas, porque los juguetes que tiene el Toto no los tiene otro chico en Vallejos, y yo en Buenos Aires he visto el precio de esos juguetes.

—

—Carísimos. No sé si Berto te dirá lo que le cuestan.

—

—Jáuregui no me decía nada de nada.

—

—En Tucumán, en la última gira.

—

—Tremendo, de esos hombres raros, muy ocupados, de pocas palabras, atacadísimo de dolores de cabeza, de ese tipo de hombre que le gusta estar en silencio al lado tuyo con las manos agarradas.

—

—No, conoce a todo lo mejor de Tucumán, de la mesa de la confitería se levantaba mil veces a llamar por teléfono o a saludar a alguno que pasaba por la vereda.

—

—Loco por mí, decía. Decía que nunca había visto una silueta como la mía.

—

—Una madriguera en las afueras de la ciudad. Me lo pedía de rodillas, yo ni loca hubiese ido.

—

—¿Quedaría mal de rojo?

—

—Encaprichado con que te compraras la tela verde turquesa ¡ni lo dejaba hablar al vendedor de la tienda!

—

—Mejor que no, porque te entusiasmaba para que compraras cualquier cosa ¡marrón oscuro! sabés cómo son los vendedores.

—

—Desde la cocina con mis panqueques ya se oía que se acercaba la tormenta: "mami, comprate el verde turquesa que es el más lindo, mami" y Berto que no y no ¡qué hombre más nervioso!

—

—¡Y éste seguía! "papi: mami se tiene que comprar esa tela" y Berto que explotó.

—

—Te aseguro que no fue culpa mía, era buen candidato y se me escapó: pero al final resultó una porquería. En Tucumán tiene mala fama.

—

—No, porque con otra se había portado mal.

—

—No, una mujer regia, muy interesante, mucho mejor que él.

—

—Por tener una debilidad, y al tercer día que lo conoció... le aflojó.

—

—Exacto, un chalecito muy lindo por las afueras, y la convidó con un cognac y no habían dicho dos palabras que ya le echó las manos encima, ni se puso robe de chambre ni nada.

—

—No sé, da otra sensación de respeto. En una vidriera vi unas de una tela de brocato hermosas... Y me decía ella que a la media hora él se despertó de ese sueño que les viene, ya se levantó que se quería ir, que tenía que hacer, de mal humor.

—

—¡Porque le vinieron ganas de quedarse! de dormir ahí toda la noche y no volver al hotel (viajaba como yo), que quería ver con tranquilidad las cortinas, con un trabajo muy lindo de las indias del norte, y el quillango chileno, y estar ahí como en su casa, ella misma me lo contó.

—

—Con todos los detalles, pero él no la dejó. Y ella le insistió y él se puso seco que al final tuvo que confesarle que el chalet no era de él, de un amigo.

—

—Porque por la calle no la saludó más. Pero Mita, a Jáuregui yo no se lo hubiese permitido, que pegase un puñetazo en la mesa e hiciera llorar al chico porque insistía que te comprases esa tela que es la última moda, que siempre tenés que estar con esos vestidos de vieja, porque perdoname, pero es ropa demasiado seria. Y antigua.

—Un chico se asusta con esos gritos, y el puñetazo y el plato roto.

—

—No digo que te pongas un vestido rojo fuego o el famoso verde turquesa, porque no es para tu tipo, pero lo mismo si yo hubiese estado en la mesa me ponía a defender al Toto, que él lo único que quería era ver a la madre bien vestida, como una artista.

—

—Yo no tendría que ser tonta por la calle.

—

—Porque así después hablando puede uno llegar a entenderse, y los dos pueden gustarse. A veces hay que ser viva y hacerles ver que una aceptaría.

—

—Y no hay que volver al hotel tan temprano.

—

—No te vayas a creer que yo fui tan tonta alguna vez.

—

—¿Pensaste que sí? Confesalo.

—

—Ya después pierden el interés y no quieren hablar: porque te hayan visto sin ropa creen que ya saben todo de vos, ya no valés nada, ni que fueras un vestido pasado de moda.

—

—Exacto: con las manos vacías y más sola que nunca.

—

—Sí, y subir después sola a tu pieza del hotel y no hablar con nadie.

—

—Yo a Jáuregui le contestaba siempre, y cuando se metía con el nene y no tenía razón yo era capaz de arrancarle los ojos, por más que fuera el padre. Pero Jáuregui se lo tenía conquistado al nene.

—

—Pero en las giras siempre hay que hacer, no te creas.

—

—De llevar la ropa en las valijas se te arruina muchísimo. Siempre al volver al hotel hay algo que arreglar, o planchar, y por lo menos estás tranquila.

—

—En los hoteles una de las cosas que me encantan es probarme toda mi ropa y estudiarme en el espejo.

—

—Para las combinaciones de vestidos con pañuelos y zapatos y cartera. Primero los conjuntos de mañana, con el pañuelo en la cabeza, y después los de tarde con el pelo recogido con una cinta o suelto. Y me paso las horas con los cambios, es divertidísimo, lástima que no me pueda fotografiar. Y así paso el rato.

—No, me hago subir un café con leche completo, yo no ceno, que es bueno para la silueta y el bolsillo. Y cuando tengo ganas de verme bien, me pruebo la ropa de noche, con peinado alto, como el que sacaba Mecha Ortiz en la obra *Mujeres*, cuando al final va a encontrarse con ese hombre que ella quiere tanto.

—

—No me acuerdo.

—

—¿Era el marido? Divina estaba, con una silueta delgada, un traje negro ajustado y la expresión de mujer enamorada, contenta de ir a verlo, que hace mucho que no lo ve: un hombre fino, inteligente, delicado. Y no hay como estar bien vestida, una parece otra. Porque una será lo que será, tendrá el busto caído, o tendrá barriga, que yo no tengo nada, la cuestión es que con un vestido bien cortado que tape los defectos una mujer queda regia, y ya no es una mujer cualquiera.

—

—No, no es eso lo principal, yo no estoy de acuerdo con vos, Mita, perdoname. ¡Que sea interesante! no hay que dejar de ponerse sombra en los ojos.

—

—No, pero atrae más, parece que oculta un pasado. ¿De dónde sacan el coraje esas mujeres, para hacer esa vida? Las ladronas de joyas, o las espías. Hasta las mismas contrabandistas. Pero hacen otra vida. Más interesante. Porque eso es lo principal, que la gente te vea pasar y diga "qué interesante es esa mujer... quién sabe quién es..."

V

TOTO, 1942

Sin modelo no sé dibujar, sin modelo mamá sabe dibujar, con modelo dibujo mejor yo. ¿Qué dibujo hago hasta las 3? El aburrimiento más grande es la siesta, y si pasa un avión papá se despierta, los gritos, mamá aprovecha y se levanta. Mañana, cumpleaños de la de González, a esta hora vistiéndome; la de González de ojos saltones. De ojos chiquitos, y del sueño más chiquito todavía, el padre de Alicita no se desnuda para dormir la siesta, y a ponerse en fila, yo, Alicita y la de González, a dejar las ventas, ganando tanta plata jugando a la tienda en lo de Alicita, y ¡a ponerse en fila! nada más que media hora y ya se levanta de la siesta el padre: yo no había hecho nada de ruido, ellas sí... y nada de romper cosas, el susto corriendo a formar la fila, y del bolsillo sacó una mano el padre, y uno, dos, tres caramelos, el padre de Alicita es padre de nenas. Con los dedos fuerte le puedo borrar los colores a una mariposa, apenas tan despacito hay que acariciarla, polvitos de colores sobre las alas: un beso en la frente "hasta mañana" me dice mamá todas las noches, con la caricia casi de mariposa en un cachete, la misma caricia me dio el padre de Alicia, que es padre de nenas. El padre de la de González es padre de la de González pero también de dos varones y no debe acariciar. ¿O porque tiene negocio y está nervioso? ¿el padre de Alicita gana mucho? no, que es el gerente de la ferretería pero no es el dueño. Y a la noche antes de acostarse serán mentiras de Alicita, seguro, que juegan a hacer dormir a la muñeca, y él es el doctor si la muñeca está enferma, tantas muñecas! siempre alguna tiene la gripe en la pieza de Alicita, y apagan todos la luz al mismo tiempo, Alicita, la madre, el padre y todas las muñecas, los nervios de los dueños de negocio, tienen que leer antes de dormirse que mejor si es que viene la tormenta veo la luz prendida, y llamo a mamá? y si papá está justo agarrando el sueño? La tormenta de anoche pasó en seguida, después me dormí. Unos truenos sin rayos y refucilos. En el colegio a la mañana empezó un poco otra vez pero sin refucilos. Está nublado ahora pero no llueve más y hasta las tres de la tarde que tengo lección de piano me voy al negocio que no hay nadie, a dibujar carteles, pongo en letras grandes Alice Faye en (con letras árabes) *En el viejo Chicago*, y después hago un dibujo de la cara grande de Alice Faye calcada en el vidrio de la puerta. Hay barro por todo el patio, que hasta las tres no vienen los del negocio ¿y qué hago? Por suerte mañana el cumpleaños, se asustó de los gritos de papá mi compañero de banco y no quiere venir a jugar al zaguán, tocó el timbre a la siesta que yo me olvidé de desconectarlo y papá desde la cama pegó unos gritos de truenos. Y no pasa más la hora, hasta que lleguen las tres. Mamá hasta las tres y media no se va a levantar. Mañana no se va acostar, para vestirme. Voy a ver si me salen las letras chinas. Alicita no juega hoy que está en penitencia, a mí no estoy loco que me van a poner en penitencia. Tengo 10 en Dibujo y en Ciencias, y 9 en Aritmética y 9 en Dictado y 10 en Lectura. Y la de inglés le dijo a mamá que yo aprendía todo lo que me enseñaba. Después de piano hoy me toca inglés y a las cinco ya termino que me vengo a tomar la leche, que ya están los del negocio, puedo ir a jugar un poco con el Lalo que es grande de pantalón largo y me deja ayudarlo a pegar etiquetas en las botellas, es bueno, pero papá una vez dijo que era un bochinchero el Lalo que está seguro que no va a durar un mes y lo va a echar. El Lalo es el más bueno de cara, no es roñoso negro como los otros aunque él también vive por las calles de tierra pero sin cara de negro de dientes marrones del agua salada, cara blanca de artista, de la película en serie del que se escapa del reformatorio que es bueno pero en un momento de rabia le da un cuchillazo al policía. Pero no viene a jugar antes de abrir el negocio, si mamá lo invitara a que se quede a comer después que termina de trabajar a la una a lo mejor se queda, que siempre cuando viene a traer la leña se queda mirando la comida que hace la Felisa y yo una vez le iba a guardar un merengue con dulce de leche, pero mamá no va a querer. La bicicleta que me gusta a mí es la más chica con las rueditas a los costados para no caerse, a papá no le gusta, a mí sí. Y después de inglés juego un poco con el Lalo y me vuelvo a hacer los deberes que quiero hacer una ilustración al problema de regla del tres, la maestra no pidió ilustración pero quiero dibujar un molino que vi en la revista que lo quiero dibujar y no sabía donde ponerlo, pero el problema es del agua de un molino. Y me lo quiero pintar bien todo con el contorno bien hecho en negro, y cuando tocó dibujar el aparato digestivo del ave yo no hice el del libro de lectura, me copié el del libro de Zoología del Héctor, que era más difícil y la maestra lo vio y yo creí que le iba a gustar y dijo que era más que el aparato digestivo que estaban los aparatos reproductores y me dijo "en el recreo vení". Y en el recreo fui y me agarró a explicarme todo: "Toto, te tendría que hacer arrancar la página, pero ya que lo hiciste tan bien te lo voy a explicar todo porque puede venir la inspección y van a decir que dibujaste esto como habla un loro, sin entender lo que dice." Y me empezó a explicar qué querían decir óvulos y genitales y líquido del macho y todo del nacimiento porque estaban dibujados unos racimitos amarillos y un lío de cañitos de aquí y de allá, una especie de taza verde para abajo con nombres difíciles y el dibujo estaba bien pintado pero era feo con todas esas líneas enredadas parecía un cuerpo de araña venenosa y arriba de todo estaba la cabeza del ave con unas pocas plumas. Y la maestra "¿entendés lo que te digo?" y yo "sí" y no entendía nada porque me puse a pensar en otra cosa a propósito y ni le oía lo que decía, que el gallo, y que el líquido del macho, que me aburrió y dele preguntarme si entendía y yo le decía "sí, sí" y para mis adentros le decía "escorchona", que me explotaba la cabeza de tanto hacer fuerzas para pensar en otra cosa. Alicita no hace dibujos muy lindos, dice que no tiene tiempo, que tiene que ir a visitar a la tía y el nenito. Yo tengo tiempo de hacer el dibujo porque si no voy a inglés y después voy al cine a las seis, lo hago a la hora de inglés, y si tengo inglés lo hago a la hora del cine, pero si dan una cinta linda y tengo inglés hago los deberes rápido rápido después de tomar la leche y no voy a jugar con el Lalo, que yo creo que no lo van a echar. Pero si el Lalo quiere jugar con las botellas a las seis y dan cinta linda yo no lo voy a ayudar a pegar etiquetas, más lindo que todo son las cintas. Que si la profesora de piano me da turno a las dos me salvo de esperar hasta las tres. Pero si Alicita no está en penitencia me quedo sin jugar con ella hasta las tres. Alicita dice siempre que la ponen en penitencia y por eso no puede jugar, pero un día era mentira porque la madre le guiñaba un ojo. Alicita es la más linda del grado. Yo me siento al lado de mi compañero de banco. Alicita se sienta al lado de la de González, la rubia. Alicita es morocha, con el pelo no negro, castaño limpito y las ganas de tocarle el pelo, con la vincha blanca ancha, de seda. Que brilla la vincha y brilla el pelo. La vincha brilla fuerte, el agua del aljibe está que apenas se mueve cuando levanto la tapa, me asomo para echar el balde y ¡paf! largo la cadena con el balde y al mismo tiempo entra el sol y se hace una salpicada bárbara con las gotitas que brillan, y levanto el balde y ¡paf! otra vez que vuelven a saltar las gotas, todas lamparitas encendidas que se apagan, porque hay que tapar el aljibe que si no entra tierra. Yo la vi a Alicita que se peina sola, se hace la raya sola, primero se tira todo el pelo para adelante, largo, lindo, que se dice cabello, pelo es para los hombres, o los animales, los animales no muy sucios, la Pirucha tiene pelos sucios, pero Alicita tiene cabello, porque es suave y no tiene rulos, que es más lindo, le cae blandito con las puntas levantadas para arriba que me están apuntando y si voy y enrosco un dedo la Alicita me dice "no me despeines". Que el pelo le brilla y que habría que decir cabello, porque es lindo, que son como hilos que crecen de la cabeza blanca. Yo le miré un día la cabeza a Alicita porque jugábamos a los piojosos, a propósito lo inventó ella el juego para verle la cabeza a la de Chávez que dicen que tiene piojos, negra con los dientes manchados del agua salada. Y la de Chávez tenía la cabeza tan sucia que no se veía nada, y por fin me tocó mirarle la cabeza a Alicita y era blanca blanca, más blanca que la cara, y lustrada, y le crecían todos los pelitos como hilos, los hilos de coser, pero no esos de remendar las medias, esos otros con que mamá bordó las plantas coloradas del cubrecama, que quedaron las mejores, y cuando entré en la pieza me pareció que la cama estaba prendida fuego. Y no son todos iguales los pelitos del cabello de Alicita, porque uno brilla, otro no, otro un poco, otro nada, y si se mueve, el que brillaba antes ya no brilla más, y brilla el otro, y el de al lado más, y menos, y siempre está cambiando. El delantal es todo de tablas como el de la maestra y cortito que Alicita se sienta y se le ve la vacuna. Con la de González juegan siempre a dibujar margaritas y después, que hablan siempre de novios, van tachando un pétalo y el otro, y el otro, y dicen "me quiere mucho poquito y nada". Yo quiero ser el novio de Alicita, y el pelo de Alicita es lo mejor para jugar a eso de me quiere o no, que yo le cuento los pelos de un mechón y el pelo está cerca de la cabeza donde se piensa y los secretos, con la de González están llenas de secretos, se miran un poco y ya se ríen porque adivinan lo que están pensando, si el novio es uno de tercer grado, como yo, o de cuarto o quinto. El Héctor está en tercer año nacional, en la pensión con el padre en Buenos Aires. Y después de terminar el problema, que les gano a todos que soy el mejor de la clase, me puse a mirarla a Alicita, y tenía un mechoncito medio escapado de la vincha y me puse a ver un pelito que brillaba, otro que no, otro un poquito menos, "mucho, poquito y nada". Pero movió la cabeza y cambiaron todos los brillos y no se podía ver más. Que después pensé que le podía decir que no se moviera, qué sé yo, porque la estaba dibujando, pero no pude saber. La de González me mira abriboca y no me dice nada. Alicita habla y se ríe de todos y me cuenta de la prima grande que está pupila en Lincoln y les hace cosas a las monjas, de noche se levanta descalza con otras y se van algunas chicas al baño a leer novelas y se meten en la cocina a robar galletitas, pero no la conoce a la Teté, que también está con las monjas de Lincoln. La Teté es medio prima mía. Alicita no tiene miedo de levantarse a la noche y quiere ir pupila a Lincoln. La Teté por suerte va a venir a Vallejos, vamos a jugar a la siesta que me aburro que mamá duerme la siesta. Si viniera Alicita, pero no viene que la madre es amiga de la madre de Luisito Castro, la llevan y Alicita juega con Luisito, aprovechador que un día lo vi que le pegaba a uno más chico, que él es alto y es más grande que yo que está en 4.º, tiene diez años y yo nueve, qué infeliz como habla con una papa en la boca. Mamá dice que tiene la misma cara de bobo de la madre y habla como un chico de tres años. Alicita una vez dijo que Luisito le habia dicho si quería ser la novia de él, el idiota, con esa cara de burro. Las patadas que le daba al más chico, a mí me vio un día en el cine que fui a convidarle caramelos a Alicita al asiento y me miró, los zapatos los tiene con suela gruesa, "vos no le tengas miedo y pegale una buena trompada" dijo papá ¿y cómo supo? a mamá sola se lo dije, la trompada debe ser cuando Luisito está mirando para otro lado, en la barriga, y la puerta preparada para correr y cuando me ve otra vez a la salida de inglés? A Alicita la maestra la quiere más que a las otras, más que a todos, que la maestra va a la casa y es amiga de la tía que es linda blanca, no se pinta, cara de que va a la iglesia, flaca, mamá dice que es delicada de salud, porque se enferma de nada, y yo no tengo una tía maestra. Y un día le preguntó la maestra a Alicita cómo estaba la tía, que estaba esperando la cigüeña, y todos los días al pasar por el banco de Alicita a corregirle los deberes le preguntaba cómo estaba la tía, porque si estaba enferma cuando venía el nene no le podía dar la teta, que la tía es flaca y no tiene tetas nada, sería por eso. Y un día Alicita estaba toda contenta y le dijo que la tía había tenido un nene y estaba bien, así que le habrá dado la teta, que se casó con uno del Banco de la cara linda, que siempre está vestido con un traje bueno que papá no se pone y la camisa blanca y la corbata nudito chiquito, como los dibujos del catálogo de Gath & Chaves, que es bueno nunca se enoja me parece, y está en el Banco de la Nación con el piso de mármol que encera la madre de la Felisa, todo grande que se puede bailar, y los barrotes dorados de las ventanillas y detrás hace cuentas el que se casó con la tía de Alicita, con cara de las cintas. Que el nenito recién nacido cuando aprenda a hablar le va a dar un beso y le va a decir "te quiero mucho papá" ¿y no lo pinchará con la barba al nenito?

No, porque no, que se afeita siempre, está detrás de los barrotes que brillan de oro, el piso brilla de mármol, la cara brilla de afeitada. Papá tiene la barba que pincha porque está nervioso, en el negocio que están las bordalesas sucias con chorreadas violetas de vino, y siempre con el poncho de tío Perico que murió. El poncho marrón como tierra, los médanos si sopla el viento fuerte se cambian de lugar y hay que tapar las bordalesas que yo les saco el tapón para mirar adentro. Y lo dibujé al que se casó con la tía de Alicita y me salió igual, que hice los dos ojos bien iguales grandes abiertos con pestañas y una nariz chica y la boca chica con los bigotes finitos y el pelo con el pico en la frente y sin raya como Robert Taylor, que el tío de Alicita si fuera artista haría que se casa con Luisa Rainer en *El gran Ziegfeld* en vez de que ella se muera, cuando está enferma y se está por morir y lo llama por teléfono al ex esposo Ziegfeld que la dejó por otra y ella le dice que está sana para que Ziegfeld no se ponga triste, y apenas es la mitad de la cinta pero ella no sale más porque se muere en seguida, y mucho mejor sería que en eso suena el timbre y Luisa Rainer va a abrir y es uno que se equivocó de puerta, que es el tío de Alicita, pero Luisa Rainer está tan cansada después de levantarse a hablar por teléfono que se desmaya ahí mismo en la puerta, y él entra y la levanta y llama en seguida al mandadero del hotel, porque están en un hotel de lujo, que es un chico sin padre, que el padrastro le pega. Y lo manda a la farmacia a buscar remedios y mientras la pone a Luisa Rainer en el diván, y enciende la chimenea, la tapa con el quillango blanco de armiño, para que Luisa Rainer esté abrigada que estaba congelada, y se da cuenta de que ella está por morir. Pero con la ayuda del chico mandadero que llega cargado de remedios. Y en *El gran Ziegfeld* se muere de verdad, por la mitad de la película, y no sale más, que es una artista que me gusta, y después sale Myrna Loy que no me gusta mucho, alta, nunca se muere en ninguna cinta, a mí me gusta más Luisa Rainer que hace siempre de buena que todos la embroman, y a veces se muere, pero al final es lindo que mueran pero cuando se mueren por la mitad no aparecen más. Entonces sería lindo que siguiera la cinta con el que se casó con la tía de Alicita, ayudado por el mandaderito, empiezan a cuidarla a Luisa Rainer y el mandaderito se va a la cocina del hotel y se roba ravioles, una perdiz y tajadas de arrollado, no, mejor imperial ruso, y las trae y al principio ella dice que no tiene hambre pero el tío de Alicita le empieza a contar que con la nieve que empieza a caer van a hacer muñecos, van a ir a dar vueltas en trineo a la hora de la siesta y el mandaderito se pone triste porque no le dice que lo van a llevar, pero por lo menos contando esas cosas Luisa Rainer se va comiendo algunos ravioles, y un poco de perdiz y un buen pedazo de imperial, que nadie le traía nunca nada de comer. Y el hombre ve el piano y se pone a tocar y el mandaderito hace un zapateo y la Luisa Rainer se pone a cantar como al principio de la cinta y él se queda con la boca abierta y se miran con el mandaderito que se come un poco de imperial y el tío de Alicita no lo reta. Y todos los días después del Banco él viene a cuidarla a Luisa Rainer y el mandaderito le cuenta si ella comió o no, que ahora en la pieza tiene comida de sobra. Y el tío un día la besa en la boca y le dice que la quiere y yo desde la cocina del hotel le tiro una moneda al del organito que pasa por la calle para que toque una pieza y Luisa Rainer se levanta poco a poco y se da cuenta que se está curando y salen a bailar. Y ella está contenta, piensa que ahora van a salir juntos y se van a casar, pero él está triste. Y el mandaderito viene y los ve bailar y piensa que se van a casar y lo van a llevar a vivir con ellos. Y corre y lo abraza y le da un beso fuerte en los cachetes al hombre, que tiene esa cara linda de bueno bien afeitado, bien peinado con gomina, y le dice "¡no voy más con mi padrastro!" y el chico se da vuelta para decirle a Luisa Rainer que van a ir a vivir a una cabaña en el bosque nevado y ve que Luisa Rainer tiene los ojos llenos de lágrimas: es que el tío de Alicita se ha ido, y ya no vuelve más porque ahora la tía de Alicita tuvo un nene y él no puede ir más a lo de Luisa Rainer después del Banco porque es casado. Y ya sería el final y no sé si se moriría Luisa Rainer, no importa porque si es al final ya no puede salir en la cinta, y el mandaderito llora todas las noches, bien despacito para que el padrastro nervioso no se despierte y le grite. Cachetada fuerte como le dio la maestra a la de Chávez nunca vi, pobre la de Chávez es buena y de las más petisas más que yo en la fila, que vive en la tierra, yo soy el que mejor dibuja, Alicita también pero menos que yo, yo soy el mejor alumno y después viene ella. El año pasado yo no iba a piano pero tenía el catecismo y tenía que estar con las monjas no sé cuánto. Y mañana el cumpleaños de la de González, y viene la Paqui, grande de quinto, "a golpes se hacen los hombres" dice papá que me quiere comprar la bicicleta grande que me caigo, no se cae la Paqui que es grande está en quinto, es buena, medio linda pero con la cara flaca. Alicita cara gorda linda, los dientes lindos pero los de las esquinas largos de perro y en la risa los ojos de china y japonesa. La Hermana Clara es la que más me gustaba, jovencita, mamá nunca la vio, no me cree que era tan linda, igual a Santa Teresita en el libro de misa. La cara de buena me la puso desde el primer día del catecismo, pero después cuando vio que me aprendía todos los rezos y los mandamientos y todo, todo, me empezó a querer, me dijo "curita", que iba a ponerme de cura, estar en la Iglesia. Al cura lo vimos poco y a la Hermana Mercedes sería recién cuando terminamos el primer librito de rezos: al colegio de Hermanas todos los días para el catecismo y me saqué las ganas de ver por dentro el colegio, que es para chicas nada más. Los cortinados sin fruncir negros como el hábito de las monjas, todo de la misma tela negra. La Hermana Clara no me asustó, en el primer librito eran los mandamientos y el niño Jesús y los Reyes, pero en el segundo libro empezaron con el fin del mundo. Empieza con una tormenta el fin del mundo. Puede venir cualquier noche. Y hay que rezar antes de dormir para estar preparado. Y hay que rezar aunque no sea el fin del mundo, que a la mañana siguiente mamá o papá pueden estar muertos, se mueren durmiendo. Empieza con una tormenta el fin del mundo, mientras todos están durmiendo y suena un trueno despacio. Y relampaguea un refucilo, pero todas las ventanas están cerradas y nadie lo ve. Después empieza a gotear la lluvia. Y un poco más de truenos, como una tormenta, pero nada más. Hasta que empeora de veras, y mamá se despierta para cerrar las canaletas que no se inunden los canteros, y mira porque hay refucilos, muchos juntos, que de golpe parecía de día y se ve todo en el patio, hasta las gallinas duras en el fondo, todas mirando paradas en el gallinero. Y los truenos más fuertes de a poco hasta que uno es como un cañonazo y ya no hay nada que hacer: cae un rayo lleno de electricidad que se hunde en el medio de la plaza y la tierra se parte como un pedazo de carbón. Y un chico le preguntó a la Hermana Mercedes si la lluvia no apagaba el incendio y ella contestó que "era peor", porque "era una lluvia de gotas de fuego", que entonces yo no sé dónde nos metemos, porque se irán quemando las casas como sánguches de arriba por la lluvia y de abajo por la tierra encendida y se viene todo abajo. Y la de González preguntó si la gente no se podía meter en la Iglesia y en el Colegio de Hermanas y dijo que no, que "estarán cerrados con llave y pasador, el Padre y las Hermanas serán los primeros que se presentarán a Dios para el juicio final". Entonces serán ellos los primeros que se reciben las gotas de fuego, que deben agujerear el hábito negro de las monjas y la sotana negra del cura, y los va a agujerear a ellos, y por los agujeros se va a ver todo lo feo, los racimitos, y los cañitos enredados, y la taza verde para abajo, en el aparato digestivo-reproductor. Pero es pecado pensar eso de las monjas y el cura que son de Dios, yo creo que a ellos les caerá una lluvia distinta, de gotas negras de alquitrán hirviendo que va agujereando y al mismo tiempo tapando todo de negro como al empedrar las calles. Lástima la Hermana Clara, es linda pero verde la cara buena de Olivia de Havilland y yo le dije que era buena como Santa Teresita, no me asustó con el fin del mundo. A la noche no hay que comer mucho que da sueños malos y mamá no me dio más huevos fritos de noche, ni siquiera pasados por agua. No me puedo dormir y después sueños de miedo, mamá y papá apagan la luz que ya se leyeron todo el diario, que a veces oigo que mamá le lee a papá en voz alta porque papá es mimoso, de Tobruk y de Rommel y de Pantellería que ya me tienen cansado. La Paquita no tiene miedo a las tormentas. Viene todos los sábados a la siesta a jugar con mi compañero de banco y yo. Lo mejor es a la selva. Y ahora lástima que no están más los árboles de peras que parecía más la selva, el día que los cortaron era temprano y cuando me levanté ya sabía que los árboles estaban cortados, casi de raíz y quedaba un poquito de tronco y nada más, había que dar toda la vuelta al negocio para no pasar por el patio a verlos. No me acerqué a ver los tronquitos, pero le deben doler al árbol todos esos hachazos, esa madera clarita de adentro tiene que ser más blanda, papá, ¿se puede masticar la madera blanda? y "no, no hagas eso" y papá, ¿los árboles sienten algo? y "no, no sienten nada" pero tuvieron que agrandar el negocio y papá no quería hacer cortar los árboles y yo tampoco. Voy a hacer fuerza para no pensar más en eso. Y él tampoco pasó a mirar los árboles de pera recién cortados, dio toda la vuelta por el negocio para no ver, y le pregunté si había llorado que tenía los ojos rojos y dijo que los hombres no lloran, que era de dormir. Pero yo lo había visto cuando recién se levantó y no tenía los ojos así, el pelo revuelto y la barba que pincha. Mamá hizo como yo, se tapó la vista y ahora la selva son las bordalesas, todas en fila, un tablón va de una fila a la otra, es el río Amazonas. Los cocodrilos están escondidos debajo de los tablones, la chica tiene que pasar y se cae del tablón, se cae al río. Tiene que correr sin que la alcancen los cocodrilos, que con esa boca grande se la tragan. Y si por ahí la agarran, los buenos vienen y tienen que soltarla de los cocodrilos a la chica, pero si se la alcanzan a comer a la chica ya se termina el juego y entonces de golpe a cambiar, y la chica se transforma en el cocodrilo que la tiene agarrada la suelta y sale corriendo con los buenos porque se lo come la chica que parecía tan buena pero yo grité "cambiemos de juego a que la chica es el cocodrilo" y se volvió cocodrilo que con esas bocas que se tragan enteros un hombre dan más miedo que los leones, pero más miedo dan todavía las plantas carnívoras del fondo del mar. Que Alicita es buena yo creía, pero por ahí le guiña el ojo a la madre, o a la de González, "¡cambiemos juego!" le grito a la Paqui y se vuelve cocodrilo, Alicita de golpe se pone que no me muestra el dibujo que hizo, y no me contesta si le hablo, y me dice mentiras guiñando los ojos, y siempre los ojitos lindos de chinita como siempre, que se ríen, y los dientes de Alicita lindos aunque con los de los costados largos de perro... pero que a lo mejor no son de perro..., son ya medios de cocodrilo, y las piernas con zoquetes lisitas..., pero que a lo mejor si en ese momento le toco... siento que no es lisita como parece, que tiene toda una costra filosa como los cocodrilos, dura y pegajosa que no se le puede clavar el cuchillo, los que caen al agua se gastan todos en clavarle el cuchillo en el lomo pero no pueden y es ahí que el cocodrilo gana tiempo y se los come. Solamente poniéndolos patas para arriba se les ve la parte blanca amarilla más clara, y por ahí es donde se les puede clavar el cuchillo. Pero no voy a pensar más en eso, que es feo. Yo sé una poesía en inglés. Pero la profesora no sabe la que canta John Payne en "A la Habana me voy", que yo quería aprenderla en inglés. Rita Hayworth en *Sangre y arena* canta en castellano y a papá le gustó, que ese día era a beneficio de la Sociedad Española: el gallego Fernández vino a casa a vender entradas y papá se compró para él también. A papá no le va a gustar, ay qué miedo, no le va a gustar, y ¡sí! muchísimo, que salió contento de haber ido y "ahora voy a venir siempre con ustedes al cine", que viendo la cinta se había olvidado de todas las cuentas del negocio, y salíamos del cine caminando y papá decía que le gustaba Rita Hayworth más que ninguna artista, y a mí me empieza a gustar más que ninguna también, a papá le gusta cuando le hacía "toro, toro" a Tyrone Power, él arrodillado como un bobo y ella de ropa transparente que se veía el corpiño, y se le acercaba para jugar al toro, pero se reía de él, que al final lo deja. Y a veces pone cara de mala, es una artista linda pero que hace traiciones. Y decime papá todas las otras partes que te gustaron, cuál artista te gusta más. ¿Rita Hayworth? y así íbamos a hablar toda la cena de la cinta, y no sería como verla de nuevo? y mejor todavía era si íbamos a la confitería "La Unión" tomando un cívico con sánguches, que si pasan Alicita y la madre yo quería que lo vieran a papá que estaba todo vestido con la camisa blanca y el traje azul marino que nunca se pone, y la cara linda sin la barba y el pelo con gomina. Y ya se lo estaba por decir que fuéramos a la confitería pero en la esquina del cine estaban los empleados del negocio y lo empecé a tironear a papá pero agarró para donde estaban ellos y a decirles que fueran a ver la película y que por radio transmitían la pelea del campeonato, y el campeonato y el campeonato, y yo le dije a mamá que fuéramos a la confitería y mamá me miró que me callara, que si íbamos teníamos que invitar a todos y pagarles y yo se lo iba a decir lo mismo a papá sin que me oyeran los otros pero papá les dijo que vinieran a casa que algo comían, unos chorizos y un poco de vino y escuchaban la pelea y nada más que hablar de la pelea y esos tontos por la pelea no fueron a ver a la noche *Sangre y arena* que si íbamos con papá a la confitería hubiese sido lo más fantástico que hay, comiendo los sánguches de miga que son los más caros. Y después no volvió más a ir al cine, que dice que aunque vaya se le pasan por delante todas las cuentas del negocio con los pagarés y los vencimientos y no ve la cinta. Pero *Sangre y arena* la había podido ver. ¿Le gustó *Sangre y arena* a la maestra de primer grado? ganas de ir a convidarla con caramelos y mamá no me dejó. En las butacas de más atrás de todo con el marido de la nariz torcida. Llegué tarde al colegio el primer día de clase que hasta última hora me parecía que tenía ganas de hacer caca, primer grado y estaba la maestra con el guardapolvo apretado de cinturita de corsé de *Lo que el viento se llevó* y los tacos en punta de pies y los rulos y la cara linda de las bailarinas que bailan en fila, no la cara traicionera de Rita Hayworth: papá dice que es la más linda de todas. Voy a escribir en letras grandes R. de Rita y H. en letras grandes, le dibujo de fondo un peinetón y algunas castañuelas. Pero en *Sangre y arena* traiciona al muchacho bueno. No quiero dibujar R. H. en letras grandes. Y ya estaban empezadas las clases y "niño pase al pizarrón" que de lejos parecía negro lisito pero de cerca era lleno de pozos. La maestra con la mano de ella me lleva la mano y quedaron en el pizarrón dibujados los palotes, y por ahí me soltó la mano que en la mano tenía un anillo tan grande la maestra y le vi los dientes porque se estaba riendo y quedó dibujada otra fila de palotes en el pizarrón. Mamá no se quiso nunca poner los tacos altos como ella y yo no me daba vuelta a hacer bochinche con los chicos, siempre hay que mirar a la maestra, pintados los ojos con las cejas de hilito y los rulos negros en la frente con la peineta de piedritas y todas las vueltas del delantal y los tacos altos en punta de pie, que con brillo de dorado en los aros y el anillo, brillo de piedritas en la peineta y brillo de ganas de comer de dulce de ciruela en los dedos de los pies pintados con esmalte. Y en el cine siempre de lejos la saludo y ella me hace una risita y mamá no quiere nunca acercarse a quedarnos parados charlando un rato con la maestra de primer grado. Y yo me quedé parado charlando en la vereda de Raúl García, la segunda vez; la primera vez caminando subido por el tapial del fondo del negocio y miré y del otro lado estaba hachando leña Raúl García en la casa, miró para donde estaba yo y empezamos a hablar, le pregunté si era de Buenos Aires así le pude decir que había estado en Buenos Aires y que había visto obras de teatro y las ganas de preguntarle si la quería a la de Millán. La de Millán está de luto y pone cara de media muerta y la acompaña siempre Raúl García, que él no trabaja y no tiene madre y viven los dos hermanos con el padre y se lavan la ropa ellos, y el viejo hace la comida y no trabaja ninguno. Y cuando vamos para el cine con mamá vemos siempre en la puerta al viejo o a Raúl García o al hermano. Mamá dice que está una hora en el espejo para peinarse todos esos rulitos, con el pelo más largo que ninguno en Vallejos, cuando recién llegaron todos se reían, yo creía que era de algún circo que había venido de golpe, el hermano flaco con cara verde como la Hermana Clara, el padre con ojos saltones y Raúl García que cuando baila en el club con la de Millán pone cara de estar dormido con los ojos cerrados y que sueña que baila no sé dónde que le gustará tanto, en la corte de María Antonieta con Norma Shearer de la peluca más alta que hay. Y algunos muchachos andan con las chicas un tiempo y después las dejan y a veces no las dejan más y se casan, si no son las maestras reas que andan con los viajantes, la de Millán no. Pero tiene las piernas gordas y cuando baila se larga toda para adelante que parece desmayada y le quería preguntar a Raúl García eso, cuando estaba subido en el tapial, si la quería para casarse, yo no quiero que se case, él más lindo que ella, pero estaba hachando la leña sin camisa y se le veían los brazos y el pecho de tener fuerza de boxeador como los malos pistoleros, ganas de pincharle la carne dura del brazo con una aguja de coser, o con un alfiler de gancho, o con la lanceta de hacer alfombras. Que no le debe salir sangre, la carne de fuerza es distinta. En la cara no tiene carne de fuerza, tiene carne de bueno que muere en la guerra. Y se levantan todos a las doce los García y el viejo alunado y los dos hermanos alunados no se hablan nunca y a la tarde cortando leña y yo le conté que había estado en Buenos Aires y él no conoce Buenos Aires, a mí me dio vergüenza que le pregunté, "en Buenos Aires fui al teatro de noche" y "vi *El mercader de Venecia*" que no vimos porque era la obra mejor y no había nunca entradas. Mamá me contó el argumento. Y él dijo que cómo tan chico entendía todo tan bien y casi le digo que tengo miedo a las tormentas, él no debe tener miedo a los truenos ni refucilos como los leñadores o de la policía montada del Canadá, qué lindo irnos a vivir a una cabaña, porque con la fuerza que tiene puede matar a los osos y si yo me quedo en el trineo desmayado en la nieve viene y me salva y en la cabaña tiene preparado un cívico de cerveza con sánguches de miga que trajimos del pueblo, y yo le cuento todo como es Buenos Aires y después todas las noches le cuento una obra distinta y después empiezo a contarle cintas y jugamos a cuál es la cinta más linda y hacemos una lista, y después de cuál es la artista más linda y cuál trabaja mejor y cuál es el número musical que le gustó más de los que le conté, que él vio pocos: casi todas cintas de pistoleros. Raúl García tendría que sacar a bailar a la maestra de primer grado, pero es casada, si no sería lo mejor, porque ella no tiene las patonas gordas de la Millán, y va siempre en tacos de los más altos, y es linda de las que son pobres al principio y se meten de bataclanas y un pistolero la mandonea y un muchacho de la banda se enamora, que es Raúl García, y juntos deciden escaparse y pasan mil peligros, hasta que se esconden en un barco que va al Japón, en el camarote de un marinero borracho muy viejo que no se da cuenta, y ellos se tienen que desvestir, y ella al principio no quiere pero él empieza a besarla y deciden casarse en secreto ante Dios en el medio del mar, y de día están escondidos en un bote salvavidas, y de noche cuando el marinero borracho se va a hacer la guardia en el timón, ellos van al camarote, se desnudan y se besan y se acuestan y se duermen besándose agarrados, que ella no tiene más vergüenza de estar desnuda porque se han casado. Y se dan unos besos largos, larguísimos de quererse mucho, y ella está contenta con Raúl García que es tan bueno y nada le da miedo, mientras que el pistolero lo que quería era hacerle lastimaduras con el pito, que era malísimo. Y piden un nene, ella se pone a rezar a Santa Teresita para que le haga tener un nene, y no sabe si va a venir o no, y el viaje es largo que no se termina nunca, y por ahí ella ve que se le empieza a poner grande la barriga que se le está llenando de la leche que le va a dar al nene, y una mañana se siente mal de tanta barriga que tiene y le dan mareos y Raúl García la cuida, y trata de consolarla que ella no da más del viaje tan largo, siempre en ese bote salvavidas, y están en eso cuando oyen un nene que llora, y se miran entre ellos y ella que estaba verde como la Hermana Clara se pone linda, linda de la alegría y lo manda a él a que busque al nene, que Dios lo ha dejado escondidito adentro de una soga arrollada, y el padre lo encuentra y lo besa, y se lo lleva a la madre que en seguida le empieza a dar la teta y al día siguiente llegan a una isla de palmeras y a ella le ponen un collar de flores y la policía no los encuentra nunca más. Ahora voy a dibujar los carteles de una cinta policial y no pasa más la hora de la siesta, por suerte mañana no importa que el patio esté embarrado y no podemos jugar porque está el cumpleaños de la de González a las cuatro y vamos todos los chicos, los que pueden ir bien arreglados. Mamá me prometió que hoy no dormía y papá no la dejó, hasta que a las tres hoy voy a piano, la porquería de escalas, y después inglés y después juego un poco con el Lalo y después paso en limpio el problema de regla del tres con la ilustración del molino, no como el molino del tanque que hay al fondo del negocio, mucho mejor un molino holandés, y las cuatro aspas grandes caladas amarillas y el paisaje con lomitas casi tapadas de tulipanes de todos los colores, Alicita dijo que es la flor que más le gusta y dijo que estaba en penitencia "Toto, no vengas a jugar" y a mamá le dije-y-le-dije vamos a La Plata que dan cintas nuevas y hay tortas más altas que en Vallejos y las jugueterías que me quedo una hora en la vidriera, y la casa de altos de abuelita, y lo único que no hay son collares de flores como en las cintas hawaianas, y no hay tulipanes, que

87

solamente hay en Holanda y no los pueden mandar por la guerra. Si Alicita un día se pone a llorar a los gritos que quiere tulipanes no se los van a poder comprar porque no hay y no hay y no hay. Lo que se podría es dibujar uno o mejor comprar cartulina cara de todos colores y recortar tulipanes rojos, anaranjados, cremitas, amarillos, celestes, violáceos, lilas, azules, rosas, blancos, y echarles perfume y ella después no sé lo que hará, los pegará en la pared, o los guardará en el cuaderno, o lo mejor de todo es si me salieran recortados muy lindos que se los pusiera con una horquilla, un tulipán rosa un día, y un tulipán celeste otro día, en el pelo, que es ese cabello tan lindo como hilos de bordar plantas brillosas en el cubrecama de mamá.

. . . .
. . . .

Las siete, las siete, todavía sigue el cumpleaños, oscuro como a las doce de la noche en este zaguán no vive nadie, me pego contra la pared y si pasa papá no me ve. Mamá... no le cuentes a nadie! Mamá está en el cine... un rayo se va a hundir en pleno cumpleaños, en el patio de la de González; y si hubiese caído antes de la rumba "María de Bahía", al empezar "María de Bahía" tendría que haber caído el rayo. Mamá... no se lo digas a nadie! si supiera donde no lo voy a encontrar... ¿en casa o en el cine? los chicos todavía en el cumpleaños, al final sirven más torta, a esta hora no hay nadie en la calle, en esta vereda podrían asesinar a alguien y no habría testigos, y todo lo salado del copetín de grandes, iba a sobrar mucho ¿y estará en casa? ¿o se habrá ido con mamá al cine? ¿la habrá dejado ir sola al cine? papá. En este zaguán me puedo esconder como en el patio de la Paqui inmunda y de Raúl García ¿la habrá dejado ir al cine a mamá sola? ¡a lo mejor mami en el cine con la Felisa, y papá en casa, y yo puedo meterme en el cine, que no va a estar papá sentado con mamá y va a saber lo que pasó, que es pecado mentir y le voy a tener que contar todo a papá, no, papá está en el cine, hoy está en el cine, yo me meto en casa y me lavo y papá no va a saber que lloré, entro al baño, voy al lavatorio... y papá está haciendo pis y yo no lo había visto! y me ve que lloré en el cumpleaños de la de González! ¿y si no está? pero siempre está al volver del cine... pero se fue a alguna parte, a lo mejor que lo llamaron a un partido en la cancha vasca, y resulta que empezaron a jugar y se fueron del entusiasmo a otro pueblo para un desafío..., y a otro... y mañana domingo no va a tener colectivo para volver. Con el sombrero de papel con flecos, Alicita se dio vuelta y me dijo (ya le había tocado torta) que era repugnante con demasiada manteca, con el mismo sombrero yo me senté al lado de ella, a repetir chocolate y todos los chicos a correr al patio, la Paqui se hizo la grande y se quedó con los grandes en el comedor hablando. A jugar de correr y chocarse y caerse que el hermano gordo más chico de la de González no se podía levantar. ¿Y ahora qué harán? hasta las ocho dura el cumpleaños, le llevé de regalo *Robinson Crusoe*. Y el padre de la de González vino a decir que eran juegos brutos y ya estaba viniendo un poco de frío, con el sudor las gotas frías abajo de los brazos y nos hizo entrar a todos de nuevo: el que más lío y gritos había pegado era el bobo de Luisito Castro que levantaba polvareda y adentro qué vamos a hacer? los grandes bailan, y a bailar los chicos y yo la saqué a Alicita siguiendo el compás y nos salió bien sin saber, terminaba una pieza, empezaba otra y Alicita al lado mío diciendo cuál tenía el vestido más feo de todas, que Alicita no se escapaba para secretos con la de González al lado mío esperando otra conga, y un vals de vueltas y la conga en fila, la rumba una hamaca y por ahí Alicita se fue al baño. ¡La mesa de los grandes! una jarra llena de copetín y me dieron un chupito: una jarra llena de agua que quema la garganta color de limón. ¡Y esta es otra rumba, "María de Bahía", la pieza más linda para bailar! ¿y Alicita justo se fue ahora al baño? no contesta nadie pero en el baño no hay nadie y en la pieza de arriba la puerta está cerrada: ¿se abre la puerta en casa ajena? y adentro estaba una parecida a Alicita, una que se había puesto el vestido de Alicita, que la había agarrado en el baño y le había quitado el vestido. Pero era Alicita. Sentada jugando al dominó, con Luisito Castro. Con ese patas de caballo. Y me miraba con los ojitos que se ríen. Los cuatro jugando al dominó, la de González con otro del grado del Castro y con los ojitos chinos me dice que estaba jugando a los secretos y que me tenía que ir. Y yo la agarré del brazo y tironeando que viniera a jugar a bailar. Y Luisito Castro me dijo que me rompía una pierna que me fuera, papá, ¿pero cómo va a ser tan malo ese chico? papá, Luisito me dice que me va a romper la pierna, pero es que dice así, pero no va a ser malo, no me va a hacer nada ¿yo le tenía que pegar antes? ¿me había quebrado la pierna? las agujas, mil agujas clavadas al mismo tiempo son como un martillazo, son como la patada de Luisito Castro, con toda la fuerza largó el pie con el zapato puesto. Y en seguida me acordé que no tenía que llorar, papá, papá, nada de llorar fuerte, lo más despacio que pude: si Alicita se hubiese dado vuelta a mirar una murga de carnaval por la ventana no se habría dado cuenta que me dolía tanto de no aguantar las lágrimas y no se dio vuelta? ¿me subo a una palmera?... y salto de un techo al otro y con una soga del campanario pego el envión y volando sin sudar llegar hasta La Plata a ver la vidriera de los juguetes con luces, que la Paqui no me quiere creer que hay juguetes así, y patos de goma para jugar en la pileta, y de todas las formas, pero no vi ninguno con forma de cocodrilo, que sería de pegarse un susto verlo de golpe en la pileta, con esos dientes, que si a Alicita le crecen y Luisito Castro está cerca le va a tener que clavar unos cuchillazos, pero yo quería que el cuchillo se hundiera en la costra dura filosa del lomo, que es lo más asqueroso y lo más inmundo que tienen los cocodrilos, que hay que clavarles el cuchillo en la parte blandita lisita amarilla clara de abajo, una lástima, que después con las cuchilladas ya queda toda arruinada, y se pierde lo liso, que es lo único del cocodrilo que no da asco y miedo. No voy a ir a jugar a lo de Alicita, a Luisito Castro cuando dado vuelta no me vea le voy a clavar un cuchillo en la cara por el costado de la nariz, no voy a ir más a jugar ni tomar la leche, que fui tonto de perderme la hora del cine unas veces jugando, olvidándome, mirando a Alicita como se peina, la hebilla, mucho dulce de leche en la rebanada, me cuenta, se ríe, salta con los zoquetes blancos, los ojitos de china brillitos lucecitas chispitas de farolitos chinos, pero no voy a poder ir más, voy a hacer fuerza y pensar en otra cosa pero Alicita juega a las tiendas, hace escones, se hamaca, hamaca al muñeco, siempre tengo que mirarle algo, la hebilla, el delantal de tablas, las piernitas lisas, los farolitos, la vacuna, y no voy a poder ir más que cuando tenga que pedirle algún deber porque estuve enfermo y falté a clase, y no me importa, que viene la Teté, la Teté ricachona a jugar todas las siestas, cuando llegue a Vallejos va a parar en casa y le doy todo lo que le robé a la Paqui. Vamos Paqui, vamos si estás aburrida, vámonos del cumpleaños feo, la Paqui aburrida no la sacaban a bailar porque es chica para los grandes, que se embrome, mala, mala, perra, de vuelta todo oscuro por la calle, y dale que no creía que en La Plata hay juguetes que andan con electricidad, hace un rato era oscuro como ahora, el padre de la Paqui es padre de la Paqui sola y no es bueno? que es padre de nenas, porque está nervioso por la sastrería? Y mamá está viendo *A caza de novio*, qué linda, lujosa, los carteles con casas y fiestas lujosas ¿mamá estará sola en el cine? ¿cuándo van a dar de nuevo *A caza de novio*? yo no me meto en casa, con los ojos colorados de la patada "¿por qué te dejaste pegar?" papá, "¿por qué se dejó pegar?" mamá, ¿por qué me dejé pegar, mamá? y si pasara en este momento papá por acá entorno las puertas de este zaguán y cuánto tarda en pasarse el colorado de llorar de los ojos? y ahí donde no llega más la luz del farol, a media cuadra yo ya vi la sombra de Raúl García en la vereda de él ¿cuándo la había conocido él a la Paqui? "cómo te va, Paqui, vos siempre la más linda del pueblo" y pone unas caras y medio cierra los ojos "¿vienen de un cumpleaños? ¿y no me guardaron nada?" y "pibe, qué linda amiguita tenés" agarrándole la pera a la Paqui, pero no sé de cuándo se conocían, porque la casa de la Paqui está a la vuelta pero no están tapial de por medio como la casa de él con el patio del negocio, y la Paqui "¿por qué no le mostramos a Raúl el patio donde jugamos?" pero estaba todo oscuro pero sería lo mejor jugar de noche a los sustos los tres y entrar por el portón de atrás y estaba oscuro que no se veían los cascotes del suelo y tropezamos a cada rato y entramos cerca de las bordalesas y Raúl García me dijo que me fuera a esconder que ellos me buscaban y tenía todos los rulitos con gomina y la cara no era la misma, era de los que roban en las cintas y yo lo mismo me fui a esconder, bien detrás de los cajones y las damajuanas. Y no se oye que me buscan y en seguida me di cuenta de que me quieren pegar un susto bárbaro, acercarse despacito y decirme ¡bum! y salí corriendo y fui a las bordalesas, y no los veo, y me subo a una bordalesa y vi las sombras que se metían detrás del camión viejo sin ruedas. Y acercarme despacito para darles un susto, pero ellos en vez de estar calladitos están cuchicheando, qué asco en el camión viejo puede haber un gato que se despierta y muerde y los gritos despiertan a los ratones y las víboras, y todos se largan a agarrarnos, y la Paqui y Raúl García... dicen lo peor, las cosas de porquerías, se oyen besos y la Paqui decía que le tenía miedo que él era grande y ella era ya señorita pero muy chica todavía, y él le dice que ella tiene miedo porque nunca había visto a un hombre como era y que le agarrara para que viera como era, y la Paqui dice que tenía miedo de que le va a salir sangre y que después él no la iba a querer más, que la iba a dejar y él le dice que no la iba a dejar porque era la más linda del pueblo (mentira, más linda es la maestra de primer grado) y la Paqui le agarra el pito y le dice que le da miedo, y ella no sabía que a lo mejor faltaba un minuto para que a él le empezaran a brotar de adentro todos los órganos del aparato digestivo-reproductor, y él le pide que le deje poner el pito entre las piernas y yo ya quería empezar a gritarle a la Paqui que se salvara, que ella no dibujó el aparato digestivo del ave, y no sabe todas las porquerías que hay, con esos racimitos y esa especie de taza verde para abajo con el nombre difícil corte transversal de la vejiga, y ese lío de cañitos enredados como un cuerpo de araña venenosa y Raúl García que con esos rulos de circo es el ave, la cabeza del ave media desplumada, y yo iba a gritar pero como me vino de golpe la gana de repetir la torta repugnante de mucha manteca y me vino la gana de oír también de golpe, y cuando pedí repetir la torta Alicita me sacó la lengua y me dieron otra tajada pero me dieron ganas de oír más, que él quería meterle el pito para que ella no se pudiera mover y ahí aprovechaba a pegarle y arrancarle la ropa para verle las tetas, y hacerle rayas con un cuchillo hasta dejarla toda marcada y darle los pellizcones que duelen más y dejan moretones... hasta que llega el momento peor en que se ven las cosas que hay adentro del cuerpo de los hombres, la taza verde que se mueve capaz de morder, y el enredo de cañitos que si enlazan al cuello van apretando como la horca, y ese cuerpo de araña venenosa que tocarla debe dar el miedo de gritar más de todos, gritar más fuerte todavía que la chica que se vuelve loca en *Cumbres de pasión*, y las mujeres no pueden gritar porque si viene alguien ve que él le metió el pito y la Paqui es una puta. Y al final son eso, la Paqui es una puta y Raúl García un atorrante, yo que creía que era tan bueno, nunca pude jugar con él, y la Paqui le dice que ni siquiera le deja poner el pito entre las piernas, únicamente el día que se case, él no sé qué está haciendo, como si le hubiesen dado una patada en el estómago, empezó a decir ah-ah-ah-ah, como si se ahogara y la Paqui empezó a soltarse diciendo que la está ensuciando, que está toda salpicada en las piernas y ¡zaz! me encontró que yo estaba espiando y me agarró a zamarrearme y meta decir que yo era un cuentero y que le jurara por Dios que no iba a decir nada, y se fue ¡Paqui, Paquita, yo quiero esperar en tu casa, hasta que no se note que lloré! ¡Paqui! ¡Paqui! ¡¿a quién le pregunto si papá está en el cine? ¿quién puede saber que papá no está en casa?! y vino Raúl García y me agarró de un brazo y me dijo que si llegaba a contar a alguien me iba a romper la cabeza, todo con cara de malo sin gritar para que no lo oyeran los vecinos, y lo podían venir a tocar los gatos con sarna del patio, que si les pisa la cola se ponen furiosos y se salen los ratones de las cuevas, los ratones que se meten en la roña y se comen todo lo más asqueroso, se comen los gatos muertos que los pisaron los autos, y las víboras oyen y se vienen arrastrando entre los cascotes, y hasta puede haber pajarracos en el patio que dan una vuelta cerrada en el aire a toda velocidad y se largan sobre los chicos a darles el picotazo más fuerte que pueden. En la cara de Raúl García de malo, de costra dura filosa y la Paqui con cara flaca de las monjas sin pintarse, los picotazos no entran que es esa costra más dura que todo, la costra de los animales más malos del mundo. Que en el fin del mundo se van a quemar, la Paqui se va a morir aplastada entre las bordalesas que después se la comen los ratones, Raúl García partido en dos por el hachazo que le pega uno del negocio cuando lo ve que se metió en el patio, y Luisito Castro se hunde en un pozo hirviendo de cal y les cae encima la lluvia de gotas de fuego, que quema a los malos nada más, los buenos están en unos campos de lomitas de Holanda esperando el juicio final, y ahí no hay más peligros: que por donde camina el que se casó con la tía de Alicita las gotas de fuego no queman, se vuelven plateadas, y livianitas como papel picado, y yo doy un salto desde este zaguán tan oscuro y él me levanta en brazos, los ojos colorados le digo que son irritados de conjuntivitis, nunca va a saber que me dejé pegar, porque alto desde donde estamos empezamos a mirar todos los truenos y rayos que caen sobre los malos y no voy a tener más miedo porque no nos va a pasar más nada y mamá me hace señas que está cerca también salvada en el alto de otra lomita, con los de La Plata... y ojalá que la Teté llegue a tiempo a Vallejos, antes del fin del mundo, ella también salvada, y la maestra de primer grado, y el Lalo, y en el grado hacemos siempre dibujos y pocos dictados y después voy a piano y a inglés y tomo la leche y vamos al cine con mamá y paseamos por los campitos de Holanda y desde ahí se vería si papá está en casa o se fue al cine, y yo miro al tío de Alicita que ahora tiene la cara lisita afeitada como siempre y más lustrosa que nunca, como los muñecos, y los ojos ya no son más de hombre, son de piedras preciosas, que cuesta tanto comprarlas, y en brazos me tiene contra el pecho y me tiene bien fuerte para que nadie me arranque de un tirón, y mejor todavía sería que nos quedáramos pegados, porque entonces nadie puede tironearme para otro lado y arrancarme, entonces voy a estar pegado al pecho de él, y por ahí sin que se dé cuenta me paso para adentro del pecho del tío de Alicita, que ya no nos separa más nadie, porque voy a estar adentro de él como el alma está adentro del cuerpo, yo voy a estar al lado del alma de él, envuelto en el alma de él. Y se ven los campos en lomitas tapados de tulipanes de todos los colores, que debajo de la lluvia plateada de papel picado van empezando a brillar, brillar, como las plantas que bordó mamá en el cubrecama. Y si Dios la perdona a Alicita, va a venir a las lomas, y se va a poner más contenta que nunca al encontrar todos los tulipanes, los va a acariciar, y besar, y después va a correr a darle un beso al tío con la boca de perfume de haber besado tantos tulipanes, y más y más besos al tío, y yo en mis adentros me voy a reír, pero despacito, porque Alicita, ella que se cree tan viva, no se va a dar cuenta que me está besando a mí.

VI

TETÉ, INVIERNO 1942

Esta noche me voy a portar bien y no voy a pedir una naranja. El Toto ya apagó la luz y papi todavía no apaga la luz hasta que yo no termine de rezar porque a mí no me gusta vivir en la casa del Toto, no es como la casa de abuelita, que está lejos con patio de caballos y los peones a cualquier hora me llevan en la grupa si yo quiero. Con los breeches que tengo en la foto ya no puedo andar, porque me quedan chicos, pero la Hermana Anta me dijo que nunca tengo que andar con las piernas separadas como los varones, tengo que ir con pollera de amazona, y montar como las mujeres, de costado, pero es mucho más difícil y si el caballo corcovea me tira, y después estoy enferma grave. Mamá está enferma grave y si mami se muere se va al cielo y yo voy a rezar todo el día para que me oiga y vea que soy buena y ni bien me enferme grave y me muera voy a ir al cielo también a estar con ella. El Toto el año pasado tomó la primera comunión y ya este año no va casi nunca a comulgar, y Mita no va nunca a la iglesia y le tiene rabia a los "curas y las monjas no los puedo ver", dice ella. Mita es buena pero no va nunca a misa y yo recé para que me diera una naranja, pero recé para que fuera a misa y Dios la haga ir siempre a misa, a rezar por Jesucristo que sufre en la cruz, así le hacen doler menos las espinas de la corona que se le clavan en la piel de la cabeza y sin son muy filosas, pobre Jesús que es tan bueno, se le clavan cada vez más. ¡Si Mita rezara le dolerían menos, y la hiel que le dieron a tomar no le quemaría la boca, pobre Jesús! Yo rezo por mamá, y a lo mejor soy yo que la hago estar

97

mejor, mamá está grave desde hace tiempo, y por ahí dice "estoy bien" y sale a dar vueltas con papá y caminan toda la siesta bajo el sol cuando está fuerte, después no porque si se va el sol queda un frío que escarcha todos los charquitos y a la mañana siguiente me gusta ir saltando por los charcos duros que hacen "cric crac", se rajan todos y parecen vidrios rotos, de formas lindas, agarré un pedacito puntiagudo y lo empecé a chupar como hielo, y Mita me vio y dijo que me hacía mal, que me podía enfermar y yo le dije que si me enfermaba me iba al cielo con mami y Mita me dijo que mami no está enferma "tu mami no tiene nada, no te asustes, no tiene nada, lo único que tiene es miedo de morirse, porque la operaron una vez y le quedó el susto, ahora tiene que cuidarse un poco y nada más, tu mamá nos va a enterrar a todos" ¿mami le cuenta a Dios que Mita no va a misa y que yo me porto mal, y que el Toto es desobediente y caemos los tres en un pozo? y en vez de aprender a andar en bicicleta en la bicicleta que le compraron nueva que es alta para él y él en vez de hacerle caso al padre de practicar con la bicicleta se pone a recortar artistas del diario y a pintarlas con los lápices de colores. Y mami le cuenta todo a Dios y Dios nos castiga. Un pozo tapado de tierra. Porque mamá está enferma y lo mismo es buena y va siempre a misa y por suerte cuando se muera va a ir al cielo. Si yo rezara todo el día como las Hermanas del Colegio de Lincoln mami siempre estaría bien a lo mejor, cuando yo no rezo ella está mal y se queda en la cama todo el día, y se queja del reuma, y me llama y me abraza. Y ahora que hay unos días de solcito que a la siesta no hace tanto frío va a pasear con papi caminando hasta el Parque Municipal, lejísimos, que es a media legua dice papi, mami tiene la cara con colorcito de sol, y no se pone polvo ni se pinta los labios porque hizo una promesa cuando la operaron del riñón, pero Mita se pinta los labios y se queja de que Berto la hace quedar a dormir la siesta y no puede ir a tomar solcito, tiene la cara pálida fea, y se pone un poco de polvo. Las Hermanas de Lincoln no se pueden poner polvo y nunca salen y están blancas feas, como Mita cuando se levanta de la siesta. En las paredes blancas es pecado poner adornos, en el Colegio de Lincoln no pude colgar el juego de abanicos regalo de abuelita, pero en los pies sin permiso mi funda bordada para el ladrillo caliente de la noche al ir a la cama helada. Las otras pupilas con la funda del colegio, de lana marrón ordinaria, con los pies helados después de rezar arrodilladas contra la cama, por fin apagan la luz y no se reza más. Y la Hermana Anta me tenía rabia y siempre "¿en qué estás pensando, pícara?", y yo no pensaba en nada, pensaba en el guardapolvo blanco y los cubrecamas blancos y que en la pieza de mamá en el sanatorio había unos cuadros de barcos amarillos y verdes. Los cuadros son lindos pero mejor sin cuadros, en el colegio es pecado tener adornos, y en el sanatorio debe ser igual. Y mami no se curó bien y abuelito no venía a visitarla porque nunca se ven casi desde que mamá se casó, pero a mí sí. Y después abuelito tuvo el ataque. Y el cubrecama también es blanco y yo no pensaba en nada malo ¿por qué sospechaba la Hermana Anta? que ahora sí, que la Paqui me contó que no existe la cigüeña y que cuando seamos grandes los hombres nos van a agarrar y meter adentro de la cola nuestra lo que tienen los varones, para tener hijos, que lo mismo se pueden tener aunque sea soltera, y con la Paquita nunca vamos a ir solas por la calle, siempre agarradas de la mano. Y tuve que confesar al Padre de Vallejos que me habían contado todo y él dijo que solamente las mujeres casadas pueden hacer eso, cuando quieren encargar un nene a la cigüeña, que no existe. Que es el pecado más grande. Y yo le pregunté si el pecado más grande no era matar, dejar morir a alguien, y me dijo que para una niña de doce años es más pecado dejarse "fornicar" por los muchachos, porque para matar se necesita un cuchillo o un revólver, mientras que para pecar con muchachos basta con pensar que ya es pecado. Y con la Paquita le empezamos a hablar al Toto a ver si sabía algo y el Toto no sabe un pepino, que es un poco más chico que nosotras pero todos los varones saben esas cosas aunque sean de primero inferior, pero el Toto tiene nueve años y todavía cree en la cigüeña, él no dice nada pero se calla. Y la Paquita empezó a refregarse el dedo de una mano en la otra mano cerrado el puño como formando un cartuchito y le decía al Toto "mirá lo que estoy haciendo, meto el dedo en la con..., adiviná la palabra". Y el Toto no sabía y de algo me parece que se dio cuenta porque salió corriendo y no quiso seguir jugando con nosotras, que siempre es un pegote. Pero yo anoche de nuevo me porté mal y pedí una naranja. Y mejor que la Paquita no le haya dicho nada porque una vez la de la esquina lo quiso avivar y él se lo contó a la madre. Qué tonto, cuando a mí me lo dijo la Paqui, lo de los hombres, me puse contenta. Yo no voy a rezar para que a la Hermana Anta no la corra el jardinero o el lechero, porque así le levantan el hábito y le hacen tener un hijo, después nadie va a saber nada, que fue culpa mía porque no recé, y todo bien calladito, y se va del internado, y el año que viene si vuelvo pupila no está más que es la única que no me quiere, todas las Hermanas me quieren y abuelita les hace las donaciones más grandes para la iglesia nueva. Y yo dejo toda la comida en el plato pero nunca hablo en el rosario, que rezo por mamá para que no se muera. Y no era cierto que cuando la cigüeña me trajo a mami le dio un picotazo y por eso mamá quedó enferma, porque la Paqui dijo que no hay cigüeña y es cierto, porque antes de nacer el Kuki en el campo tía Emilia tenía la barriga grande y se mandó a pedir a Buenos Aires un vestido suelto que en el catálogo se llama "maternidad". Así que no fue culpa mía, que abuelita con los peones siempre está rezongando "mi hija no está bien, desde que tuvo a Teté quedó mal" y yo le pregunté a tía Emilia y me contó del picotazo. Entonces no es cierto que desde que me tuvo a mí está mal, pero abuelita no dice mentiras, no sé por qué mami está mal... pobre mami, esta mañana lloraba porque papi tiene que salir otra vez a buscar clientes del vino, siempre llora de miedo que se va a morir y vamos a quedar solos papi y yo, y yo recé toda la semana pasada pero ella siguió mal y de cepillarse el pelo, que lo tiene tan largo y lindo, ya se cansa y queda mal toda la mañana, y después come un poco de chuño, y un bife, y nada más porque le da asco todo, que Mita dice que no hay que tener miedo a los microbios y no hace lavar la ensalada con agua hirviendo y no hace hervir las tazas ni los vasos irrompibles. Ni sacar al sol todas las mañanas los colchones y golpearlos y lavar los pisos con el desinfectante que pasaban en el sanatorio, y lo deja comer al Toto manzanas sin pelar. Pero yo todas las noches me porto mal, de ganas de comer una naranja. Y mami quería el vaporizador que había en casa de abuelita para matar microbios de las paredes, que lo compraron después que se murió la hermana de tía Emilia, y dejó toda la pieza infectada de tuberculosis. Abuelita estaba con rabia, que no era parienta cercana, era parienta lejana. El Kuki y yo la vimos, estaba prohibido con penitencias, estaba en la pieza del fondo del patio, un día yo jugaba con el potrillo y oí gritos que no sabía de qué animal eran. Eran de la hermana de tía Emilia, que con el ataque de ahogo estaba dura en la cama, hundía la cabeza en la almohada para aguantar porque se asfixiaba, estaba azul, y miraba fijo el techo y parecía que le quería clavar las uñas a las sábanas. Con la cara azul. Y yo recé todas las noches desde que estamos en la casa del Toto, cuatro avemarías y tres padrenuestros todas las noches y mamá lo mismo sigue mal, "hay que rezar con el corazón dolorido, el dolor de Jesús crucificado" decía la Hermana Anta y anoche me puse a rezar hasta dormirme, a rezar más que nunca, con el corazón dolorido... pero me quedé dormida, y recé menos que nunca, y ahora tengo que rezar, que a lo mejor mamá se va a morir del dolor de brazos y en vez de rezar todo el día desde que sale el sol como las monjas de Lincoln, quiero jugar con la Paquita: en lo de abuelita los peones se levantan cuando sale el sol, cuando recién sale el sol está más grande que nunca y ahora ya es de noche y es hora de dormir pero no me voy a quedar dormida: tendría que estar rezando desde que me hicieron acostar, que pronto papi apaga la luz y ya no se reza más, papi me escribió un verso "Mi niña es el sol" y en vez de rezar estoy pensando en jugar. El corazón dolorido va doliendo más y más al rezar. Ni bien sale el sol las monjas rezan y no duermen más, mami del dolor no puede dormir ¿y si yo me quedo dormida?... ay, qué puntadas de ahogo... Yo también estoy mal, yo estoy mal, ay mami, por favor, que me ahogo, me muero, me muero, no, no... No, mami, no me miren la garganta, no, el médico no, no, no tengo placas, yo me muero porque me ahogo, me muero ya, después en el cielo vamos a estar juntas, pero yo me muero ahora, porque me ahogo, y si me llevan al sanatorio los médicos me van a poner un pañuelo blanco en la cabeza y en la camilla me van a llevar a darme oxígeno, pero yo me voy a morir en el pasillo y todas las enfermeras me van a mirar, y nunca se les murió una nena enferma de doce años, todas viejas, y van a llorar que se les murió una chica tan chica, y van a decir que soy un ángel, envuelta en esas sábanas blancas las manos

se me van a caer de la camilla, tiesas, y yo aunque me esté ahogando voy a seguir rezando por vos, mami, que estás así desde que me tuviste a mí, ay, yo lloro porque te quiero, mami, mami, no, no llames al doctor, que yo me muero porque me estoy ahogando en la camilla, en el sanatorio estoy peor que vos, mucho peor que vos. Y si me vienen a poner esas inyecciones que te ponían a vos que yo creía que eran por el picotazo de la cigüeña, no los dejes que me las pongan, lo mismo yo me muero porque no puedo respirar y primero me agarro a las sábanas porque me asfixio y después ya al morirme te agarro a vos y te aprieto fuerte, fuerte, y te morís conmigo. Dios va a querer que nos muramos juntas, Dios es bueno... bueno, bueno, sí, una naranja, Mita, sí, quiero una naranja de la planta, que Mita vaya y me arranque la naranja de la planta, sí, sí..., ésta me gusta, la chupo, hacele un agujerito y la chupo, la chupo... qué rica, sí, después me duermo y me porto bien, mami, no te hago renegar... Mita estira la mano y alcanza a las naranjas bajas, que la planta está llena de naranjas altas. Ahora me duermo, si el ahogo se pasa me duermo, y me porto bien y me duermo con la naranjita y no me voy a portar mal..., no me ahogo más, de día Mita agarró un palo largo y volteó una naranja alta... muchas altas y otras bajas que Mita alcanza con la mano... me arranca una todas las noches . . . .
. . . .
. . . .
. . . .
. . . .

Toto, no vengas, que tengo que ir con la Paquita sola, nada de novios, no, no vamos a buscar novios, andá a practicar con la bicicleta que todavía no aprendiste, hace tres meses que tenés la bicicleta. Siempre se nos quiere pegar, cuando no estoy yo la Paquita le hace caso todo el día, a cada rato se le aparece el Toto. Él junta los anuncios de los estrenos de cintas y los tiene colocados por orden y el día que el compañero de banco se vengó porque el Toto no quería decirle dónde estaba escondido el revólver, le tiró todos los papeles que son como mil, que los colecciona desde primer grado, y se los revolvió todos. Y yo creía que el Toto iba a agarrar la botella rota del agua para la acuarela y se la clavaba al otro, pero no le importó porque se acordaba de cual venía primero y segundo y tercero de los papeles y así los ordenó todos de nuevo. Y papi dijo que el Toto tenía mucha memoria, más que yo, y no voy a estar jugando con esos papeles y pintando las caras de las artistas que salen en el diario sin color. Pero no aprende a andar en bicicleta, Berto se la compró y no alcanza a subir sin caerse porque es muy alta para él, pero el compañero de banco no tiene ni un juguete, alguno viejo del Toto, viene desde la casa a media legua, toma el envión y sube a la bicicleta. Papi dice que yo no tengo facilidad para el dibujo pero me aburro dibujando toda la tarde. La Paquita también se aburre, y va todos los días lejísimo a pedirle los deberes hasta casi cerca de las vías del tren a la de Pardo, porque tiene que caminar como siete cuadras largas pero la de Pardo lo llama por el patio al de Cataldi, y viene y les cuenta todo lo que hace con la sirvienta y la Paquita me quiere llevar pero yo no lo quiero ver porque después tengo que confesarme y si mami sabe le hace mal y ese día no se levanta y se queda en cama y no puede salir a tomar el solcito que le gusta tanto. Y desde la cama me dice que haga los deberes y quiere que haga los dibujos como el Toto. El de Cataldi está en sexto. A la Paquita le gusta el instructor de natación que está siempre a la tarde en el bar, donde están los viajantes y los empleados de Banco y me miran con caras de besar, pero yo soy chica. Una sirvienta de abuelita tuvo un nene a los catorce años, yo tengo doce y cuando tenga trece si me dejo hacer eso y tengo un chico al cumplir catorce papi me da una paliza y me manda al colegio de Lincoln y la Hermana Anta me va a poner en penitencia todo el día, de mala y rabia que me tiene. La Paquita se dio un beso con el de Cataldi. Pero a la hora de la siesta es de día. A mí no me gusta, no es más alto que yo, con pantalones cortos todavía y ya tiene las piernas todas peludas. Pero la Paquita no esperó para confesarse porque había mucha gente y se fue al paseo y pasó por el bar a ver al instructor que me tiene cansada con que él también la quiere, un hombre grande. La Paqui reza por los pobres y los muertos de la guerra, y nada más. El de Cataldi le pidió un beso a la Paqui y ella dijo que sí, si estaban delante de la de Pardo. Y están ahí hablando un rato siempre, y el de Cataldi les cuenta de los muchachos grandes, qué es lo que hacen con las sirvientas, y les cuenta todo si la Paqui le muestra la cola, la de Pardo se la muestra siempre y quiere que el Cataldi le muestre a la Paqui lo que tienen los varones para que vea como sale agua cuando él se refriega. Ya lo vieron muchas veces: yo no quiero ir, después de comer vamos con papi a la plaza un rato a hacerlo practicar con la bicicleta al Toto. Y después volvemos a dormir la siesta, el Toto no se acuesta y pinta las artistas. Y si ahora lo ve el padre lo reta, pero se esconde y Mita tampoco lo ve, a lo mejor se lo contaba a Berto. Papi lo ve porque tampoco duerme la siesta y le toma examen del orden de los papelitos de los estrenos, y mientras pasa la siesta, que papi si mami no quiere ir a pasear hasta el parque no sabe qué hacer, y no va a la confitería porque si mami lo necesita para algo él está ahí cerca, mami le habla despacito desde la pieza, para que Berto no se despierte que está durmiendo con Mita pieza por medio, y si necesita una aspirina papi se la lleva y mientras no lo llama le toma examen al Toto de cuál película se estrenó primero que la otra. Y en lo de abuelita en el campo nunca duermo siesta porque no voy al colegio y me levanto tarde y a la siesta los peones me llevan con el Kuki a dar vueltas a caballo en el patio de atrás. Porque la casa de abuelita tiene un patio que es como toda la plaza de Vallejos. Y tenemos el pesebre de las vacas y terneritos y los caballitos recién nacidos, los potrillitos del Kuki y uno mío que abuelita dice que lo vayamos a ver que está grande. Pero papi no quiere ir porque pelea con abuelito. Papi trabajaba en una imprenta en este pueblo y sacaba un diario y escribía los artículos largos y a veces versos con otro nombre, y a veces le compraban parte de esas páginas para otros diarios de pueblos grandes porque decían que escribía mejor que todos. Cuando papi era soltero. Y el Toto nunca va a misa "tu papá vendió la imprenta por culpa de tu mamá" ¿qué sabe él? yo en misa rezo mucho, todos los domingos y Mita lo deja que falte a misa, es muy chico para saber cosas de grandes "tu abuelo no quería que tu mamá se casara con tu papá, porque era pobre" y hace dos años abuelito quedó paralítico. Abuelito no puede hablar porque tiene parálisis y habla despacio, y camina con un bastón, mami dice que antes domaba los potros, antes de que tuviera el ataque. Lo hicieron enojar mucho los peones y le dio el ataque. Y mami reza siempre por abuelito y por ella no reza, para ella no pide nada, todo para que se cure abuelito. ¿Por qué lo hicieron enojar los peones? Y yo tengo que rezar por mami, que mami no se muera, que todas las mañanas al levantarse está mal, no se siente bien, y con papi llora que se va a morir y deja una criaturita sola, que soy yo. Y el Toto tendría que ir a rezar por el niño Jesús, en el pesebre, para que no tenga frío, pobrecito, que los padres eran pobres y no tenían casa y no le podían comprar nada para taparlo. Yo recé un padrenuestro para el niño pero más tengo que rezar para mami, y si el Toto rezara para el niño, no haría tanto frío esa noche hasta que llegan los Reyes Magos, son doce días que el niño Jesús pasa en el frío sin nada que abrigarse. "Peor es ser lorita" me dijo el Toto, desobediente. Las loritas, les dicen loritas que son verdes como los loros, pero más chicas que un mosquito, como un mosquito recién nacido verde, que anoche yo estaba con el velador prendido a repasar las tablas y se llenó de loritas, los bichitos de la luz que viven una noche sola. Y tac-toc me golpeaban contra el cuaderno y a veces pic-pac que golpean contra la pared, que vuelan sin mirar. El Toto "viven una sola noche", y yo no podía creer, y después se tienen que morir a la fuerza, mientras está la luz prendida dan vueltas. Alrededor del velador, y cuando yo apago que empiezo a rezar y el Toto "me pongo a pensar en el fin del mundo" ¿él no reza? Cuando apago la luz las loritas se suben al cielo raso y ahí se quedan juntas y después a la mañana están todas muertas en el piso, y después la Felisa las barre y la pala está llena de loritas verdes. Yo no las espanté, que se diviertan un poco pobrecitas, que mañana están muertas, el Toto "viste pic-pac las loritas contra la pared, porque no ven, son como ciegas" y no sé cómo hacen para saber cuál es la mamá, y el Toto "deben volar juntas y no se separan, así saben cuál es la mamá y el nene" mientras dura la luz y después ya se van al techo y se quedan juntas hasta que se caen muertas, pero por suerte todas al mismo tiempo, no se mueren un día la madre y al otro día el nene que se queda solo, ¿ves que lo peor no es ser lorita? ¡mocoso! peor Jesús que sufre los clavos y ve sufrir a la Virgen María al pie de la cruz llorando por él, qué sonso sos, porque todos los días son loritas nuevas, a la noche ponen los huevos y mueren todas, y al otro día de los huevos salen las loritas nuevas... pero entonces la que pone el huevo es la madre, y se murió, "ves, Teté, quedan las loritas chiquitas solas, sin nadie que las cuide". ¿Será por eso que son tan tontas, que se dejan agarrar en seguida? no son como los mosquitos que se escapan tan bien, y el Toto "¿viste que lo peor es ser lorita..." y no saben volar, se chocan contra mi cuaderno, pero son animales, el Toto animal, que no le importa nada del niño Jesús helado en el establo y al Toto lo único que le viene es miedo del diablo en el fin del mundo. Quién sabe qué grandes estarán las perras en casa de abuelita y los cachorritos deben estar grandes. Pero anoche me porté mal y volví a pedir una naranja. Abuelito se levantaba cuando salía el sol, y a veces cuando todavía era de noche y veía salir el sol. A mí papi me hizo un verso que decía que yo era el sol, ahora no escribe más para la imprenta, pero escribe a veces un verso para mí. Papi me quiere tanto, cuando mami se muera y después yo, pobre papi se va a quedar solo, y dijo que cuando vaya de viajante de los vinos y no me vea por muchos días se va a disfrazar de santo, como en la tapa del libro *San Francisco de Asís*, y así Dios se cree que es bueno. Papi no lo dice en serio porque Dios se da cuenta de todo pero disfrazado le habla a los otros santos y les pregunta cuál es la nena más linda del mundo y si se portó bien y los santos ven todo lo que quieren. Los santos pueden ver el establo de abuelita, y cómo creció el potrillo, y ve al Toto que se esconde para jugar a pintar las caras y los vestidos de las artistas, y ve a la Paqui: Dios no mira cosas malas, cuando la Paquita va a lo de la de Pardo y viene el Cataldi yo no voy a mirar, porque Dios me empuja del cielo y me caigo más ligero que los paracaidistas y hago un agujero por la boca de un volcán y me hundo hasta llegar al infierno. Y allí quedo para siempre, que si yo voy ahora un día con la Paqui y escucho cuando el Cataldi cuenta todo y después me confieso, lo mismo puedo ir al cielo, o al purgatorio, porque tengo tiempo de confesarme antes de morirme, pero después de muerta si miro no, como Luzbel que se convirtió en Lucifer. El Toto quiere que papi esté a la siesta siempre con él, si papi no sale con mami a tomar el sol, y a la mañana papi me acompaña al colegio y de vuelta está un rato en la confitería, y después vuelve a estar con mamá, y después me va a esperar a la salida, y después el almuerzo, y después está con el Toto, y lo hace rabiar un poco "¿qué artista te gusta más? ¿la buena de *Sangre y arena*?" y papi le contesta "que me la traigan", y el Toto entonces "¿Rita Hayworth la mala?" y papi dice que me la traigan, y el Toto se pone rabioso y dice que le diga si le gusta más una o la otra, y papi "que me la traigan" y nunca le contesta a lo que el Toto quiere. Al Toto le gusta Norma Shearer. Y después a la tarde con papi hago los deberes, después me acompaña a la lección de piano, y habla con el padre de la profesora que discuten siempre de religión, porque papi no cree en los curas y el padre de la profesora no cree tampoco en Dios. Y de noche papi está levantado porque no puede dormir y cuando yo creía en los Reyes Magos me decía que veía llegar a los Reyes, porque es de noche y no puede dormir de los nervios. Pero no quiere más trabajar en la imprenta porque no es de él y de eso son las peleas con abuelito, ¿o de qué? Papi no tiene ni padre ni madre, le dijo a Mita que el Toto estaba demasiado pegado a ella, y mami se recostó en el dormitorio, yo con el Toto jugando a la tienda el día que llegamos a Vallejos y el Toto quiso en seguida ponerse a jugar, que quería jugar, y a la Paqui no la tiene todo el día, y ahora la Paqui se va siempre a lo de Pardo, que el Toto es tan pegote de los más grandes, no quiere estar con los chicos como él. Jugando a la tienda, y el Toto hacía una lista de la ropa para vender y puso que había no sé cuantas cosas, a mí no me dejaba hacer nada, todo lo anotaba él, y yo no quería seguir jugando que me aburría, y lo fui a llamar a papi, el Toto me dio un papel y un lápiz, y él estaba con otro lápiz y cada uno tenía que hacer una lista, pero él llenó el papel en seguida y yo no sabía qué poner, y papi se enojó un poco y me dijo que me apurara: porque vio la lista del Toto. Que había puesto en venta vestiditos de paño lenci para las muñecas y las nenas chiquitas y cintitas rococó para los bebés, y yo fui a pedirle al dormitorio a mami un pañuelo para sonarme la nariz y papi le estaba diciendo a Mita y a mami que el Toto no quería jugar más que con las nenas, y nada más que llevarlo al cine con el aire viciado, y Mita le decía que tenía razón porque Berto ya se lo había dicho: los varones tienen que estar con los varones. Y cuando volví del dormitorio el Toto me tenía de sorpresa una cajita con adentro... un montón de cosas que le había robado a la Paqui de las muñecas, y que me las regalaba si jugaba todos los días con él. Y en lo mejor vino Mita, lo tenía que bañar al Toto, y siempre lo baña más tarde pero ese día no, y el Toto no quería porque me había estado esperando desde que supo que yo venía a Vallejos, y no quería bañarse, pero después quiso si es que íbamos a jugar en la bañadera mientras Mita lo bañaba pero papi no quiso porque el Toto es varón. Y en la bañadera mientras lo bañaba, yo espié por el agujerito de la cerradura pero no se veía porque la bañadera está al costado y con el ruido de la canilla Mita le decía al Toto que le prohibía jugar más a la tienda y con las cosas de la Paqui robadas y pintar artistas porque no eran cosas de varones y que si lo veía otra vez lo iba a poner en penitencia y quedaba sin cine. Y el Toto no lloró, no dijo nada, no pataleaba como cuando papi lo hace enojar pero después me pareció que el Toto no estaba más porque hablaba Mita

sola, y pensé que el Toto se le había escapado y Mita no
se había dado cuenta, que seguía hablando sola, pero
después cuando abrió la puerta salieron los dos y Mita
no sé cómo le había lavado la cara con qué jabón que el
Toto estaba blanco que parecía la cara de las artistas
cuando él las pinta con el lápiz blanco y oye que se levantan de la siesta Mita y Berto y no tiene tiempo para
pintarles el colorete y parecen muertas. Yo la vi muerta a
la hermana de tía Emilia, y estaba blanca gris, se murió
tuberculosa de ahogos, después de dos años en cama.
Yo no sé, a lo mejor Mita al lavarle la cabeza se la hun-
dió debajo del agua y por eso no se oía al Toto que hablaba, era que se estaba muriendo ahogado y quedán-
dose blanco gris. El Toto haría fuerza para salir a respirar, pero Mita lo hundía, que tiene más fuerza porque es
grande, bien hasta el fondo blanco de la bañadera, el
Toto con los ojos abiertos mirando arriba a la madre y
saltones azul del ahogo, la cara cada vez más azul y las
manos que querían clavarles las uñas al agua, es mejor
clavarle las uñas a las sábanas, alivia más: hasta que una
vez muerto yo no hace más fuerza por salvarse y queda
blanco gris. Él, que se hace el perfecto que tiene todos
diez en el colegio. Pero se le acabó de salir con la suya.
Dios castiga a los que no rezan. Y después no quiso tomar la leche ni bebida, y ese día Mita había hecho escones que era el primer día que estábamos, pero el Toto
que se come todo no quiso ni uno, me vino a decir que
no podíamos jugar delante de nadie y que fuéramos al
gallinero y yo no quise, y se fue solo con todo y el gallinero ya estaba lleno de las gallinas que se entran a las
cinco cuando empieza a oscurecer para dormir, y las gallinas y el gallo estaban todos acomodados en los palos
del gallinero, y el Toto los empezó a espantar, para poder jugar y colocar los vestidos colocados como en la
tienda, y los colgaba de los palos donde estaban dur-

miendo las gallinas, y la sirvienta oyó todo el cacareo y se creyó que había un ladrón y llamó a Mita y Mita llamó a Berto porque tenía miedo y fueron con Berto y lo encontraron al Toto que estaba medio en la oscuridad colgando de los palos muchas cosas, ya había colgado cintas de las trenzas de Alicita, un sombrerito tirolés viejo de la Paqui, y unos vestidos de tul nuevos flamantes de la muñeca Marilú de la Paqui. Y no le pegaron porque Berto no la dejó a Mita que le pegara, pero le dijo que lo pusiera en penitencia por desobediente, sin ir al cine. Y le dio un buen sermón, que al Toto me dijo la Paqui nunca nunca lo retan porque es el mejor de todo el colegio y no rompe nada y come todo y nunca está enfermo y no se ensucia y nunca lo habían retado y lo dejaban jugar a lo que quería porque total no rompía nada pero ese fue un sermón y Berto le dijo que no iba a jugar más a la tienda y a pintar vestidos y caras... porque si no... le ponía polleritas y lo mandaba lejos de la madre pupilo a mi colegio de monjas. Tuvo que juntar todo en seguida y en el oscuro no vio un vestidito de tul rosa-té y lo dejó y al otro día lo encontré limpio sin cacas de gallina, y me lo guardé. Y lo prohibieron el cine por una semana, por desobediente. Pero lo mismo la penitencia no le hizo nada porque al día siguiente se despertó con fiebre y no fue al colegio y se quedó en cama, y tampoco podía ir al cine aunque no tuviera penitencia, porque cuando viene fiebre no se puede salir; y no tenía placas en la garganta y no estaba empachado porque no tenía la lengua blanca, no tenía nada pero a veces para crecer hace falta que venga la fiebre dijo el médico. Pero no creció nada, Mita está asustada porque no crece y después de la fiebre no creció nada ese enano. Y lo único que quería en la cama era que le contaran la película *Intermezzo*, y la única que lo entretenía un poco era la Paqui pero tenía que hacer. Al Toto le deberían atar una soga larga en la cabeza y otra en los pies y tirar uno de cada lado para hacerlo crecer. Que de un lado tiren los peones del negocio que jugaron a arrancar un árbol con la raíz, y del otro otros que también tengan mucha fuerza, y tirar aunque grite y llore. Y si no estaba la Paqui lo único que quería era que le contaran la película *Intermezzo*, que la dieron y no pudo ir a verla por la fiebre y si no también estaba listo porque tenía la penitencia, y él quería ver a la artista nueva que trabajaba en la cinta y él la tenía recortada en muchas fotos, y se la contó mami, que le había gustado, y se la contó papi, y después pedía que se la contara mami de nuevo, la parte que él tenía recortada del beso en el concierto, con la artista de traje largo sin mangas. El Toto conmigo no quiere jugar más, si está la Paqui sí, si no no. A papi tampoco le gusta el oscuro de noche porque da vueltas y vueltas y no puede acostarse a dormir. El Toto se duerme bastante pronto, si es que no hay tormenta. La Paqui no tiene miedo del fin del mundo. Yo un poco y de día no. El Toto sí. El compañero de banco nada. Mami no, dice que ojalá viniese pronto. Mita no cree en el fin del mundo. Papi sí, pero dice que yo y mami vamos a ir al cielo y él a lo mejor se salva de ir al infierno, irá un poco al purgatorio y después vendrá con nosotras. Mami reza por abuelito, para que se cure porque ella se casó con papi. Y si mami se muere yo sigo rezando por ella ¿y por abuelito quién reza? No, yo rezo por abuelito porque mami va estar en el cielo, porque no tiene pecados ¿pero si no fue al cielo, porque se olvidó de confesar algo, cómo hago yo para saber? porque entonces se queda esperando de gusto en el purgatorio. Si abuelito se muere entonces sería mejor, porque mami reza para ella, que ya no tiene que rezar para que se mejore abuelito, y yo rezo por mí y lo veo al Cataldi y basta y así ya sé cómo es y después me confieso y no hay peligro que después

113

mire desde el cielo, y rezo un poco por el niño Jesús, y si el Toto vuelve a comulgar de vez en cuando él también va a rezar un poco para que el niñito no tenga frío en el pesebre, y que Jesús crucificado no sufra... porque el dolor de las espinas es el dolor más fuerte, y lo que serán los clavos de las manos y los pies, debe ser de gritar y llorar fuerte fuerte, como cuando me agarré el dedo en la puerta. Mami... estás mal, mami... se está quejando, pobre mami, todo el día, porque caminó demasiado, y ahora está toda dolorida, y yo recé, pero dijo la Hermana Anta que no importa cuánto se reza si es que no se reza con el corazón y sintiendo en el corazón el dolor de Jesús crucificado, y yo a lo mejor no estaba sintiendo el dolor y todo lo que recé no sirvió para nada, ...y por eso mami está mal de nuevo, mami, mami... ay mami, vamos a lo de abuelita que ahí cenan todavía de día, mami, acá en Vallejos cenamos de noche y después de cenar es oscuro y hay que ir a la cama, y si no rezo con el dolor en el corazón mi mamá se muere, porque yo soy mala, mala, y no tengo el corazón como en la estampita, el corazón con la llama y adentro sentada en un trono la Virgen toda verde con el niñito, entre llamas rojas y amarillas, y el corazón rojo oscuro. Ahora en el patio está todo oscuro, de noche si no rezo, y Dios me ve... y papi está por apagarme la luz para dormir y ya no se reza más, que estoy mal, yo estoy mal, mal, no puedo respirar, me ahogo, ya vienen los ángeles a buscarme ¿a mí sola? y ahora mami reza por abuelito y mami ojalá que se muera pronto así viene conmigo al cielo y desde arriba rezamos por abuelito, que se cure, entonces voy a jugar de nuevo con las perras y los cachorritos que ya están grandes, total son muchos, uno le puedo dar al Kuki, y yo voy a tener todos los que quiero y comemos a las tardes cuando todavía hay luz, y si rezo, pero yo ya voy a estar muerta, si no abuelito no se sana... y tengo el ahogo, ay, como la tía del Kuki que se murió tuberculosa, yo la vi ahogarse, ay qué feo es, ...así, cuando no puedo respirar, y no voy a poder ver los cachorritos que crecieron y bueno, yo lo único que te pido papi es que no apagues la luz, todavía no, esperá un minuto... ¡esperá!... ¡un minuto! ...que yo prometo darle el potrillo al Kuki y el juego de abanicos a la Paqui si vos no apagás la luz, ...porque si la llegás a apagar, se mueren todas las loritas, que dan cabezazos contra la pared, papi, ¿no te das cuenta? ¿no te das cuenta que no alcancé todavía a rezar con el dolor en el corazón? ¡el dolor de Jesús crucificado!... y mami se puede morir, sí, sí... y le doy todas mis muñecas a la Paqui, si no apagás la luz... No, no, vos decís que no pero yo sé que la vas a apagar... la vas a apagar, decís que no pero la vas a apagar... y en el cielo se sabe todo, así entonces mami va a saber la verdad de todo: que fue por mí que se murió y no me va a querer más... No apagues!!!... los ahogos vienen de adentro y me hundo en la almohada y me pongo azul, azul!!! ...y Mita? bueno, sí, sí, una naranja y no me porto más mal, me porto bien y me duermo ¿ya fue? que no vaya, ¿cómo es el dolor de Jesús crucificado? ¿es más fuerte que el ahogo? ...Mita es buena, fue a arrancar una naranja de la planta para que no me ahogue,... la naranja más colorada, más alta que la de anoche, de lo más alto de la planta, háganle un agujerito y me la chupo, que está llena de jugo, y después la dejo... ¿cómo es de fuerte el ahogo?... hasta que le chupe el jugo más rico, sí, ahora me porto bien, y me duermo, papi me quiere ver sana, me dice Teté sana como un solcito, "mi niña es el sol", y me despierto con color en la cara, ¿y es lo mismo si me despierto con color de naranja? esas naranjas limpias brillosas casi coloradas que hay en la planta del patio, al lado del aljibe, si no es de la planta no la quiero, así no me pongo blanca gris como la hermana de tía Emilia, o azul como cuando le vino el ahogo, ...que a lo mejor la hermana de tía Emilia en el cielo reza por mami ¡ay, si la hermana de tía Emilia se diera cuenta y rezara por mami! mami entonces iba a estar bien, que iba a rezar por abuelito, y se duerme, que ahora hay que dormir, sí, me porto bien, y mañana hay que ir al colegio... hice los deberes bien, que el Toto me hizo la ilustración, un dibujo de un perrito, y qué tonto, lo pintó de azul...

VII

DELIA, VERANO 1943

Si a mí me dijeran que ella lo quiere, todavía... Pero qué lo va querer, con esa barriga y medio pelado. El doctor Garófalo, quién se los toca... Pero se casó con un médico, la vieja revienta de chocha que la nena se casó con un médico, nunca se imaginó que Laurita iba a tener tanta suerte, de casarse con un médico. A cada rato por el tapial del fondo que "una taza de aceite", que "tres papas para el caldo", que "una cebolla", y devolverla el año verde. Muy lindo cuerpo, Laurita, siempre, pero de cara regular, y ni bien tenga el primer chico se va a poner gorda que va a dar asco. Los toldos le pidieron prestados a Mita, para tapar los vidrios del jol todos desparejos y que no entrara ese reflejo del sol que no se puede estar mientras daban el almuerzo después del civil. Un sábado, qué lástima. Como a las ocho los empleados de Banco salen todas las tardes, ya cuando en el paseo no hay nadie, claro que los sábados a las tres ya salen y a las seis me cruzo a la tienda por el paseo y se ve que están en el bar, el único día. El peinado alto hace muy mayor y yo quería hacérmelo, a la Choli le quedaba bien, toda la tarde con los rulos atados perderme el paseo del sábado por el casamiento de esa suertuda. Pobre turco, Yamil es un pedazo de pan, Mita dice que no lo deje escapar. En la farmacia la ve siempre Yamil, y "qué señora más fina", la tiene con eso, "la mejor vecina que podías tener", claro que mejor vecina que Laurita es, y cuando el lío a la única que quiso pedir consejo el turco fue a Mita. "Si usted Yamil la quiere a la chica hágales frente, dígales que la religión está para aliviar y no para

117

hacer desgraciada a la gente, que la conoció a Delia, una chica buena y la quiere y ahora ya no se puede conformar a perderla, y san-se-acabó." Viejos turcos roñosos, una turca como el hijo no sé qué le iba a enseñar de lo que es tener su casa limpia. Pero si el turco la viera a Mita lo boca sucia que está en la casa... Una fuente llena de canelones tan ricos, los hace con salsa blanca, el relleno de carne caro recaro. La muchacha lo trae que se quema las manos, la cazuela recién sacada del horno, por más repasador que le ponga el calor le pasa y viene a todo lo que da desde la cocina hasta el comedor en la otra punta de la casa, gente que coma caro como en lo de Mita... una vez también canelones rellenos de verdura pero no le gustan a Berto, si no es de carne nada, comer de masticar bien que se hundan los dientes en un colchón de carne, no como comer siempre puchero de carne tan blandita o milanesas cortadas finitas, la eterna historia en casa, mamá y papá, papá medio lleno de café y vasos de agua en el bar, el turco no se llenaría con puchero, en el hotel cómo traga! y se llena bien el buche, qué feo ese cinto sanjuanino. De allá toda la ropa es fea, mejor la de Vallejos por el diablo. Va a engordar más cada vez, es fea esa barriga, López no tenía nada, comiendo así hasta llenarse no hay modo de parar la gordura. En el hotel tarifa fija, coma lo que coma. Los empleados de Banco tampoco hacen ejercicio, pero López en el hotel no engordó, en la casa ahora menos con la guacha. Haciéndose la nena con el cuellito de puntilla, semejante grandota. Sin cintura, piernas de maceta, y voz de pava. Menor que López no debe ser, yo nueve años, él tenía veintiséis y yo diecisiete. El turco tiene veinticinco y yo veintiuno. Turco agrimensor narigueta, todo peludo, panzón, ojos de huevo frito, si lo quiero será por lo bueno. Bueno y sonso, no, sonso no, se hace el sonso, pero estoy segura que con la de Antúnez no fue sonso. Sonso con las vivas, vivo con las sonsas. López vivo con las vivas, sonso con la sonsa de mujer que se trajo. Laurita viva con un médico, los más vivos son los médicos, pero el doctor Garófalo tiene más cara de sonso que el almacenero más sonso. Con marido almacenero echar mano a la fruta seca y me le abriría latas de duraznos al natural, y agarrar todo para hacer la paella como Mita, con berberechos en frasco, y pulpitos, lo que tenía que hacer era ese día llegar cuando estaban por la mitad del almuerzo y seguro que me iban a hacer probar, porque hacen en cantidad, la sirvienta ya se separa antes unos platones, el doble que en casa, y de lo que sobra de la mesa todavía se puede comer otro plato, y no me di cuenta de ir, en la luna pensando en López a lo mejor, no, en él que piense su abuela, ya no me acuerdo de él, cachivache de mujer que se fue a traer. Si con un peso no alcanza para las compras... hoy no me paso de un peso, un poco de verdura, la ensalada, hueso para el caldo, cabellos de ángel todavía tengo, y un poco de picadillo para albóndigas papá come una, mamá tres y yo tres. Cincuenta de picadillo alcanza. A la madre de Laurita si de un saque le hiciera devolver las pedigüeñadas de los días del barullo antes del casamiento "ay, perdoname, Delita, no tengo cabeza para nada en estos días" me saldría la cena gratis, un peso, con 30 centavos que le agrego ya estaba el 1,30 del par de medias. ¡Un par por mes! Y de las doce no quedó nada, si no estaría mejor la cena, a lo mejor con un poco de fruta, la uva todavía está cara. Aunque la foto tuve que sacármela, los viejos turcos querían la foto, ya que se vieron perdidos se hacen los simpáticos, qué roñosos. "Señor y señora Mansur: me atrevo a dirigirles estas líneas porque quiero mucho a Yamil y no puedo seguir viéndolo entristecido y sin fuerzas para nada. Sé que ustedes se oponen a un casamiento con alguien de otra religión, pero yo nada puedo hacer en este sentido, he nacido católica y aunque abrazara otra religión en el fondo seguiría sintiendo lo mismo, la fe cristiana. Para esposa de Yamil no querrían ustedes seguramente a una mujer que empieza su vida matrimonial por un acto de hipocresía. Por eso quiero aclararles bien mi posición, esperando que pronto se llegue a una solución, aunque me sea adversa. Yamil no puede estar a merced de nuestro capricho ni un día más, él no se merece que nadie juegue con sus sentimientos." Esa carta de Mita convencía a cualquiera, yo la pasé bien toda con mi letra, pero la letra de Mita no se entiende, parece letra de médico. "Además les ruego que consideren con sinceridad esta cuestión: Yamil no ha sentido nunca profundamente la religión musulmana y estoy segura de que le sería indiferente bautizarse cristiano, para poder casarse por iglesia. Y es indudable que nada le favorecería tanto en su carrera en el Ministerio." Si los viejos no aflojaban ¿quién quedaba en Vallejos de marido? Basta con los del Banco, por uno que se casa con una chica de acá, veinte no. Sampietro, Burgos, Nastroni, García, todos se casaron con las de sus pueblos, los desgraciados, acá ninguna es bastante para ellos y después cuando se aparecen después de la luna de miel con la mujer, resultan cada porquería de no creer, acá se meten con las más jovencitas, después se aparecen con un mancarrón... La peor la de López, y cómo se creyó mamá la mentira, que él ya tenía un hijo en su pueblo, y que tenía que casarse con esa mujer, mamá dice ahora que no le creyó, "yo no le creí, nena, pero qué ibas a hacer con un hombre que no te quería?", y eso es lo peor y después menos mal que apareció el turco. Ahora ya sé, lo peor es dejar que me pongan las manos abajo del cinturón y arriba de la rodilla, después en el cuello y la cara y los brazos no hace nada, o las piernas de la rodilla para abajo. Si no, es fácil perder la cabeza,

120

basta una vez para saber lo que son ellos. Una buena fuente de ravioles me comería esta noche, ravioles amasados con relleno de seso y espinaca, bien espolvoreados con un buen puñado de queso rallado. Así la barriga se llena de veras, y dos vasos de vino y lavar los platos ya que me estoy durmiendo y después me tiro en la cama con el estómago pesado y en babia, a los dos minutos estoy roncando. Después que se iba López me quedaba sola en babia otro rato en el zaguán, las once de la noche, y derecho a la cama que a los dos minutos estaba roncando. Más de un peso gastar para la cena, tres gatos que somos, es demasiado, este mes con el gasto de la foto. La librería de porquería, grande de gusto, con el local nuevo de librería más linda que hay en Vallejos, vacía siempre, un alma no entra, mamá todo el día plantada detrás del mostrador, ya se podría quedar en casa. El vestido para el casamiento de Estela el mes que viene, si no era a la fuerza... y me queda para los bailes del club, un lindo vestido de tafetán. Que no se enfríe el turco. Según Mita fue una suerte bárbara encontrar al turco, y ella no es que sepa lo de López, a no ser que mamá le haya contado, pero a lo mejor mamá le pidió consejo de cómo se daban las puntadas, a lo mejor creyó que Mita farmacéutica sabía dar las puntadas, porque Mita parece que supiera porque me dice que tuve tanta suerte de encontrar a Yamil, porque es tan bueno y nada nervioso, según ella la belleza no tiene importancia para nada, lo principal es el buen carácter. "Yamil es un pedazo de pan", dice siempre, pero el pedazo de pan cuando empieza con las manos a tocarme tan fuerte hay que ver qué feo que es eso, no sabe acariciar nada, pero antes sabía menos. Yo lo acaricio. "Acariciame como yo te acaricio a vos", y ahora acaricia mejor. Yo lo acaricio como me acariciaba López. El tafetán es más suave que la taffeta, es mezcla de rayón y taffeta, me lo hago bien ajustado, el de Estela me lo probé el año pasado y es un roce fresquito como de seda y cuesta menos que la taffeta; al cruzar la pierna la pollera roza hasta arriba, de la cadera hasta la rodilla, ningún hombre tiene la mano larga que abarque desde la rodilla hasta la cadera, lo que no hay que hacer es dejar que pongan la mano arriba de la rodilla y abajo del cinturón, la mano que sube, por debajo de la pollera, qué sonsa es una de más chica. Que no crece el Toto siempre quejándose Mita, "mocoso de mierda ¿por qué no crecés?" le decía en la cara al nene, y el nene se fue a lección de piano y me dice "este hijo de puta no crece". Mita con la barriga que sí le crece y se le nota el encargue, yo le digo "Mita, usted se insulta sola" y ella "así me desahogo un poco, de lo que me hacen rabiar estos mierdas". Una mala palabra detrás de la otra. Si se lo digo a Yamil no me lo cree, y Estela que me dice "vamos a la farmacia Modelo, que me gusta conversar con la señora Mita, que es tan fina", antes sí, pero ahora... Yo no lo reconocí al Héctor cuando apareció este verano, en menos de un año. Todo nuevo le tuvo que comprar Mita, no le entraba nada, se fue en marzo que era un chico y al terminar las clases quedó aplazado en todas, Mita no le quería comprar nada de la rabia. Pero cuando se bajaron del tren el Héctor parecía un manequí, de cara me pareció más lindo que López todavía, grandote como el turco. Y la lengua de carrero, en una pensión con el padre en Buenos Aires, vagueando todo el día. Al bajar del tren si no era por Mita y el Toto no lo reconocía, Mita no se compró casi ropa este viaje, bajó con el mismo traje de saco con que se fue, pero se fue fina y se volvió ordinaria, ya está en el quinto mes. Una lengua de carrero tiene el Héctor, y Mita se ha subido al carro con él. Contagió a todos el Héctor, a Mita le dijo "planchame bien los talompas de la pilcha nueva, no me las hagas ir de gilastro". Y Mita le entiende todo y yo le dije que era un carrero el Héctor y ella me dice "No seas gilastra" y se reía, y Berto con luna recién levantado también se reía. Contagió a todos el Héctor, dice que Yamil es un cartonazo. Al Toto no lo contagió, no aprendió a decir nada el Toto. "Qué buen par de porrones" me dice el Héctor, y yo ni lo miré, como si no hubiese dicho nada, y después sola le pregunté al Toto si porrones era el pecho o el traste y el Toto me hizo jurar que no contaba a nadie y "es algo del aparato reproductor, el Héctor habrá visto todo mientras... a la sirvienta de enfrente, que a la noche se cruza cuando todos duermen, y después vuelve a lavarse y me muestra y me pregunta si le creció porque cuanto más... más tiene que crecer" y yo "no seas chancho y decime de una vez qué son los porrones" y el Toto en vez de contestarme me dice "a mamá no le cuento nada del Héctor. Si se moría la sirvienta, el Héctor iba a la cárcel, pero si no se desangró la primera vez ya no se desangra más". ¿Estará loco ese chico? Por eso lo de antes de ayer no me sorprendió. Y me quedé un poco callada, y él "el Héctor me dijo que te quería romper el carozo pero vos no sabés lo que es el carozo" y yo no sabía si era lo de adelante o lo de atrás y se lo pregunté, y el Toto: "él carozo debe ser el fondo de tu cola, lo que tapa para que no te siga entrando adentro del cuerpo el pito de los grandes cuando aparece esa especie de araña venenosa" y yo le seguí la corriente "¿para qué me quiere hacer eso el Héctor?" y el Toto "debe ser porque te tiene rabia, que estás de novia con el turco agrimensor que primero habías dicho que era un escuerzo". Pero "Toto, estás loco, ¿de dónde sacaste todo eso? son todas mentiras tuyas" y todo colorado mirando para otro lado "te lo dije para ver si lo creías". Todas macanas para no hacer ver que no sabía lo que quería decir porrones ni carozo ¿qué quiere decir? me da vergüenza preguntarle al turco.

Después de eso lo de antes de ayer no me extrañó. No aprendió a decir nada el Toto de las palabras del Héctor. Con los compañeros de Agrimensura Yamil habla todo así, me dijo. "¿Qué quiere decir gilastro?", le pregunté los dos solos en el zaguán, "lo que querés que sea yo" y me agarra la mano y se la puso donde no debía, turco desgraciado. A mí qué me importa, si con eso está contento. Por suerte le quité la manía de la brillantina. Mientras a mí no me toque donde no se debe que se saque el gusto, yo le puedo tocar todo lo que quiera, a mí no me hace mal, lo que hace perder la cabeza no es eso. Con gomina le queda mucho mejor el pelo, turco crespo con encima la cabeza aceitada quedaba peor todavía que un negro orillero. Hasta que vuelven de la medición en Los Toldos estoy en paz. Que traiga bombones, aros no. Demasiado gasté hoy para las doce, los zapallitos no llenan, tan lejos, más de nueve cuadras hasta esa quinta, cinco centavos menos, y se me terminó de gastar el taco de los marrón sin puntera, se me empezó a comer ya el cuero, de la media suela no me salvo, $ 1,50. Gilastra que fui. No me acordé de mirar la suela. Y vestido blanco última vez en mi vida que me hago uno, lavarlo cada tres posturas si es la semana que no está Yamil, si está Yamil ya dos posturas queda la cintura toda marcada, manoseada de manos, en verano las manos puercas como si sudaran hollín. Y cada lavada se va gastando, y al jabón no lo regalan, la semana que Yamil va a los trabajos con el teodolito lo lavo menos. Pero si Yamil está no compro fruta a la cena para mí, con él que me lleva a tomar un helado. Si me alcanza hasta después del casamiento de Estela, que entonces el de tafetán me lo pongo para los bailes y el de seda estampado lo paso para todas las tardes, una tarde sí y una tarde no con el blanco, el blanco cuando no viene el turco con las manos. Si después de tantas lavadas no empieza a deshilacharse, o si no lo tengo que dejar para entrecasa, y el que tengo de entrecasa lo paso para cocinar que toman tanto olor a grasa y frito. El boliche de librería estaba siempre lleno, siempre, papá con luna que no podía cruzarse al café, y ni un alma hay ahora en el negocio nuevo. A una cuadra y media del boliche de antes. Con piso de mosaico y todo de lo mejor. Pero la gente no quiere pagar los aumentos. A la librería de los gallegos Laurita encargó las participaciones, ella nos podría haber ayudado. Me voy a gastar un pan de jabón entero si me pongo a lavar el que tengo para cocinar, me arrepiento de no haberme hecho el delantal con la camisa que papá dejó del cuello todo pelado, que le haga provecho al negro que se la dimos. El doctor Fernández cobró poquísimo. Qué estúpida la Pirula, si es sirvienta aflojarle a uno que no se va a casar con ella como el Héctor. Todas las noches. López era más lindo. Qué mentira me dijo. ¿No se dio cuenta esa idiota que el Héctor no la acompañaba en el Paseo delante de todos? Se sabe que las últimas piezas en las romerías las bailan con las sirvientas. Los estudiantes. Las novias ya se volvieron a la casa, corren los estudiantes de vuelta a las romerías a sacar a bailar a las negras. ¿Cómo no se dio cuenta la primera vez esa imbécil de la Pirula? negra y basta, de fácil caliente la estúpida. Ni siquiera dejarse acompañar, ni la mano, ni besos, que la habrán venido ganas de tocarle la cara al Héctor, bien blanca no como los ordinarios que se pueden casar con ella, blanco tostado de la pileta y de los domingos uno de los mejores que juega al fútbol. Ganas de tocarle la ropa que Mita le compró de lo mejor en Buenos Aires, lo que pensaba gastar en el Toto lo gastó en el Héctor porque el Toto no creció y tiene la ropa del año pasado. Al Héctor le había quedado todo chico. Más lindo que López no es. Tiene las pestañas más largas. López ahora tiene muchas entradas, el Héctor tiene mucho cabello y la mirada triste cuando está mirando para otro lado, los ojos siempre medio mojándose con un poco de lágrimas parece, pero cuando mira de frente hablando no: la mirada de brujo. "Yo sé que te hicieron el cuento y después te largaron, y ahora estás cosida" parece que me está adivinando el Héctor, con la mirada clavada de frente que puede leer hasta el fondo, lo que está escrito en el pensamiento. López la mirada de que me quería, le hice poner una vez los anteojos de hacer cuentas en el Banco, y se los saqué, un lechuzón con los anteojos, serio, parecía el más trabajador y se los saqué, las pestañas no muy largas pero negras y los ojos verdes y el blanco sin ninguna mancha, unos hilitos apenas de venas. Siempre por lo menos un brazo libre hay que tener, la Pirula sirvienta dejarse tocar por el Héctor que es estudiante, hay que ser más que idiota, la mujer no tiene que dejarse tocar. Le aflojó la primera vez y después está lista, no se puede aguantar, además que le da lo mismo una vez que cincuenta. La habrá mirado a la Pirula fijo hasta darse cuenta de que ella tenía ganas, después ella no le pudo negar porque era así. No le pude negar nada a López de lo que yo pensaba, porque yo no tenía nada escrito en el pensamiento, que si López me miraba clavándome la mirada no me podía leer nada porque él me miraba y yo no podía pensar en nada, pensaba en mirarlo y mirarlo y mirarlo, la cara sin un defecto. En la mesa a papá le cortaría la loma de la nariz, y ojalá fuera la cara de masilla que se la aplasto de arriba y de abajo para ensancharla, esa cara larga y angosta que me salió a mí, y los ojos amarillos del cigarrillo y las dos cejas unidas, fam, fam, fam, depilarle bien esos pelos uno por uno aunque le salgan canutos, o acercarle un fósforo y quemárselos. No tiene ni una peca, la nariz respingadita, los bigotitos finos bien parejos, el cutis blanco, ni un poquito tostado del sol, siempre encerrado en el Banco, y aquella noche en ese momento me pareció que le podía clavar la mirada y alcanzar a ver en el fondo de los ojos lo que estaba pensando, yo quería que se fuera al hotel temprano que yo quería entrar a escuchar la novela, le dije que era a planchar, y él que no, que no quería volver al hotel, si hubiese estado viviendo con la familia sí, se iba, y yo todo el tiempo con un brazo me defendía de los toqueteos, pero desde el verano anterior que no iba a ver la familia a Puán y extrañaba si se volvía tan temprano y todavía no tenía sueño, solo en el hotel, y él tenía escrito que si se iba al hotel se tiraba en la cama y le empezarían a correr las lágrimas, que yo sola podía hacer que no pensara en la familia y no llorase, y en el fondo del pensamiento tenía escrito que me quería porque "andá a Puán por unos días, pedí licencia", le dije, "no, que en Puán te voy a extrañar a vos" me contestó, y le di un beso fuerte yo, y le eché los brazos al cuello, los dos brazos, como aletazos me vinieron en el pecho, de dar un salto y no dejar que se fuera, dos alas más largas que los brazos, para envolverlo; y ese rato me pareció que no nos íbamos a despegar más, a separar más, ni cuando llegara la hora de ir al Banco, que él no iba a ir, ni cuando la hora de las compras, ni cuando la hora de comer, de lavar los platos, de dormir; y los ojos se le pusieron rojos depués, le quedaron llenos de venas como después de llorar, pero no es que llorara, yo lloré, del dolor, y a los dos se nos fueron poniendo así los ojos, que el corazón se atraganta de sangre. Ese día sí le había podido leer el pensamiento, pero después en los ojos no lo miré más fijo. Pobre Pirula ¿mentiras del Toto serán? Que no lo tienen que mandar pupilo, dice la Choli, que el Toto no va a aguantar, Mita lo quiere mandar pupilo. Lo quiere mandar Berto. Y el lío a la hora de la leche. "No voy más con ese instructor desgraciado" medio llorando el Toto. "Vos callate, mocosito, ¿será posible que tampoco aprendas a nadar?'' Mita que le sirve el tazón de café con leche y el Héctor, Mita y el Toto de vuelta de la pileta la mesa cargada con un plato de torrejas y peritas en almíbar, manteca, dulce, tostadas, en un minuto desaparecían las pilas de tostadas, la muchacha traía otras, probé las torrejas pero las peritas no. ''El gilastro este porque no se quiere largar de cabeza'', ''si me pego en el fondo puede venir un desmayo'', y Mita me contaba ''nunca me imaginé eso, yo lo más confiada le pregunto al instructor cómo iba el Toto, y me dice que era el más atrasado porque no le hacía caso, ni en la zambullida ni en el estilo crawl, quiere ir siempre con la cabeza afuera del agua, estilo rana. La Choli con su santa paciencia le enseñó así el año pasado''. La rabia de Mita, que se olvidó con la rabia de hacerme probar las peritas a ver cómo le habían salido, y yo tampoco fui más con el instructor, una sola clase, que el primer día ya quiere hacer meter la cabeza debajo del agua en la zambullida, bestia. Yamil dice que asusta a la gente, la gorda del almacén se resbaló y se soltó del borde, y al fondo, y salía, toda asfixiada y se volvía a hundir y recién la tercera vez que apareció la sostuvo el instructor. Yo no le creía a Yamil, la gorda tampoco quiso ir más, Yamil dice que el instructor la miraba hundirse y se reía solo. ''¿Va esta tarde al cine, Mita?'', ''sí, ya la vi en La Plata pero es muy linda *La ninfa constante*, sobre todo por ella que es tan delicada'' y el Toto no se quiere quedar atrás ''pero hablan siempre de la ninfa y nunca sale, sería lindo que saliera en transparente, que la ninfa es el alma de la chica pero no sale, a mí no me gustó, no vayas, Delia'' y Mita ''no, es preciosa la cinta, andá a verla, hay una parte preciosa en que ellas, las hermanas, están siempre hablando de arte, se enloquecen por la pintura y la música, un tesoro las tres que hacen de hermanas!'' Y quedaban cinco peritas en la fuente y las cinco se las agarró el Toto, y el Héctor se había comido una nomás que agarró con los dedos ni bien se sentó a la mesa, y "Mita, mirá este petiso cagón, se agarró todo!" y Mita "Dale tres al Héctor" y el Toto "se las doy si me salvo de ir a practicar con la bicicleta", que tiene la bicicleta desde el invierno y todavía no aprendió a subirse solo porque es muy alta, él no crece y tiene miedo de caerse, y Mita rabiar y rabiar, y Mita rabiosa "¿será posible que no lo pueda enderezar a este mocoso de mierda?" la rabia de Mita, "¡si no hace ejercicio no se va a desarrollar, queda enano!", si el que va a nacer le sale desobediente como el Héctor y el Toto está lista, el Héctor está emperrado con el boxeo "con todo lo que morfa se vuelve puro culo y panza este enano, si no se mueve ¿pero quién lo arrastra al Baby Box del Recreativo?". "Puro culo y panza serás vos, y sabés mamá, ayer le vi todo el pito cortado de tener malas costumbres, la sirvienta de enfrente le habrá hecho algo con la cuchilla", de buenas a primeras empezo a gritar el Toto, y yo no sabía dónde meterme, el Héctor le tiró la taza de leche en la cara y el Toto corrió a agarrar el traje recién planchado del Héctor y se lo tiró al aljibe, y se encerró como siempre en el baño. Mita con el susto a decirle a Berto de la herida del Héctor, y Berto por poco se mea de la risa. Yo roja de la vergüenza. ¿Qué quería decir el Toto con la cuchilla? Después de eso lo que pasó antes de ayer no me extrañó. Yo me fui. Al rato a las seis con Yamil en el cine la vimos a Mita entrar con el Toto, ellos ya la habían visto en La Plata a *La ninfa constante*, preciosa, yo lloré, el turco como siempre "sentémonos atrás de todo" y atrás de todo no había nadie, toda la película tuve que estar agarrándole, él no vio ni la mitad, entre que cerraba los ojos o me miraba a mí, y se reía de que lloré "las mujeres siempre lloran por pavadas", sí, pavadas, hay veces que se llora porque no se aguanta más, que yo me empecé a dar cuenta que López me empezaba a fallar cada vez más seguido, un día por una cosa y otro por otra y aquel viernes a la noche yo veía que él no me metía la mano debajo de la pollera, después de tantos días sin venir, y le agarré la mano y se la puse entre mis piernas y me la saca y "no debemos hacer más esto, está mal" y yo "¿por qué?" y él "porque sí", y se fue. Se fue así, el desgraciado... ¡López! ¡López! ¡López! ¡Yo no sabía que aquel domingo anterior había sido la última vez, la última vez en mi vida, yo que creía que era una de tantas noches y me le quejaba de que estaba medio callado y medio bruto, en el zaguán oscuro! Y después de cinco días sin verlo de repente ese viernes no quiso saber más nada, se le acercaba la hora de casarse en su pueblo y de repente no quiso saber más nada. Nunca me imaginé que aquel domingo había sido la última vez, que si él me lo hubiese dicho yo habría pensado fuerte fuerte en cada minuto que pasaba para no olvidármelo más, lo hubiese agarrado tan fuerte hasta que los dedos me dolieran de tanto apretarlo, y le hubiese dicho una por una todas las cosas que haría por él, no comer, no dormir..., hasta convencerlo de que volviera... Pero eso era ya demasiado pedir, yo me conformaba con haber sabido que ésa era la última vez. Y esperarlo con el mejor vestido, y sin mezquinarle el perfume, con las medias de seda y el piso del zaguán hecho un espejo, y unas cuantas macetas de helechos le pedía a Mita para adornar..., y me jugaba entera. Y no lo esperaba en el zaguán, lo esperaba en la esquina, así lo veía venir desde una cuadra de distancia, que se iba agrandando hasta que cerca mío yo empezaba a retroceder y empezaba a contar uno, dos, tres, cuatro... el tiempo que faltaba para que me alcanzara en el zaguán oscuro y me abrazara... once, doce, trece, catorce..., y de chiquito que estaba en la esquina lejos ya está delante mío que me tapa todo lo que hay delante, me tapa todo con la cabeza y el cuello y las hombreras, pero yo le miro los ojos que se le refleja el piso encerado del zaguán, y en el piso encerado se refleja un hombre que es él, dónde empieza él y dónde termina el piso no se sabe y la cabeza me empieza a dar vueltas del mareo y me le agarro fuerte para no perder el equilibrio... Y buen golpe que me di, por chiquilina tonta nada más. Que el buen carácter es lo principal tiene razón Mita. En mi casa será todo con horario, que no venga papá como siempre que se le pasó la hora en el bar y el turco que no se retrase porque a la comida no la va a encontrar, únicamente si la busca en el tacho de basura, ahí la va a encontrar. Y nada de tomar muchacha, así el cálculo que sacó que no le alcanza para veraneo, le alcanza. Todo en comida quiere gastar ese animal, tres platos quiere como en el hotel, mucho más caro que hacer un buen plato abundante de una sola cosa. Yo lo voy a domar, a mediodía le digo "hay tres platos: cordero con batatas, pastel de papa y postre de cocina", budín de pan, que es como si fuera un tercer plato. Y le hago comer cordero hasta que rebalsa, y cuando traigo el pastel ya no tiene hambre, apenas si comemos la mitad del budín de pan, y así a la noche tengo el pastel de papa y la mitad del budín, ya está la cena lista sin gastar un centavo, y le sigo haciendo la manganeta hasta que se olvide de que en el hotel comía tres platos. Fiambre, ravioles y carne en estofado en lo de Mita antes de ayer, y arrollado con dulce de leche, lástima que el Toto arruinó todo. Se habrá llenado el muerto de hambre del instructor, a régimen en la pensión, le dije que no iba más a practicar porque tenía que hacer en casa, Mita me pateó debajo de la mesa, claro, el tipo lo mismo me ve en la pileta, qué perro. Pero los domingos no me ve, eso no me puede negar, antes de encontrarme en el agua con López y la mujer me muero. Tirada en el césped tomando sol miré a un lado y había un hombre de espalda, en malla, la primera vez que veía ese hombre tan blanco de cuerpo y miro la cara y era él, que la cara se la he besado hasta morirme pero nunca lo había visto sin camisa, el cuerpo era como el de todos los hombres, yo creí que sería más delicado y detrás se apareció la mujer y no me vieron más el pelo los domingos en la pileta. Y Berto le hizo tomar vino de más al instructor que se largara a hablar de la de Páez, que no quiere nunca contar, y Berto "el viejo Páez mandó a arreglar la carabina, dice que un zorro se le mete a la noche en el gallinero" y al instructor le hizo mal el vino "yo estoy siempre entre gallinas, hay que ver el miedo que le tienën al agua en este pueblo" y me mira a mí y el Toto sonso se pone colorado y dice "yo no le tengo miedo al agua, lo que le tengo miedo es al fondo de la pileta", y Berto "pero si hacés caso a lo que te dicen vas a aprender a zambullirte sin golpear la cabeza", y el Toto "ya me golpeé una vez y con esa basta", y Berto "si no fuera que estamos en la mesa sabés lo que te haría" y el instructor "el crául tampoco lo aprendés, y no hay piso que valga ahí", y el Toto "se pronuncia crol", y el Héctor "habló el genio", y Mita "al principio aprendía todo bien, después llegó lo de las zambullidas y se atrancó", y el instructor "no señora, lo que tiene el Toto... es celos, está celoso de los otros chicos que aprenden y él no" y se levantó de la mesa y se volvió a sentar el instructor, que no se sabía lo que quería, y ahí me di cuenta que se le había subido el vino a la cabeza porque casi se le escapó un eructo y lo miré al Toto y estaba blanco como el papel. Y Berto "es feo que tengas celos, el instructor te quiere mucho, siempre me pregunta por vos si no te ve, él quiere a todos los chicos igual" y el instructor "pero a los celosos no los quiero, y a los gallinas tampoco, miedo tienen las mujeres" y el Toto de un manotón agarra el cuchillo de cortar torta y un alarido de Mita y otro mío que el Toto de un arranque le había clavado el cuchillo en un brazo a la sirvienta que se acercó en ese momento a levantar los platos de postre. Todos paralizados estábamos. El cuchillo le quedó clavado de punta cerca de la muñeca y solo se cayó al suelo. El Toto de un salto ya salía cuando el Héctor lo alcanzó de un brazo, pero al verlo a Berto enfurecido abalanzándose lo dejó escapar el Héctor al Toto. Menos mal que la muchacha se tapó la barriga con el brazo, si no la mataba y el brazo se lo tajeó no más. ¿Si está siempre pegado a Mita, dónde se volvió asesino ese chico? La muchacha que es tan buena con él ¿por qué se la agarró con ella? El mantel todo manchado de sangre y la pobre negrita no dijo ni "a", los ojos llenos de lágrimas, Mita en seguida la vendó y cuando estaba por venir el doctor Fernández a darle los puntos a mí me dio vergüenza y me fui... Y yo no sé si los médicos guardan los secretos, si el turco sabe, pobre, qué disgusto le daría. Son cosas que solamente una chiquilina tonta se deja embromar. Después no queda más que la rabia, eso es lo que se sale ganando. Que la coma la rabia noche y día. Total por lo que duró... Después que se iba me dormía de un tirón hasta las ocho, ni bien colocaba en la almohada la cabeza me ponía a roncar. Todas las noches dormir de un tirón. Y a la mañana levantarme, tomar un mate, pensar en anoche, barrer, pasar el plumero y el trapo mojado, ir a la carnicería, al almacén, pasar por la librería, y hay por ahí que comprar hilo o elástico o un repasador y aprovecho para preguntarle a Estela si lo vio esa mañana a la entrada del Banco, cocinar, lavar los platos, dormir la siesta..., que ya se acerca, se acerca la hora, coser, desatarme los rulos, dar una vueltita por el paseo que la voy a buscar a mamá, la cena, pintarme, peinarme, vestirme, salir de la pieza, el pasillo, el vestíbulo, el zaguán, la puerta de calle, me paro contra el rinconcito, me aliso el vestido y pasan cinco, diez minutos y veo que en la esquina no hay nadie, todavía no hay nadie, cuento hasta veinte, treinta, cuarenta y viene un hombre, dobla la esquina y camina para casa y no es el policía de la esquina, no es Juan de los Palotes, no es el diarero, no es el chico de la fonda, no es el turco, no es el Héctor... es él, los ojos verdes, la naricita, las palabras escritas en el fondo del pensamiento "si me hacés ir temprano al hotel no voy a aguantar las ganas de llorar" y yo "andá a Puán por unos días, pedí licencia" y él "en Puán te voy a extrañar a vos"... que soy yo, no Laurita, ni Mita, ni la Pirula, ni la ninfa constante, soy yo... Y le echo los dos brazos al cuello, todo para mí, lo miro, lo toco, lo oigo respirar y yo respiro y los dos que respiramos, suspiros de él, o míos, que no importa que yo deje de respirar que él puede respirar para darme el aire, en la carne viva, dónde empieza él y dónde termino yo ¿quién puede saberlo? eso quiere decir que me quiere, que quiere ver dentro de mí, y llegar hasta donde está escrito que lo quiero y que no hay ninguno como él, porque todo adentro mío está todo escrito que lo quiero tanto, tanto, tanto; y para él soy la mejor que hay y no nos despegamos más y entonces ya va a saber bien qué es lo que pienso y no voy a tener necesidad de decirle que para ponerlo contento me animo a tirarme del obelisco de Buenos Aires, y me hago mil pedazos, que él va a seguir viviendo y va a pensar en mí y eso es al final lo único que me importa, que no piense en otra, y escrito en el pensamiento de él va a estar que me quiere más que a nadie... o que sin mí no va a poder vivir y se va a morir de la pena... o lo que sea... lo que se le dé la gana, ...ay Dios mío, que hasta cuándo, hasta qué día, qué hora, qué minuto me va a seguir amargando la vida, maldito el momento en que lo conocí. Y que se muera si quiere, que no por eso me voy a morir yo, y que si me muero tampoco me importa, porque ya todo se fue al diablo y la vida es una reverenda porquería, la puta que los parió a los hombres y que los recontra mil veces. Que lo mismo aunque duerma mal de noche a la mañana tengo que levantarme y si no tomo un mate me viene languidez y si no hay azúcar hay que ir al almacén y los días de viento y tierra si una no está barriendo de la mañana a la noche se ahoga en la tierra, no sé cómo Mita consiguió que el carpintero le arreglara las puertas para que no le pasara la tierra por las rendijas. Yo ni bien pongamos la casa con el turco hago arreglar las puertas. Así mamá no tendrá tanto trabajo. Yo cocino y mamá limpia y lava y papá en el negocio, basta de bar. Así me ahorro la sirvienta y tenemos mucho para comida y sobra para el veraneo, un año me conozco Mar del Plata, otro Córdoba, otro Mendoza, aprovecho mientras no haya críos: si salen con la nariz del turco me muero. Las panzadas que le voy a hacer darse a ese turco, y yo no me voy a quedar atrás, lo único que no quiere comer es carne de cerdo, vamos a aprovechar con mamá cuando él se vaya afuera con el teodolito, para hacer una noche en el patio un buen asado de chancho, no da ningún trabajo, con un poco de ensalada, y bastante vino, llena que no me pueda mover con la modorra que da el vino y el asado... me lavo los platos que ya me estoy durmiendo y ni bien termino de cabeza a la cama, que con el estómago pesado no pienso en nada que ya me quedo frita, y a dormir a pata ancha hasta el otro día.

VIII

MITA, INVIERNO 1943

Y ni un amigote le voy a dejar traer al Héctor este verano, que si se ponen a patear en el patio los mato: 10 grados bajo cero este invierno en La Plata, y en Vallejos 15 bajo cero aguantaron sin helarse las plantas de las macetas nuevas. Al terminar el jol, se corre el toldo, se abre la puerta de vidrio y ya no se ve más el patio pelado. Helechos altos y hojas de salón alrededor del árbol de las naranjas, y muchos gajos florecidos de clavel del aire en la reja del aljibe. Y de más allá, donde están las plantas de mandarinas va a venir el fresquito de la tierra siempre húmeda del sol que no entra casi. Era el mejor lugar para las calas, siempre a la sombra. Todas las noches en el patio vamos a comer cuando venga el verano, con el fresco de las plantas. Y todos los días a la pileta, nada peor que estar de encargue en verano. Todo blanco de calas en pleno invierno debajo de las copas ralas de las mandarinas, contra la pared los lirios casi no se ven, el último año que los planto, violeta oscuros y blancos, la tristeza de flor de cementerio que dan los lirios. Calas al panteón llevaron el Toto y el Héctor, un día de las vacaciones de julio que no hacía tanto frío, en bicicleta todos esos kilómetros. Nunca me voy a animar yo, a ir. Siestas largas en invierno y todo el diario, y dos, tres, cuatro capítulos de novela a la noche, hasta que puedo cerrar los ojos, y me espía, se hace el dormido Berto pero yo sé que si lloro se da cuenta, hasta que consiga que me olvide, pero cómo me voy a olvidar? Me parece que ya se durmió. A paso lento veinte cuadras de ida y veinte de vuelta por otras calles, caminando no se siente el frío bajo el solcito de las dos de la tarde que el ejercicio ayuda a dormir bien a la noche, en vez de acostarme a la siesta, y ya empiezan las calles de tierra apenas a dos cuadras de casa y a cuatro cuadras los ranchos, y un poco más y ya se abre el campo con alguna chacra. No se mueve una hoja hoy, ayer un poco de pampero se levantó, frío, que un mes más y se acabaron las caminatas por desgracia, la boca y la nariz secas y la garganta irritada de la polvareda que levanta el viento, cuando empiece octubre en Vallejos. Los anteojos negros puestos desde la mañana para salir a la calle, con los lentes se ven negras las nubes altas de tormenta que corren y al ras de las casas las nubes marrones de polvo en remolinos y un día van a terminar de enterrar las casas los remolinos de polvo, hasta que paren de soplar los ventarrones de oeste a este. Toda la pampa recorren pero no llegan a La Plata, apenas una brisita y si las chicas respiran a pulmón abierto en la cuadra de la Facultad, se marean con el perfume de todas esas plantas, una cuadra antes de llegar ya empiezan las plantas de naranjas en las veredas de 48 desde la calle 5 hasta 7 y frente al aula magna la plazoleta está cargada de florcitas de azahar en octubre, y la cabeza habría que tener despejada y libre como un papel en blanco cuando se acercan los exámenes, sin respirar ese aire endulzado que sueltan las plantas pero dan ganas de cerrar los ojos y abrirlos y estar recorriendo un bosque, en una carroza, los bosques de Viena, cuando empiezan a despertarse los pájaros de la mañana y se levanta el sol detrás de la enramada que deja pasar pocos rayos, por tantos árboles que no dejan paso hasta que una brisa los mueve y tapan de aquí pero destapan de allá y van entrando los rayos de luz amarilla clara casi blanca por entre las ramas de hojas verde oscuro, que de noche son negras y verde claro a la mañana bien temprano. ¿Cómo serán los árboles de los famosos bosques de Viena? Un poco de pasto verde gracias a las lluvias de este año en Vallejos, y al fondo de la calle del boliche "Galicia unida" se ve la chacra de las retamas, no se ve la chacra, se ven las dos plantas de retamas amarillas de flores y la chacra desapareció que esta mañana el azufre precipitó en la probeta de ácido crómico haciendo píldoras y me vinieron ganas de tener retamas. Ramas y ramas cargadas de florcitas amarillas nada más que a mí me las da la checa, un espejo es la casita de la chacra adentro ¿se puede comparar una checa o una alemana con una gallega invadida por la mugre? El gusto por la limpieza, por las plantas, las labores, los postres de cocina con frutas de la quinta y el Toto con la boca llena de torta de moras miraba el mantel bordado en punto cruz de todos colores y la miraba a la checa y me miraba a mí como diciendo que ella no había hecho el dibujo de los aldeanos del borde agarrados de la mano y saltando para que no los alcancen las chispas de la fogata que arde en el centro del mantel, el fuego en hilo verde con lengüetas doradas, el mar y no el fuego parecía, y las olas con las puntas ardiendo. Mirábamos y mirábamos las retamas al pasar y la checa a contarme todas las enfermedades que había tenido desde que pisó la Argentina y no sabía qué darme al prometerle la pomada. Más de veinte cuadras de ida y a la vuelta un buen ramo de retamas se trajo el Toto y otro yo, y toda *La puerta de oro* me contó el Toto a la ida y a la vuelta me iba a contar otra que yo no vi, postrada dos meses, y casi todas las tardes visitas a contar pavadas. Pavadas de los partos de ésta y de aquélla, total a nadie le importa nada, sí, esa es la verdad, a nadie le importó nada, y todos se olvidaron y como si no hubiese pasado nada. Y a la ida hoy, de un aventurero que se finge enamorado de una chica ingenua, maestra, para salir de la pobreza de Méjico y entrar en California a darse la gran vida, entrar por *La puerta de oro*. Y a la vuelta de los disfraces checos y el fuego del mantel y los muñecos mágicos judíos y los alquimistas locos le conté yo. Con los ojos abiertos, abiertos, "más y más" que le contara. Sin un solo defecto, un ser perfecto era lo que los alquimistas querían. Retamas en vez de azufre en la probeta y un rubí rojo purísimo para el color de la sangre y gotas de mercurio para el brillo de los ojos y una manzana fresquita para el fósforo del cerebro, un ala de paloma para los buenos sentimientos y algo para la fuerza... uñas de toro, en la probeta, para dar una buena trompada al que se lo merece, y no salir corriendo, ... y dar el pelotazo más fuerte contra el arco, y maña para no caerse de la bicicleta aunque el asiento sea alto. Pero de lo más alto, de más alto que las estrellas nos caímos, el ajuar de angora y volar con la imaginación es tan fácil, a ilusionarnos e ilusionarnos, la carita, cómo iba a ser de lindo, la gente que me para por la calle para verlo, los juguetes de paño lenci para que no se lastime que le quiere traer el Toto, y Berto que lo revisa por todas partes y no le encuentra un defecto porque el nenito es precioso y fuerte y de un pelotazo rompe todos los vidrios del jol. *La puerta de oro* creí que la iba a ver, pero fue el día que me internaron, y esa semana que siguió tampoco el Toto fue a ver ninguna cinta y después era mejor que se distrajese ese rato en el cine. Por suerte no lo había mandado pupilo al Toto. El desembarque de Maximiliano y Carlota, el mal augurio del jardín del palacio, el fusilamiento y Carlota abriendo la ventana para que entre el alma del marido me salieron lo más bien: siete películas en cartoncitos para empezar de nuevo la colección ya tenemos dibujadas. "Son los de *Juárez* los cartoncitos que mejor salieron" y los puso primero de todos en la pila. Para mañana *Alma en la sombra* tenemos que me cuente a la siesta, a ver si llegamos caminando hasta el molino de la chacra grande. De vuelta no sé. Primeros en la pila de antes estaban los cartoncitos de *El gran Ziegfeld*, el título en letras como sobre un telón, la escena triste del teléfono, y cuadros musicales a todo lujo, los vestidos de lamé, abanicos inmensos de plumas y cortinados de tul que caen en cascada. Fuera de quicio por esa mocosa de la Teté, al resumidero fueron a parar los cartoncitos de antes, ¿o fue por las peleas con el Héctor? Se los tiré todos al resumidero, ni la sombra de aquéllos son los cartoncitos nuevos de *Juárez*. Si sabe que le tiré los cartoncitos al Toto, me mata la Choli ¿por qué será que se pierde la mano para el dibujo? en invierno estuvo la Choli, la Teté y los padres después, pero a la Choli no alcancé a decirle que esperaba un nene, y el Toto si fuera por las verduras y fruta y carne que come tendría que ser un álamo, no sé cómo pudo desarrollarse el Héctor tan mal alimentado de pensión que si fueran fiebres del crecimiento el Toto ya habría crecido, pero hice mal en no llevarlo al especialista en La Plata, claro que estando yo en la pileta habría aprendido con el instructor, pero cómo se hacía para ir a la pileta y aguantarme de ir al agua? Diciembre fue el quinto mes, enero el sexto siempre mareada, febrero el séptimo, el viento caliente con tierra que se vino y si en marzo no empezaran las clases quién los aguanta con sus peleas. En el colegio, alguna de un rancho le habrá dicho al Toto que se puede matar con el pensamiento, me preguntó si era cierto, y del mal de ojo. Y todos tienen algo que decir, nadie se quiere queder callado, "es mejor no ponerle nombre en seguida al nene si nace mal, porque después queda más el recuerdo", dicen todos, una carita de ángel, no de nene recién nacido, les parecía a Berto y el Toto, un nene muy grande, al Toto al principio no le gustaba la cara del nene, me dice que "no es tan lindo el nene" y yo le digo que es porque no está muy bien, y hay un poco de peligro, y el

Toto me dice "si se muere es como en *Hasta que la muerte nos separe*, que se le muere el nenito recién nacido de Barbara Stanwyck" y yo lo tranquilicé que no se iba a morir y "si se muere sería como en una cinta ¿te das cuenta?" me dice, y "si pudieras elegir una película para volver a ver ¿cuál elegirías?" me dice el Toto, y yo le adiviné el pensamiento y le dije "mm... *El gran Ziegfeld* ¿adiviné?", y me dijo que no, pero después dijo "sí, yo también *El gran Ziegfeld*". Yo creo que me moriría de pena en el cine si tuviera que ver de nuevo *Hasta que la muerte nos separe*. Tanto que hacer tenía la enfermera y el Toto lo vigilaba al nenito si se sentía mal, todos esos días vigilándolo para llamar a la enfermera dándole aire con una pantalla, un bebe que dicen que era hermoso, y yo en la otra punta de la pieza sin poder verlo, esa pieza con la pintura mal puesta cremita toda descascarada, tan fea pero peor con los floreros de gladiolos artificiales que le hice sacar, no me iba a aguantar flores caseras de papel una semana entera, prefiero las repisas sin nada contra la pared por descascarada que esté, y yo en la otra punta de la pieza sin poder verlo, nunca, nunca, y una madre que no ve a su hijo porque ha nacido con defecto de respiración pero que es hermoso, pesa casi cinco kilos y tiene una carita de ángel perfecta y "es mejor que no lo vea, para que no sufra y no tenga recuerdos" y yo que sí, que sí, que lo iba a ver al día siguiente, o esa misma noche si el nenito mejoraba. Parece que adivinara Berto las cosas, el Toto no quería ir al colegio pero Berto lo mandó, por suerte lo mandó al colegio al Toto esa mañana y a la salida vino un ratito, y me dijo que el nenito ahora le gustaba tanto, yo lloré tanto al contarle que casi se nos había muerto esa noche, y lo mandé a la clase de inglés y así no vio nada, Dios lo iluminó a Ber-, to, Dios por modo de decir, porque no creo que Dios exista y sea como es. La Choli quién sabe dónde andará este invierno, por suerte no lo había mandado pupilo al Toto, la Choli todos esos meses sin ver al chico por las giras para poder seguirle pagando el colegio. Hollywood Cosméticos de aquí, Hollywood Cosméticos de allá, pero ni siquiera los domingos puede ver al chico. No a ese colegio encerrado en el centro sino a uno con más aire, para que hiciera ejercicio que es lo que necesita el Toto, "y estar lejos de tus polleras", Berto, y sola me hubiese quedado este año ¿a la siesta sola tendría que haber salido a hacer las caminatas? Los chicos se vuelven hombres en los colegios lejos de los padres, dicen ¿y yo me hubiese quedado sin mi chico? ¿que después al fin de las clases me volvía hecho un hombre? ¿y a una madre le pueden así arrancar su chico y después devolverle lo que se les dé la gana? La fatalidad me podrá arrancar lo que quiera, que ya sé que puede arrancar lo que quiere la fatalidad, cuando se lo propone, pero mientras lo pueda evitar a mí no me van a arrancar a mi chico para devolverme después un grandulón que le da vergüenza ir al cine con la madre: el Héctor se fue a Buenos Aires con el padre, y al final de las clases le daba vergüenza darme un beso, y se fue en marzo que era un nene y se volvió en noviembre con pelos en las piernas, y se volvió a ir en marzo y en noviembre se apareció lleno de granos y con la nariz hinchada y vuelta a irse, que ya no me importaba nada la última vez y cuando se apareció la tercera vez nadie lo reconocía, un hombre, no creo que en Vallejos haya otro más lindo entre los muchachos, lástima que tenga el diablo adentro, y "basta mirarle los ojos, esa mirada tan triste que tiene cuando nadie lo ve", me dice Berto, "para darse cuenta del buen fondo que tiene ese chico" y no sé por qué tiene esa mirada triste si no le falta nada. La Choli se enloquecería con los helechos nuevos del patio, ojalá viniera para charlar un poco, en pleno agosto, con todo florecido, flores y flores en pleno invierno gracias a las calas, blanco todo del lado de la pared donde no entra el sol casi, y con todas esas calas en el jardín era una pena no llevar un ramo al panteón. No es que no tenga corazón el Héctor, pero no quería ir en bicicleta al cementerio en las vacaciones de julio que se cumplían dos meses y flores de casa me parece que tienen más significado que flores compradas, no es por el gasto. Y Berto "mañana las llevo yo en el auto, que estoy más libre" pero el Toto ya había cortado las calas por su cuenta, y "pongámoslas en abanico, como en *Hasta que la muerte nos separe* cuando llevan flores a la cruz en la tierra" ya con los ojos por llorar y el Héctor "basta de teatro" y el Toto "vos porque no lo conociste y porque sos un animal" y el Héctor "y vos maricón mientras llorás te creés que estás en una película". Perro y gato, y pelear no es nada, lo peor es que Berto nos tiene prohibido llorar cada vez que nos acordamos. ¿Y dónde se puede ir en las vacaciones de invierno? Todos metidos en casa y la presa que le sirvo a uno la quiere el otro y si no hay pollo y nadie se pelea "el gordo Méndez no viene al entrenamiento hoy" dijo el Héctor, y Berto "el domingo jugó mal" y el Héctor "la hermana ya es la segunda vez que la va a buscar a la estancia y cuando llega a la partera se le pasa" y el Toto "se le va a morir el nene" y el Héctor "¿de dónde sacás eso?" y el Toto "oí a la partera que lo contaba en la farmacia" y yo haciendo que no me importaba "¿cuándo? la partera hace meses que no viene a la farmacia" y el Toto "vos estabas en el laboratorio preparando un jarabe y no la oíste" y yo "no es cierto, la partera está peleada y no viene más a la farmacia" y el Toto "bueno, no puedo decir quién lo dijo, ¡pero se le va a morir!" y Berto "¿por qué no lo ponen al Chicho de inside en vez del Gordo?" y el Héctor "el Chicho no sirve en la delantera" y ya sabía yo que Berto me iba a

143

mirar de reojo y yo no sabía cómo aguantarme, todas las cosas que íbamos a hacer y la esperanza de que se salvara, noche y día, noche y día, y Berto "la macana es que el Gordo no te quiere pasar la pelota aunque estés mejor colocado" y salí corriendo de la mesa que no aguanté más que viniera la partera con esa cara de bestia y dijera que ya no respiraba más, que era lo menos que se podía esperar porque a la noche había estado tan mal pero era de día y se había compuesto bastante el tiempo, en mayo son los primeros fríos pero si sale el sol está bastante templado y cómo, digo cómo a las tres de la tarde puede pasar eso, que el nenito que había podido resistir toda la noche me dejara de respirar a las tres de la tarde; yo por primera vez había podido comer, a las doce, y la comida me había caído bien, llegó el Toto del colegio y lloré tanto al contarle que esa noche casi se había muerto el nenito pero ahora estaba mejor y el Toto se va a la clase de inglés y tanto bien me había hecho llorar un poco, se me habían calmado los nervios y a lo mejor me dormitaba un poco pensando otra vez que iba a volver a pensar de nuevo en el nombre para el bautismo que era mejor no pensar me habían dicho cuando nació mal porque después queda más fuerte el recuerdo, y qué nombre ponerle, tantos nombres, el que quería uno, el que quería otro. Y con los ojos secos me agarró la partera, ni una lágrima me quedaba, de esas lágrimas de alivio al pensar que se había salvado, y se me presenta ahí la partera, y en esa pieza que desde el principio no me había gustado, y me dice que ya no había nada que hacer y yo le pregunto por qué ese disparate, esa idea descabellada, y me contesta porque el nene no respiraba más. Y se queda mirándome. Y ni una lágrima me había quedado, que ya no iba a haber razón para llorar pensaba yo, los ojos y todo reseco hasta la garganta me había quedado, y están nada más que los barrotes de la cama para agarrarse y retorcerse las manos: la partera no dijo nada, eso me había parecido a mí, lo que hizo fue abalanzarse y clavarme un bisturí y a los barrotes me agarro que no quiero tocarme el pecho y rozar el borde afilado del bisturí, pero es imposible aguantarlo un minuto más "que no hay nada que hacer" me vino a decir, y me lo revolvió como una carnicera, "porque no respira más" me siguió diciendo y el bisturí lo debe haber sacado para desinfectarlo y guardarlo en la vitrina y menos mal que el Toto no estaba ahí, entre la cama y la puerta, que al abalanzarse la partera él se podía poner de por medio y recibir la herida y un chico no podría haber resistido y se habría muerto, pero yo estaba sola cuando se apareció la partera, cuando me estaba por dormitar, después del alivio yo no la oí entrar a las tres de la tarde cuando vino a clavarme el bisturí, el bisturí que está infectado, y no se aguanta, una herida hecha por una carnicera, una herida que se va agrandando: no llores dice Berto, y una herida duele hasta que se cicatriza ¿y si no se cicatriza nunca más? una herida que no se cicatriza es posible que esté infectada. Y no me deja que llore, si Berto me oye y se despierta, parece imposible pero esa tarde no pude llorar, si un rato antes no hubiese llorado tanto pensándolo a salvo a mi nene, y ni una lágrima, pero Berto se despierta si lloro ¿y ni siquiera eso? ¿ni siquiera llorar? ¿por qué no? si no aguanto más... y qué importa que se despierte o que estemos en la mesa, por lo menos llorar, ahora que puedo llorar cada vez que la partera me viene a decir ese disparate, esa idea descabellada, llorar hasta que se va de la pieza y no me mira más. Corriendo desde la mesa hasta el jol, en la otra punta de la casa, en el sillón más lejos para que no me oigan, y los pasos del Toto no se oyen, se oye el llanto acercarse que el Toto tampoco puede aguantar en la mesa cada vez que se acuerda. Y se sienta al lado mío, a llorar hasta que la partera no nos mira más y se va de la pieza. Los gladiolos de papel se los hice sacar el primer día, pero en esta oscuridad completa con la persiana cerrada, un poquito apenas de luz ayuda para dormir? apenas una luz de noche oscura entraría por la persiana abierta que no es comò estar en esta osucridad con la persiana cerrada y si enciendo el velador se va a despertar Berto. Con la persiana abierta se verían la pieza, los muebles, y mirando algo contando ovejitas para tomar el sueño, todas las piezas son iguales en la oscuridad completa, si no hay nada de luz, a la mañana entra el sol por la persiana abierta y a las seis ya no se podría más dormir, hay que dormir con las persianas cerradas, veo apenas el techo de yeso con la mancha de humedad negra, la forma de picos de montañas o de campamentos de beduinos no se ve en la oscuridad, o de barcos hundiéndose entre las olas en punta como triángulos, el naufragio de *Pablo y Virginia* quiénes eran me preguntó. el Toto, la tengo un poco olvidada ¿cómo era? de lo más triste, de la biblioteca de la Facultad, ¿y si la leyera y llorase? Berto se despertaría, no se despertaría con lágrimas solas, corren sin hacer ruido las lágrimas, las lágrimas en el cine, las lágrimas al leer *María* de Jorge Isaacs, es el ahogo en el pecho lo que mueve la cama y los hombres se alivian pensando que se las aguantan y que por eso son hombres de verdad, porque son hombres de verdad, porque se pueden aguantar, pero se pueden aguantar porque se pueden aguantar, que si no se pudieran aguantar entonces no podrían conformarse pensando que porque se las aguantan son hombres de verdad. Se las aguantan porque sienten menos ¿o no sienten nada? Caminando a la siesta duermo mejor a la noche, los dos camiones ya pagos y Berto duerme mejor a la noche, años y años que no, gritos, la boca abierta, de golpe sentado en la cama por las pesadillas, no debe ser bueno fumar al despertarse, se va llenando la pieza de humo en el desvelo y la lamparita y otro capítulo más y menos mal que están pagados los camiones, años de no poder dormir contando ovejitas y hojas de almanaque y monedas de cinco, de diez, de veinte, en pilas, y vencimientos, pagarés, cheques sin fondo ¿de cuál hermana? ¿de cuál cuñado? ¿de qué amigo que antes tenía un platal y se lo jugó todo y Berto no tenía nada y a qué diablos tanto ayudar a esos sinvergüenzas? y se vuelan las hojas del almanaque, los vencimientos, los pagarés y pilas de monedas encima para que no se vuelen. Encendido el velador de la mesita de luz entre sueños las hojas del diario de nuevo que crujían, la novela ya la había terminado. Napoleón, Hindenburg y todas las biografías de Emil Ludwig, apenas entre sueños el ruido del diario, sueños profundos que tenía yo antes, no se podían volar las hojas de los pagarés, que Berto no se iba a dormir y dejar que se volaran. ¿Qué es preferible, estar desvelada o las pesadillas? Duerme ahora, pero se despierta de nada y "la culpa es tuya si el chico no aprende que los hombres no lloran, los hombres se las aguantan por dentro, pero no lloran" Berto cada vez que lloramos "y vos mocoso un poco de obediencia a tu padre que no te quiero ver llorar más" y tiene razón porque él y el Héctor se las aguantan, yo lloro porque las mujeres somos flojas y el Toto llora porque es un chico. No me acuerdo si el Héctor lloró cuando se le murió la madre, yo le dije la noticia, era muy chico para llorar, un año menos que el Toto ahora, pero el Toto llora porque tiene el entendimiento de un grande. Y ni un amigote le voy a dejar traer al Héctor este verano y en el patio si se ponen a patear los mato, rogarle al niño Héctor que vaya al panteón ¡que no vaya si no quiere! ¡teniendo ahí a la madre! la madre, y el abuelo materno, y el tío Perico, y mi nenito, no sé cómo están colocados, en el subsuelo está mi nene, es lo único que sé, mi angelito, ahí entre esa gente... solo, en manos de... ¿porque quién sabe lo que viene después de la muerte? ¿quién sabe con seguridad si no se sufre, si los muertos no son más malos todavía que cuando estaban vivos? a salvo dentro de su cajoncito, ¿pero los espíritus no entran donde quieren? y mi angelito ahí solo, con la madre del Héctor, que era buenísima, todo lo que quieran, pero no cuando murió, que quedó mal del parto del Héctor, mal de la circulación, y la sangre no le irrigaba el cerebro, y era un alma de Dios, pero cuando se murió estaba loca, y no sabía lo que hacía y le hacía agujeros con la tijera a las medias de seda, y encerrado en el panteón con ella está mi angelito, y con el viejo borrachín, mujeriego y jugador, y el tío Perico que se murió de puro rabioso y amargado, y era capaz de matar si le caía mal una broma y de furia reventó ¿con ésos está mi pobre angelito? ¿quién me asegura que está bien, que nadie le hace nada, que esos muertos no... ay, basta, no quiero pensar, por favor, no quiero pensar un instante más en ese panteón que es una celda, y adentro una loca, un viejo inmundo y una fiera suelta y mi angelito solo, con una carita de ángel, y Berto le puso el vestidito para el bautismo que había llegado de regalo de La Plata, con el nenito sí que iba a estar contento Berto, box y fútbol desde chico, y nada de mimos, con él sí que iba a estar contento Berto, no con este flojo, con este... gallina del Toto, y me dijo Berto que le puso el vestidito de bautismo y me dijo Berto que ya no le tiene miedo a nada Berto, porque si no se murió de pena en ese día, ya no se muere más, pero que con llorar no se arregla nada y si yo lloro me voy a debilitar cada vez más y no voy a poder hacer el tratamiento y los ejercicios, que el especialista está seguro que con tratamiento y ejercicios voy a poder tener otro nene, pero mientras mi angelito se

me voló, se me fue y no sé cómo no la maté a esa bestia
de la Delia cuando me dice que lo más triste es que los
nenes no bautizados no van al cielo, van al limbo, y así nunca lo iba a poder ver ¿pero qué clase de bestias son estas
con su catecismo y su iglesia y si me preguntan cuáles son
las mujeres más malas de Vallejos, las que matan a palos y
de hambre a las sirvientas, que las tienen atontadas, defor-
madas, yo en seguida les sé decir cuáles son: basta ver las
que van todas las mañanas a la misa de las seis, la vieja Caivano, la hija, las dos solteronas de Leiva, y el resto de la
mafia, y no lo digo yo, lo saben todos, y lo dicen todos, y a
la mañana las voy a denunciar a la policía, a esas desalma-
das, que van a confesarse a primera hora porque tienen
miedo de morirse con todos los pecados que han acu-
mulado en un día, y que me vengan a decir esas sinvergüenzas por qué nunca voy a la iglesia y que vaya al cielo
o al infierno a mi nene no lo voy a ver más, porque está
en el limbo, que me lo vengan a decir y les voy a arrancar la lengua, esa lengua envenenada de mentiras ¿cómo
permite Dios que nazcan víboras como ésas? la Choli de
visita a la vecina de la vieja Caivano la vio a la pobre sirvienta, una huérfana del hospital era, que esa tarde se
puso a gritar y decir que se le había volcado la leche en
el fuego, y no era cierto, y la vieja le dio la paliza y la sirvienta le contó a la vecina que la leche no se había volcado y se reía del alivio y se reía como si hubiese hecho
una travesura, la pobre infeliz en su media lengua decía
que ese día tenía miedo de que le iba a pegar porque la
vieja andaba con rabia y le mintió de la leche para ver si
le iba a pegar o no, una paliza con el palo porque se le
había volcado la leche, que no era cierto, pero si el cura
oye eso en la confesión todos los días ¿no tiene que ir a
la policía a denunciarla? ¡Secreto de confesión, y a enseñar el catecismo la llaman a la vieja Caivano, cuando las
monjas no dan abasto! ¿cómo permite Dios eso, y que

se muera mi nene, sin verle la carita, que un ángel parecía, y que yo lo quería ver, yo lo quería ver, pero después era mejor que no, porque había sufrido al morir y no estaba como antes, ya era demasiado tarde, ya era mejor no verlo, que estaba desfigurado. Y en esta oscuridad con la persiana cerrada ¿cómo se sabe que no estoy en La Plata? qué lindo estar allá, y en cualquier pieza podría estar, en la oscuridad ¿cómo puedo saber? ¿y cómo se sabe que las paredes no están descascaradas? ¿y que el Toto no está durmiendo destapado? Si no fuera que Berto se despierta me levantaría a ver si el Toto no está durmiendo destapado ¿De parejas famosas hacer otra colección de cartoncitos? De capitales de Europa la colección, y cada una con la aldeana típica en una danza típica quería el Toto, más difícil todavía, una gitana húngara y el remolino de las cintas del pelo en las czardas con el fondo de las torres de Budapest, nítidas al recortarse contra el cielo y esfumadas al reflejarse en el Danubio, o la torre Eiffel y dos apaches, ella tirada en el suelo y él que la mira mal. Y de parejas famosas como Romeo y Julieta, en la escena del balcón quiero yo, en la tumba de la capilla cuando Romeo haya muerto y Norma Shearer se clava el puñal en el pecho quiere el Toto, que por un instante se produce la tragedia, con un instante antes que Julieta se despierte tan felices podrían ser, y Maximiliano y Carlota, cuando Carlota ya perdida la razón abre la ventana del palacio vienés para que entre el alma de Maximiliano, fusilado en Méjico contra la pared de una casucha perdida en el desierto, y Marcoantonio y Cleopatra, Cleopatra sola quiere el Toto, con el áspid, y Marcoantonio en el pensamiento, como se lo imagina ella muerto en la batalla ¿y a escondidas tendremos que dibujar la colección nueva? "Que se escapara del cumpleaños porque ese grandote le quería pegar, yo no dije nada, pero que se escape de inglés porque le quería pegar el Pocho ¡no!" Berto al volver de jugar al tenis negro de rabia, "el Pocho tiene la misma edad, el padre viene en la cancha y me dice si el Toto lo había inventado para escaparse de la clase de inglés. Y yo le dije que sí". Berto con la vista irritada de jugar con el viento y el polvo de ladrillo "y tanto lío con la crianza y ¿qué es la madre del Pocho? una empleada de tienda era, ¿y ella salió criando al chico mejor que vos?", ¡qué mejor, qué mejor! no hay que ser injustos, no hay que decir lo que no es, ¡no hay que mentir, no hay que mentir! el Toto vale más que todos juntos, los chicos de Vallejos, pero si alguien vale todos lo odian, y no le contesté en seguida a Berto, el Pocho le tiene envidia porque el Toto es el mejor de la clase, eso es todo, y le dijo que le iba a romper la cara, el Toto a lo mejor se asustó porque creyó que le iba a romper la cara con un martillo o esas herramientas, le dije a Berto, y "de pasar vergüenza ya estoy cansado". No hay cosa peor que pasar vergüenza, pobre Berto, "me cortaría una mano por evitar un protesto en un Banco, o como cuando mi hermano firmó los cheques sin fondo, te acordás para no pasar vergüenza lo que hice", me dijo ayer hablando de bueyes perdidos y que cuando sea más grandecito va a cambiar le voy a decir mañana, para que se quede más tranquilo, que no se ponga a gastarse el cerebro de lo que cuesta el colegio pupilo y cuando sea más grandecito va a cambiar, yo no me lo imagino más grande, me parece que siempre se va a quedar así, ¡diez años! ¡qué grande ya! pero aunque tenga diez años a veces me parece que basta mirarlo fijo un momento que ya lo veo como era antes, a los ocho, a los siete, a los cinco años, la gente no se nos quería despegar por la calle, de divino y gracioso que era, y parece que basta mirarlo un poco que se le transparenta como era de más chico, como una cebollita, se le quita una hoja y adentro hay otra cebolla igual, pero más chiquita y más blanca, el Toto de los ocho años, cuando empezó inglés y en seguida aprendió un montón de versos, y a los siete, cuando empezó el colegio, y desde el primer mes en el cuadro de honor, y a los cinco años, quitando las hojas cada vez más blancas de la cebollita, cómo abrió los ojos al ver los bailes de *Roberta* y a los tres años, a los dos, todos con la boca abierta en La Plata, que nunca habían visto un chico tan lindo, y ya mi cebollita me ha quedado chiquita, chiquita, no quedan más hojas que quitar, porque me acaba de nacer, me ha quedado nada más que un brote, un botón, el corazón de la cebollita, un corazón blanco, puro, sin la menor mancha, un bebito perfecto, "una carita de ángel" me dijeron Berto y el Toto y el corazoncito crece, y toma forma, ya es un nene que camina, un nene morrudo, y habla, la voz de hombrecito, y crece fuerte y precioso, a todas partes lo lleva Berto y al volver me dice que es el chico más fuerte de Vallejos, y me crece y crece y de un verano para otro ya nadie lo reconoce, que se hizo grande, como el Héctor, la misma cara del Héctor, y los hombros son como troncos de árbol, los hombros del Héctor, que no creo que en Vallejos haya otro más lindo entre los muchachos, y tiene el pueblo a sus pies, y no le hace falta nada y la mirada triste ¿pero por qué el Héctor tiene esa mirada triste cuando nadie lo ve, si no le hace falta nada? ¿por qué mi nene hombre va a tener esa mirada triste si no le va a faltar nada? con el corazón blanco teñido de sangre roja purísima como un rubí, mi corazoncito blanco, ¿qué es lo que se asoma a los ojos de mi nene hombre? ¿será que en la cebollita quedó algo del Toto? ¿del corazón del Toto? ¿será que el Toto se asoma a los ojos de mi nene hombre? ¿será por eso que mi nene está triste cuando nadie lo mira? porque el Toto sabe que hay cosas tristes, tanto volar con la imaginación a ilusionarnos e ilusionarnos yo y el Toto y de más alto que las estrellas nos caímos, que a veces las cosas salen mal, porque hay gente mala, y a veces sin gente mala, a veces las cosas salen mal y todos habían querido ayudar para que saliera bien, pobre Romeo que se mata porque al verla a Julieta dormida cree que está muerta, él no lo hizo a propósito para hacerla sufrir, lo hizo de tanto que la quería, pero fue la desgracia de ellos, que la quisiera tanto, y son tantas las cosas que salen mal, ¿y por qué Dios no cambia de idea y hace salir todo bien? y hace que Julieta se despierte a tiempo cuando Romeo se está por matar, y así cumplen lo que tanto habían querido, son felices, ¿y qué hacen? ¿tienen hijos? ¿se van a vivir a una casa? algo mejor tendría que ser, que montan dos caballos, uno blanco y uno rojo y galopan lejos, lejos, en una nube de huracán que los lleva al lugar más hermoso que hay, a un lugar que nadie conoce y que por eso no se puede saber todo lo hermoso que es, las flores que hay ahí y el perfume que tienen nadie los conoce y lo que puede pasar cuando se huele el perfume de una de esas flores nadie puede saber, que a lo mejor basta aspirarlo para volverse flor, y un ave del paraíso despliega las alas para posarse y hundir el pico en el néctar y hunde las alas en el aire y alto, alto se va con lo mejor que tengo, que es mi néctar, en el pico delicado del ave del paraíso, de plumas arqueadas que brillan al sol y más brillan todavía a la luz de la luna, y me lleva alto, alto desde donde se ve por fin cómo es el campo, y los bosques y los ríos que son letras, y dicen lo que yo quiero saber, lo que yo más quiero saber, los ríos dicen lo que yo más quiero saber, y no son plumas rojas lo que tiene en el ala el ave del paraíso, es que está herido, y bajamos poco a poco hasta la tierra y lo curo, me rompo a tiras el vestido para vendarlo... y hay un cuento en que el hada premia los buenos sentimientos y transforma al ave en príncipe, y es un príncipe lo que quiero yo, un príncipe de los hombres, un principito hermoso, envuelto en el ajuar de angora, que ya sé lo que dicen los ríos, las letras que forman me dicen el nombre que hay que ponerle para el bautismo y allá alto ahora levanto la vista y ya estoy por ver lo que más quiero, que es lo más lindo del mundo, la carita más hermosa, "una carita de ángel" dijeron Berto y el Toto, ¿y cómo es una carita de ángel? quiero pensar en una carita tan linda que sea una carita de ángel pero no la veo, no la veo... "una pintura es la cara del Toto" dice la Choli pero yo no puedo imaginar una cara que sea tan linda que se vea y ya se sepa que es una carita de ángel, linda, linda, pero no una cara de mujer ¡una carita de ángel! tanto esfuerzo para verla... y es completa la oscuridad en esta pieza... si Berto no se despertara me levantaría a abrir la persiana, pero la oscuridad completa tendría que ayudar a dormir ¿y a escondidas tendremos que dibujar los cartoncitos nuevos? Como los de *El gran Ziegfeld* no me van a salir, nunca me habían salido dibujos así, que al Toto se le ocurra un día que le rehaga *El gran Ziegfeld* tengo miedo, ya no es como antes, ¿pero si dieran de nuevo en Vallejos *El gran Ziegfeld*? Corriendo la iría a ver... porque refrescando la memoria a lo mejor me saldrían como los de antes, cuadros musicales a todo lujo, los vestidos de lamé, abanicos inmensos de plumas y cortinados de tul que caen en cascada. Pero no me van a salir, no es que no tenga paciencia, y los nervios de hacerlos a escondidas. Que no se le ocurra al Toto pedirme *El gran Ziegfeld* ¿por qué será que se pierde la mano para el dibujo?

SEGUNDA PARTE

IX

HÉCTOR, VERANO 1944

La turrita esta con que tengo el pelo largo, me cago en lo que diga ella, lo que tienen estas minas en la cabeza, las horquillas tiene la Mari. Y la largo, y basta, si sigue hinchando mucho, total me la cogí, y si no se la cogieron antes es que en Vallejos son todos una manga de pajeros. Y total dos veces la acompañé hasta la casa, después de la vuelta a la plaza, y la tía al lado, y después el baile del Social y qué sabía yo que me la iba a coger tan pronto, si la tía se fue adentro que le dolían los tacos, y ni bien se fue nos volvimos a apretar que la primera vez bailando el bolero "Nosotros" y haciéndome el boludo le canté un poco y eso fue, dos macanas que se las tragó en seguida, cualquier cosa y ya se tara? De los boleros. "Nosotros, que nos queremos tanto, debemos separarnos..." Que cantamos con mi tía siempre mientras lavamos los platos, me dice, le hacen todo a la vieja, la vieja en las vacaciones cocina no más, y la Mari todo el año en el campo sola de maestra y ni uno que se la haya cogido. Sola ahí entre cuatro casas perdidas se la pasa y me dijo que todo el año se amargó pensando que yo seguía con la Ñata, y al pedo, que yo a la Ñata la largué antes de que empezaran las clases, la Ñata bien que se calló y esta chabona de la Mari todo el invierno en la pampa pelada, que yo nunca le había dado bola pero ella la tenía conmigo, del traje primero que me puse de pantalones largos se acuerda, en las vacaciones de hace dos años, y qué carajo me importa total falta esta semana y ya la otra de vuelta al cole y si no era por la Rulo qué sabía yo que estaba caliente conmigo la Mari, el Toto tampoco

sabía y me iba a quedar sin coger las dos últimas semanas de vacaciones? A las seis de la tarde en invierno ya es
de noche cuando termina las clases prácticas la Rulo,
del colegio de Hermanas tiene que cruzar la plaza y nadie se la había cogido a la Rulo, con todo el invierno de
tiempo para trabajársela en el oscuro desde las cinco y
media que se hace de noche, cualquier macana que tiene
que ir a lo de una compañera a buscar apuntes y entre
las seis y las siete se la podrían haber cogido como querían. En verano recién a las nueve es de noche y que-sí-
que-no-la-dejaban ir a dar una vuelta a la plaza, con la
hermana mayor, y hay algo que la deschava a una mina,
que tarde o temprano se va a dejar, el perro que nos encontramos con el Toto en el camino al cementerio, en
las vacaciones de julio, estaba lejos y miraba, miraba, y
el Toto no lo quería y yo lo quería, un galgo flor, y
cuántas veces me quise chacar el pardo de la estancia del
Gordo, pero el pardo no miraba, que tenía el buche lleno y estaba bien donde estaba, y el pomerania de la estación de Drabble, lo metía en el coche, y chau, si hubiera
querido, pero el galgo era de más raza y por el diablo
mejor que el pomerania miraba y miraba frente a la
chacra del molino, los perros que no tienen casa ni comida se te vienen en seguida dijo el Toto, pero es macana porque el perro que tiene el Gurí duerme con el Gurí
en la alcantarilla y si liga algún hueso ya el Gurí se lo habrá pelado antes, lo que pasa es que el perro está con el
Gurí porque el Gurí lo deja ir con él a todas partes y el
perro qué sabe que el Gurí pide pan por las casas. Y no
se quiso venir conmigo nunca, como el galgo de la chacra, que se me vino, pero Mita lo sacó rajando, y después se lo agarraron los del almacén. Se eximió de todas
la Rulo, ¿iba a ir a la casa yo al lado de la vieja mientras
ella me explicaba los teoremas? ¿está loca? Matemáticas, Química y Física, dos que me bochen y se va todo a

la mierda, una que me bochen la puedo llevar previa que el balero me llenó la Rulo con que me iban a sonar, vení a casa a prepararte y que le iba a decir a Mita o al Toto que no era cierto que me habían sonado en Química sola, en Matemáticas y en Física también. Y mandarse la parte de que sabía todo, y cuadro de honor y pelotudeces, casi todo el verano le saqué el jugo, cogiendo en el portón de la casa, se sentía si venía la hermana más grande y "si no cambiás y te ponés a estudiar no te quiero más" y aproveché para largar, tres semanas de vacaciones quedaban y con las negras iba a tener que coger. La chabona de la Mari qué tiene que siempre anda por llorar. Una piba no tiene que andar siempre triste, y ella me contestó que ya lo sabía pero que ella era siempre así, macana, lo que pasa es que se arrepintió de haberse dejado tan pronto y la tiene con que le escriba, al campo a la escuelita donde se la pasa del quince de marzo al treinta de noviembre entre cuatro ranchos, dice que todo el año pasado era la primera vez que se separaba de la madre y no pensaba más que en mí que le escribiría todos los días a la Ñata en Vallejos, pensando lo contenta que se levantaría la Ñata todas las mañanas a esperar al cartero y después leer y releer mis cartas, leer y releer las guías telefónicas de Dostoievsky la Ñata ¿de qué las va? la hice arrepentir a la Ñata de decir que yo era un cuadrado y me dio *El idiota* y no aguanté más de diez páginas de leer nombres y más nombres que siempre parecían distintos y eran los mismos, más nombres que una guía telefónica y ni una carta le escribí a la Ñata, que era un cuadrado y no quería leer las novelas que me prestaba porque no las entendía, las novelas del cordobés de la pensión, el culo roto ese, que fuera a leer a la pieza de él, que me quería mostrar todos los libros que tenía, con Dostoievsky la tenía y que leyera *El libro de San Michele* si me gustaban los perros y que si no leía

La incógnita del hombre de Alexis Carrel me iba a quitar el saludo, las poses de los hindúes y las de los chinos y las de los japoneses todo de coger en el *Kama Sutra*, cuando cerró la ventana ya me esperaba yo el manotón del cordobés viejo podrido, que en mi pieza hay olor a humedad pero en la de él la humedad y los veinte pares de zapatos que tiene con olor a pata de hace veinte años, desde las polainas hasta los enrejados puto de mierda que se compró este verano, y los ramos de flores secas clavados en la pared, con los ojos en blanco dice "son recuerdos" y se hace el misterioso, el gran puto que según él las películas francesas son las únicas para gente inteligente, con esos loros de minas y me preguntó qué artista me gustaba más y se cagaba de risa que me gustaba Ann Sheridan, porque tiene un buen par de mamarias me dice y macana que Ann Sheridan está toda bien ¿y no trabaja bien? y dijo que las artistas americanas no podían trabajar bien porque no tenían cultura, de bronca porque me fui corriendo poco a poco por el borde de la cama y meta leer el *Kama Sutra* pero no se animó a echarme el manotón, que lo había madrugado. "Y pensar en que tenemos que separarnos me dan ganas de morir", me dijo la Mari en el zaguán, "en la pista cuando me cantabas 'que nos queremos tanto... debemos separarnos...' pensé en escaparme a Buenos Aires y no volver a la escuelita, a morirme en el frío y mamá quiere que vuelva a toda costa a la escuelita que dentro de dos o tres años me trasladan a Vallejos y ya tengo mi sueldo asegurado para siempre, pero no voy a aguantar ¿y quién te dice que de aguantar tantos días media desesperada no me pase algo?, lo que sí hay en el campo es perros y te vi que eras un perro alto y peludo y yo me agarro a la cola y corro como loca detrás tuyo y después no eras un perro, eras un lobo, o un tigre, pero de pelo todo marrón como tu pelo un poco dorado del cloro de la pileta y el sol, y no sos un tigre, después te veo que sos vos pero con una cola de perro lanuda", ¿de qué las va la Mari? se me pone a hablar de venirse conmigo y de la cola lanuda y ¿qué más indirecta que ésa? me viene después con que me aproveché porque estaba enamorada de mí y que si no la quería no la tenía que haber desvirgado, una semana y media antes de empezar de nuevo las clases, ella a la tapera en el medio del campo y yo a la pensión, se abre la puerta y me cago en el olor a queso del pulastro. El cole, un fideo nadando en la sopa, zapallitos rellenos con relleno de zapallitos y un generoso toque de aserrín, el morfi fantasmagóricamente fantástico de la pensión, el billar y ni un mango para toda la tarde, cincuenta guitas con cuidado del bolsillo de mi viejo no se aviva si son monedas y si el partido lo gano largo los tacos, toco la bola blanca de marfil contra la yeta y cinco generalas al hilo nunca me gané, pero tres-cuatro tres-cuatro me las hago. Ni una mina como la gente sin un mango en el bolsillo, pensar que está lleno de minas en la pileta de Vallejos, la Ñata, la Rulo y la Mari chau pinela, que le vayan a contar a Mita lo que quieran ahora, lleno de pendejitas en malla se ven las gambas bien, un beso de lengua a la tarde ya medio de noche en verano y cuando venga el invierno ya a las seis les podría dar un beso con la lengua hasta el estómago en el medio de la plaza que nadie vería en la oscuridad, y los porrones apretándoselos bien bailando un bolero en el Club y negras a patadas para coger de apuro en las romerías, y dentro de diez días ya estoy en esa pensión podrida esperando las vacaciones de invierno y el verano, tres meses de joda corrida y no le hice caso a Mita, que lo que necesita ella es cagarse un poco de risa, no lloriquear con el Toto en los rincones y no le llevé la corriente y se puso de pierna al truco con García y me lo pelamos a Berto, "quiero flor" le digo a Mita y ella "flor de ojete tenés hermano, que no se dice ojete, se dice ano" y García se puso colorado y Mita "a un ojete colorado flor de patadas le han dado" y Berto se mataba de risa y el Toto con bronca, que no quiere aprender a jugar, pero él se queda en Vallejos y yo a la pensión, con los exámenes me cago en ellos y ni una vez fui al bar con el profe de Química, me va a cagar que no le di bola de leer los libracos de Echeverría y *El capital*, de las siete a las ocho metido a discutir en un bar? que las pibas salen a hacer mandados y medio oscuro y no te ve ni Dios en invierno, si no son siervas quién te da bola sin un mango en el bolsillo? en el puto Buenos Aires, cinco años van a ser. Seis años van a ser del seleccionado infantil "Atlético Vallejos", todas las copas de los pueblos el primer año, de centrojá le paso la pelota al win, el win en violenta jugada al otro win que se la pasa al centrojá y ¡gol! ¡gol, señores! ¡gol del centrojá...! en brillante jugada, partido tras partido, y ya es nuestra la copa del campeonato 1939, ¿y el año que viene? ¿a quién ponen de centrojá? que yo me voy a Buenos Aires, ¿y a qué carajo me voy, eh? eso es lo que yo digo ¿que la convenza a Mita?, convencela a tu mamá, el Chicho que estaba de win derecho, meta joder que convencela a tu mamá, y no es mi mamá, es mi tía, y el Chicho que es tu tía y por eso te quiere cagar de ir a Buenos Aires a estudiar y ¿por qué? pero boludo, porque en Vallejos no hay colegio secundario y este año termino sexto grado, y Mita es más que una tía, no me quiere joder y el Chicho a joder con que entrara con él en la escuela de mecánico de Vallejos y yo a joderla a Mita que me dejara entrar en la escuela de mecánico, y tres veces por semana al entrenamiento y seguro que nos ganábamos la segunda copa consecutiva, y el Chicho convencela, convencela... y Mita no es como una tía, es más que una tía y no me quiere cagar, ¿ella me quiere más que una tía? si le pido me va a dejar quedarme en Vallejos y dale a pedir y pedir que de ella no dependía me dijo, que iba a ver, de escribirle a mi viejo y de hablar con Berto a ver qué pensaban pero mecánico era poco y yo tenía que aspirar a más, "pero quedate tranquilo que le voy a escribir una carta a tu papá", y Mita era más que una tía, una tía me cagaba y me mandaba a Buenos Aires, si me quería más no me mandaba a Buenos Aires así estábamos siempre juntos, como está con el Toto siempre juntos, qué fenómeno ganar dos campeonatos seguidos, todos los goles los va a hacer el centrojá, y de Seleccionado Infantil dentro de dos campeonatos pasamos a... Tercera División, y jugamos contra la Tercera de River, de Boca, y ya ahí se sabe que el que tiene gamba tiene gamba, y te ve jugar uno que tiene ojo y te los comiste a todos en la Reserva y un día Labruna manejando en viaje a la cancha se rompe el alma contra un poste y quién lo sustituye? pregunta el presidente del Club y el entrenador lo mira canchero y ya sabe con quién sustituirlo, que ese domingo los Millonarios van a ganar aunque jueguen con su sombra negra: ¡Ferrocarril Oeste! De la tienda Mita y el Toto volvieron sin ningún paquete y después el pibe de los mandados tocó el timbre y traía una valija vacía, nueva que Mita había comprado y Hectorcito querido, es por tu bien, imaginate cómo te voy a extrañar yo, más que vos todavía que te vas a ese divino Buenos Aires, pensá en mí que me quedo enterrada en Vallejos, y yo le dije que toda la culpa la tenía el viejo que quería que fuera a Buenos Aires ¿y qué te contestó a la carta? ¿qué carta? me preguntó Mita, ¿qué carta? la carta, la carta al viejo, la carta tuya para convencerlo de que me dejara en Vallejos ¿qué carta? ¿qué carta? "no le escribí po que mecánico es poco para vos, tenés que aspirar a más" ¿qué carta? ¿qué carta? la carta, Chicho: es más que una tía y me quedo para siempre en Vallejos ¿qué carta? que porque te quiero te mando a Buenos Aires, más te voy a extrañar yo a vos, que vos a mí, que te vas al divino Buenos Aires y yo me quedo enterrada en Vallejos, porque te quiero te mando a Buenos Aires, porque te quiero... te entierro en una pensión podrida, y toda la mañana en el colegio hijo de puta. En todo el año en las cartas Mita si me decía quién había ganado el partido se olvidaba de decirme quién había hecho los goles, ¿el Chicho? ¿y cómo ganaron? yo no creí que iban a ganar en Charlone, ni en Trenque Lauquen, y ganaron en el último partido, por la copa, y se ganaron el campeonato 1940, dos campeonatos consecutivos, muchos goles no metió el centrojá. No es de la barra de Noziglia, siempre con la barra el Noziglia, y desde que me vio cómo yo lo miraba no va solo ni a cagar el Noziglia, toda la barra del molino que son como cuarenta, que si fueran unos pocos me lo llamo al Chicho, Poroto y el Negro y se la damos, la biaba. Agarrarlo solo un día aunque sea y sacarle la conversación, que se lo cogió al de Mansilla y al de Echagüe eso lo vio el Toto en el recreo, está prohibido meterse entre el pastizal del fondo del patio del colegio y las maestras ven si alguno se mete, pero entre los pibes mismos el Noziglia que tiene una fuerza de grande se lo agarra a uno de los pibes del grado que le tiene hambre de verlo siempre limpio, con el delantal almidonado como la maestra, y él tiene catorce años que está atrasado y los pibes del grado tienen diez y los mira durante la clase y en el recreo lo agarra al que se la tenía jurada y se lo lleva contra la pared del patio y si el pibe no se escabulle o grita ahí mismo se le prende de atrás, le baja un poco los pantalones y él se abre la bragueta y disimula todo con el delantal del pibito y el delantal de él y eso era lo que hacía en mi época el Pelado López que en quinto grado ya le saltaba la leche que tenía trece años y se clavaba a los pendejitos que se dejaban, el de Asteri se dejó por un barrilete que después el turro del Pelado no se lo dio, no sé cómo se la pudo meter el Pelado, con el tronco que tenía, y la joda era que si el pibe se dejaba el Pelado se lo clavaba pero si al pibe le dolía y gritaba podía oírlo una maestra, pero qué mierda, con todo el griterío del recreo y el Pelado un día me dijo por qué no me clavaba al Chino, aunque no se dejase, total si gritaba o no, nunca se sabía, que se podía dejar y lo mismo gritar a traición, del dolor, hijo de puta como el Pelado hay que ser para encontrarle gusto a eso, y el Noziglia es el que se clava a todos ahora, al de Mansilla y al de Echagüe vio el Toto como se los cogía, dice que al de Mansilla fue la primera vez que veía coger el Toto, dijo el Toto que vio al de Mansilla parado contra el tapial con la cara de descompuesto y empapada de lágrimas, de atrás el Noziglia que lo tenía agarrado y le daba bomba y lo vio acercarse al Toto y decía "hico-hico caballito" el Noziglia turro disimulando porque sabía que el Toto era un boludo y no entendía nada, para más todo bien tapado con el delantal del Mansilla, lleno de tablas como una mujer. Y otro día lo vio al Echagüe, contra el mismo tapial, con los ojos de operación, dijo el boludo del Toto, los ojos de operación que tenían los chicos en el sanatorio cuando salían de operarse de la garganta medio desmayados y el babero como los recién nacidos, con vómitos de sangre, y los ojos se le veían al Echagüe y la boca se la tapaba con una mano el Noziglia porque al Echagüe lo habían llevado a la fuerza, entre el Noziglia y otros dos pibes más chicos del grado chupamedias del Noziglia, y con la otra mano lo tenía agarrado del estómago y le daba bomba y uno de los pibes hacía la guardia por si venía la maestra y el otro tenía un pie encima del pie del Echagüe, pisándolo fuerte para que no lo pateara al Noziglia, y la otra pierna del Echagüe se la tenía para arriba enroscada el Noziglia a una pierna de él. Para torturarlo decía el Toto, pero sería para poder metérsela y el Toto fue a llamar a una maestra pero cuando llegó ya el Noziglia lo había soltado al pibito y la maestra no dijo nada, pero ahí debe haber sido que se la juraron al Toto: ¿primero le habrán querido hacer el trabajito? con una vez que hubiera ido al bar a lo mejor me lo trabajaba al profe de Química, que no hay nada mejor que el proletariado, la fuerza viva del país, y el olor a chivo de las siervas que la puta que las parió en Buenos Aires sin un mango te tenés que cargar con lo que venga, y lo único que viene son ya se sabe qué: siervas, me cago en ellas! Y que hay que renunciar a toda ambición personal para pensar en el bien colectivo, todos tendrán el mismo sueldo y River señores está peligrando, señores, que Boca Juniors al son de miles de pesos moneda nacional que ofrece a Moreno, al alamedia Labruna y al win de wines Loustau trata de quitar al equipo millonario sus tres luminarias en una maniobra sin precedentes en la historia del fútbol argentino, pero el trío no se mueve, señores radioyentes y espectadores de este encuentro sensacional en la bombonera boquense, con los hinchas del equipo millonario fuertemente alarmados por la repentina enfermedad del centrojá, sustituido a último momento por un jugador desconocido para el público, y descubierto esta mañana en un potrero de la capital, sin experiencia profesional salvo pocas apariciones ante el público en un torneo infantil... y es él, es él que entra en la cancha seguro de la victoria, con la esperanza invencible de sus escasos diecisiete abriles, y ya empieza el partido, y la pelota pasa al campo millonario, está en peligro el arco de River Plate, señores, está en peligro, y sí, señores, a apenas dos minutos de iniciado el primer tiempo... ¡goool de Boca! ¡goooool de Boca Juniors, braman las tribunas locales! Y se reinician las jugadas, con la pelota siempre en el campo millonario, y sí, señores, a apenas cuatro minutos de iniciado el segundo tiempo ¡goool de Boca Juniors, señores! cinco a cero se lee en el marcador de este clásico ya evidentemente perdido por el equipo de Núñez... Pero ¿qué ocurre? en violenta jugada Moreno pasa a Labruna, Labruna pasa a Loustau y Loustau pierde la pelota una enésima vez, ignorando la presencia del nuevo centrojá, quien ahora por primera vez en posesión de la pelota la pasa a Moreno, Moreno la devuelve al centrojá quien gambetea brillantemente al zaguero boquense y goool, ¡gooool de River Plate! gol del centrojá nuevo en una de las jugadas relámpago más emocionantes de la temporada y ya Labruna toma nuevamente la pelota, la pasa a Loustau, Loustau pasa hábilmente al centrojá y ¡goool, gooool de River Plate! que ya empatan los dos equipos rivales, y estamos sobre la hora: en estos dos últimos minutos todo puede pasar... todo puede pasar en este campo dominado por el cuarteto más brillante de la historia del fútbol argentino... pero un jugador ha caído, Moreno ha caído lesionado, y ahora son sólo diez hombres, diez hombres cubiertos de polvo y sudor los del equipo millonario: ¿peligrará nuevamente el marcador? pero no, no señores, en brillante jugada, gambeteando a la entera delantera boquense se acerca al arco y ¡gol! gol de palomita brillantemente marcado por la revelación de todos los tiempos... ¡el centrojá jamás igualado en los anales del fútbol argentino! y seis a cinco gana el equipo, son seis goles, seis, ¿quién se saca un seis? ni cinco, con cuatro me conformo, aprobado y gracias, tres cuatros me salvarían la vida y con una vez que iba al bar y le contaba cualquier cosa, que había leído *El capital*. Un barrilete que se escapa, que nunca la iba a poder alcanzar a la Ñata, ¿quién tiene un cerebro como la Ñata?, y sin joda ese verano había gente que no me reconocía que ya no era

más un pendejo y la Ñata me la crucé por el paseo y me
miró, y ahí fue que me pareció y le pregunté al Toto y
me dijo que el padre se había ido con otra mujer en el
invierno y después la madre supo que estaba jodido de
la presión en Buenos Aires y lo fueron a buscar y está en
la cama pero con la Ñata no se hablan, la vieja se la perdonó pero la Ñata no, los franchutes son todos babosos
por las mujeres dijo Mita, y me miraba la Ñata y si no
me hubiesen mirado los que pasaban le habría acaricia-
do el lomo, al pomerania entre la pelambre de la cabeza
le hago una sobadita y se queda quieto, quietito conmigo y después se queda mirándome, y ladea un poco la
cabeza hhji-hhji que quiere algo, ¿un poco de morfi?
por cinco guitas en la carnicería le tiro un hueso fenómeno y me sigue todo el día si yo quiero. El pomerania
se vendría conmigo que el dueño ni lo mira y la Ñata
"¿no vas al baile?", me pregunta y ese domingo en el
club la saqué a bailar que ya en la plaza me la había fra-
neleado bien y ni mus de Dostoievsky y "qué mujer fina
es Mita", y "qué suerte de tener de tía a una mujer así"
lo único que se animó a decir, "dejame que te mire" me
decía y "si vos quisieras podrías tener todo en la vida,
vos no tenés miedo a nadie me parece", y no le dije nada
de entrar en la Reserva de River, y me largó todo el rollo
del viejo y de tanto leer hizo lo que hizo, le dije, y me
miró, una gata hija de puta, me fulminó con una mirada
hija de puta, que el gato es el animal más turro, una gata
peor, que te la juran, y no hay pendeja a la que no le
guste la franela, poco a poco, primero la mano, después
los limones sobre la pilcha, después debajo de la pilcha,
debajo del corpiño los pezones saltan como un resorte, y
de la rodilla para arriba, hasta el punto estratégico número uno y decía en el *Kama Sutra* que bastaba poner un
dedo adentro que la fortaleza caía, un dedo, nada más,
dejame, ¿qué te hace?... pero dura como la Ñata no

hay, con los ojos cerrados y sin decir una palabra, entre las piernas un mes, y podrido estaba ya que no había caso de dedo y una noche ¿cuándo fue? ah, que Mita me había cagado a retos porque metí la pata en la mesa delante del especialista de garganta ¡qué papelón! que los rusos habían traicionado a Hitler se me había dado por decir después del postre y era al revés, ¿y la Ñata se impresionó? me apretaba la mano, terminé de contarle y se quedó callada como nunca en el oscuro, venía un poco de luz de la ventana de la madre. El padre duerme al fondo, y en seguida se apagó la luz de la madre, pero la vieja no dormía que de la ventana abierta se sentía la radio, el noticioso con Normandía y que los rusos también atacaban hacia Berlín y me hizo acordar del papelón, la radio de mierda, y la aprieto un poco a la Ñata y estaba toda floja, la primera vez que no arisqueaba, le meto la mano debajo de la pilcha y tenía las dos gambas sin cerrar fuertes, medio separadas, y acariciándole llegué a destino por primera vez y sin poder respirar que la madre oía me la hice, y no se lo conté a nadie, ni al To- to, y no nos separamos en seguida, bien trincados, que de boludo se me empezaron a caer las lágrimas y no se avivó me parece. Y dos virgos más este año, la Rulo y la Mari, para la colección de un servidor, torpedero de profesión. Nada más que el Toto lo sabe, este año des- pués de lo que le pasó ya sabe, y de la Ñata también y la Ñata después se sale con que yo era un burro, que no sa- bía más que hablar de fóbal y que no pensaba en nada para seguir la carrera sin ninguna ambición y tierra tra- game si le llegaba a decir de la Reserva de River. Que el Toto sí, el Toto sí tenía ambición y más chico que yo, nada más que once años tiene y el Toto un tornillo flojo tiene, "¿vos querías que se muriera tu mamá?" me vie- ne a preguntar el pendejo y "tu mamá estaba siempre despeinada y no te hablaba ¿y vos no quisiste matarla

con el pensamiento? yo con el pensamiento hice fuerza
para que se muriera y vos te quedabas en casa para
siempre, como los otros que tienen hermanos'', y eso
cuando era más chico pero ahora las va de zorro y no
dice nada pero ¿quién sabe lo que piensa? y a quién se
le ocurre que alguien quiera matar a la madre con el
pensamiento, yo estaba bien con Mita pero hay que ser
un criminal y mamá estaba enferma en otra casa ¿por
qué iba a querer uno que no es criminal que se muriera
una persona? si estaba enferma y la veía los domingos
cuando Mita me arreglaba para la salida de misa y se sabía que siempre iba a estar en esa otra casa y Mita cuando se murió mamá me dijo que mi mamá se había ido al
cielo y desde ahí iba a seguir queriéndome pero en la
tierra también tenía a ella y Berto que me querían como
al Toto, igual, y que la casa era para mí y nunca más nos
íbamos a separar, en quinto grado estaba yo, y después
que terminé sexto, "no podés conformarte con ser mecánico, no tenés ambición'', sí, a la peña quería que fuera la Ñata, "en Buenos Aires andá a la peña de los amigos de mi cuñado'' ¡la peña! de los boludos con la vic-
trola a escuchar música clásica, y la Ñata con que fuera
desde la primera reunión que ponían los primeros clási-
cos de todos y después seguían con Mozart y Mongo Au-
relio que no se podían entender bien si no se escuchaban los que venían antes, y después cada uno preparaba
un tema y hablaba a los demás para enriquecerse la cultura y si no está el profe de Química le pasa raspando,
bolas de humo tarareando el *Concierto N.º 1* de Tchai-
kovsky me le hizo tomar bronca que era la música que
más me gustaba y la sonata esa de Beethoven que no sé
qué tiene que me tiraría en un rincón y no me levanto
más, que es más triste que la puta que la parió, y no me
levanto más del diván roto de la pensión al que se tira lo
tienen que levantar con una grúa, el pobre tipo se queda

hundido entre los resortes, pero quién sabe si el tipo lo
que quiere no es quedarse hundido ahí, así no le tiene
que ver la cara a los demás, a esa manga de hijos de puta
y "alguna escapada a Buenos Aires me voy a hacer para
verte, querido, tu papá dice que tiene un diván pare mí
en la pensión, un diván viejo pero qué importa, que es
más que un diván, es como una cama, y así cuando menos te lo esperes me aparezco por unos días" que no tenés ambición, sí, pero con el Toto no podían dormir los
dos en el diván chico y fueron al hotel, que sin ambición
no se hace nada, sí, a la peña, y es más que un diván, es
una cama, es más que una tía, sabés Chicho, es una madre, es más que una tía, creételo, y tirate en el diván de
mierda a escuchar la marcha fúnebre quiere la Ñata, y
no te levantes más, que porque te quiero es que te mando a la pensión, y no faltaba más que un mes para empezar el segundo campeonato, en abril, del seleccionado
infantil, y qué carajo, le falsifico la firma al viejo y me
anoto, que se vayan todos a cagar que no me para nadie
de anotarme en la Reserva de River, aunque sean un
montón de tipos el que tiene pierna tiene pierna ¿y
quién me para? los boludos un sábado a la tarde se meten a escuchar música clásica, en vez de cogerse a Mongo, se meten a escuchar esa lata, de pompas fúnebres,
que si se hubiesen borrado del mapa todas las minas del
mundo y que acaban de cerrar la inscripción a la Reserva de River y no hubiera nada que hacer para no podrir-
se el alma... ni así me iba a encerrar un sábado a la peña,
que me pego un balazo en el mate antes, que si me viene
la cascarria al alma es porque me viene y no hay reme-
dio que valga, pero írmela a buscar yo escuchando la
marcha fúnebre NO, y dale a yirar que yirando siempre
algún rebusque se encuentra y siempre para adelante
que el que se sentó en la retranca se jodió y va muerto y
en la vida está lo bueno que son las minas y dos o tres

cosas más y lo otro es todo una joda y el que no le espianta queda jodido, y le voy a decir lo que pienso a la Ñata si me la llego a topar antes de irme, que no leí ni uno de los novelones que me dio, "quedemos amigos, no importa todo lo que pasó" la hinchahuevos y como despedida me encaja los libros y "prometeme que me vas a escribir de vez en cuando" y si me la topo le voy a decir lo que piensan de ella en Vallejos, que si el viejo se entaró de tanto leer a Schopenhauer y el del Superhombre, a ella le va a pasar peor que se está liquidando la Biblioteca Municipal después de liquidarse todos los brolis del viejo y le digo lo que pienso yo y me gustaría saber qué es lo que piensa el Toto cuando está escuchando todo de los grandes, largaba cualquier cosa antes, lo primero que le venía a la cabeza, y se quedó mudo, "la Teté lo echó a perder a este chico ese año" la tiene Mita y "se le pegó todo de la Teté" y si me lo agarro un día solo al Noziglia sin hacerle ademán de nada le saco la conversación mirándolo serio, bien fijo, y en pedo tendría que estar uno para confesar que se lo hizo a un pibito a la fuerza, pero yo me iba a dar cuenta si se ponía nervioso y mirándolo bien fijo me iba a dar cuenta si había conseguido hacérselo o no, que antes de salir al recreo el Toto ya había olido algo, que se miraban entre ellos, el Noziglia y los dos pendejos chupamedias, y no quería ir al patio en el recreo el Toto y le dijo a la maestra que unos chicos le querían pegar y ¿qué chicos? y no dijo y le pidió a la hermana de la Rulo, que a esa chabona tiene de maestra, de quedarse en el banco y la maestra le dijo que si pasaba algo la llamara y el Toto pensó que con el griterío de los chicos y si le conseguían tapar la boca no lo oía y salió por el corredor al patio a ver si había alguna maestra para ponérsele al lado y no había nadie y fue hasta cerca del patio y pasaba frente a la puerta del baño de los varones y la puerta de repente se

abre y como tres flechazos salen el Noziglia y los otros
dos y uno de cada lado y el Toto de un salto del susto se
soltó de uno y corriendo al pasar por la Dirección atro-
pelló a una maestra, la petisa Catedrio, y salió espanta-
do a los gritos del colegio rajando hasta la casa y eso fue
lo que contó y Berto lo agarró y le empezó a preguntar
qué había pasado, y que contara todo, que contara todo, que si le habían hecho algo lo mataba al Noziglia y
al padre del Noziglia, y lo agarró al Toto y a zamarrear-
lo que jurara que no le habían hecho nada que si no los
mataba a esos dos, y el Toto desde que llegó que no pa-
raba de llorar a los gritos que no, que no, que se había
escapado a tiempo y Mita hizo la denuncia al colegio y
Berto no se conformó con eso, que quería hacerlo bosta
al Noziglia, pero en realidad si no pasó nada no se puede hacer nada. Y de pantalón corto el grandote ese, y si
la tiene como el pelado López no sé cómo hace para cogerse a los pibes y al Toto mucho caso no se le puede hacer que le pregunté si se la había visto al Noziglia y me
dijo que "el Noziglia siempre la tenía afuera, sentado en
el último banco, que se la mostraba a los más chicos y
un día se había puesto un engrudo en la punta y la tenía
grande como un grande y los pelos, y salpicando engrudo en el piso" ¡engrudo! ¿y qué hace la hermana de la
Rulo sentada en la tarima que no ve un corno? Para ser
maestra hay que ser un poco menos chabona, y la Rulo
va a ser igual, no se va a caer de la pichonera, el embale
que tiene ésa no se lo he visto a ninguna otra, que la mejor de la clase, que la más linda del pueblo, que todos se
mean por ella, y nadie se le había animado a arrimarle
el carro como se debe, porque al final una mina pillada
es la más fácil de todas porque si se llega a calentar no
hay nada que hacer: se deja, porque está convencida de
que ningún punto la puede largar, y con el embale de
pilladura de la Rulo no vi ninguna y meta cuerearla a la

Ñata, que cómo yo había perdido tiempo con la comeli-bro de la Ñata y ella que es la traga peor del colegio, co-raje hay que tener, y todo el trabajo con la Rulo era ha-cerla calentar, y después seguro que se dejaba, la cos-tumbre de que todos se van a tirar al suelo a hacer lo que ella quiera, y "después de esto que estamos hacien-do tengo más derecho sobre vos" me empezó a joder, que ella se eximió de todas y me puede explicar mejor los teoremas, y que vaya a la casa, ¿delante de la javie me va a venir con eso? y que se joda, ¿que cuándo se iba a esperar ella que uno la largara? y ahora hace dos se-manas que no pisa la calle me batió la hermana, sepulta-da en vida, y que aprenda lo que es la vida, y a reírse de la Mari, que era una pajarona, que estaba loca por mí, y gracias por el dato y que ya empezaba a hinchar con que si le escribía o no y de eso no hay salvatoria que ya em-pezó a joder ahora la Mari, y bueno, total faltan diez días y me cago en la pensión hija de puta, y el cole, y co-mer mierda, y aguantar al viejo que le da siempre la ra-zón al pulastro en la mesa y después cuando se viene a joder sentado una hora en el diván charlando, y un día no voy a aguantar más, no voy a aguantar más y le voy a decir cuando empieza el pulastro "su hijo tendría que leer buena literatura" y mi viejo "este es un bagual" y el pulastro "pero tiene ojos inteligentes, me parece que es más sensible de lo que parece", sí, haceme el laburito, que joda más y un día le digo al viejo del *Kama Sutra* y la mar en coche. Y el profesor de Química que no me haga una indirecta más de que el pueblo ignorante que no tiene conciencia política es la ruina de la Argentina y viva la Santa Federación y los boludos unidos del Río de la Plata, reunidos en solemne paja el sábado a la noche después de la peña porque el domingo pueden descan-sar, y hasta el sábado siguiente cierre obligatorio de bra-guetas y boludos!!! yo si tengo ganas de hacerme una paja me la hago, así sea lunes a la mañana, pero va a ser difícil mientras quede la última sierva guerrera sobre la superficie de la tierra, claro que si se enteran donde vivís estás perdido, que las pobres negras solas en Buenos Aires perdidas sin conocer un alma se te pegan y te joden un mes seguido, y hay que contar macanas, y nunca yirar en el barrio, y no confiarte nunca de nadie, sólo de la madre, el que la tiene, y al viejo le digo cualquier boleto y todas las tardes me voy al entrenamiento, que de la Reserva han salido todos, la gloriosa Reserva de River Plate, que no son los salames de un campeonato de pueblo: qué saben ésos de fóbal, qué saben lo que es salir a un estadio con cinco mil personas mirándote, y que miren no más, que así van a saber lo que es un centrojá.

X

PAQUITA, INVIERNO 1945

Entre estas paredes verdes de moho y vitrales con tierra a lo mejor está al lado del altar ¿dónde estará Dios
para escucharnos a todas? hoy sábado más que nada al
lado del confesionario, mañana cuando comulguemos
al lado de las chicas hincadas frente al altar, estará escuchando a las del primario, seguro que una o dos confiesan el mismo pecado mortal, y estoy agregando un pecado más, los malos pensamientos, ojalá Dios no me escuche hasta que esté lista para "el acto de contricción es
un acto de concentración total, los pecados no serán
perdonados si el pecador no está profundamente arre-
pentido" juro que no lo haré más y perdón por jurar,
no hago más que pecar pero si tengo todavía ganas aunque no lo haga ya es malos pensamientos y el diablo me
está hablando al oído porque tengo ganas todavía: juro
Dios mío que no lo haré más. Todavía una, dos, tres,
cuatro, tienen que confesarse, cinco, siete, nueve, once
del primario... le mentí a mamá, he mentido, no recé a
la noche tres o cuatro noches, no he rezado, robé pasas
de uva en el almacén, porque no pagar las pasas aunque
pagué la harina y azúcar y café es lo mismo que robar,
he robado, y fui mezquina, no le presté la postal al Toto,
que no son pecados mortales. Lo mataba si me la devol-
vía con una arruga, papá cierra los ojos y ve el pueblo
todavía, después de veinticinco años que se fue. Galicia
tan linda, tan linda, siempre tan linda, tan linda, y mal-
dita sea la pampa, y era cierto que Galicia era linda ¿por
qué se vino papá? qué tonto, pero eran pobres y acá somos tan ricos que con una mano nos tapamos lo de ade-

lante y con la otra lo de atrás. Pero papá nunca va a saber que tengo un pecado mortal, porque el cura no puede ir a contar lo que le confiesan. La foto postal está coloreada con una mano de acuarela en dos tonos, todas las montañas de un color y abajo una bajada grande donde pasa un río de otro color y un pueblo de chozas de piedra sin pintar y encima de la subida para arriba de la montaña cuanto más alto estaban las chozas menos costaba el alquiler, la pared del fondo no la necesitaban porque era contra la montaña y el Toto "pobre tu papá después venirse al viento y tierra de Vallejos. Tu padrino por lo menos tuvo plata para volver de paseo ¿qué te va a traer?". Yo no sabía que Galicia era tan linda pero Balán mandó una postal. "Querido compadre: te mando un abrazo desde Churanzás, todos se acuerdan de nosotros y de la finada Celia. Que en paz descanse. Te mandan un abrazo todos, hasta la vuelta, Arsenio Balán" y la que la vio cuando estaba por morir tenía azul la cara de los ahogos que le atacaban por la tuberculosis, dice la Teté. ¿Habrá sido mala de verdad? si no se casó por culpa de papá, Mita "la pobre Celia era buenísima, pero cuando la atendí en el hospital ya no había nada que hacer ¿leíste *María*, Paqui? muere también tuberculosa, Celia pobre chica, nunca quiso vivir con la hermana para estar en Vallejos decía ella, y todo el mundo inventaba cosas, lo que no quería era vivir en el campo aguantando al cuñado y la madre del cuñado y tuvo que ir a morirse ahí todo un año o más ¿vos sabés lo triste que es no tener una casa?" Mita de turno en la farmacia no fue al entierro, si no era por la farmacia hubiese ido, no como los de Vallejos. Papá tampoco, Balán y la tía y la abuela de la Teté estaban en el cementerio. ¿Comulgó antes de morir? "no sé, pero no se necesita de un pollerudo para que Dios se acuerde de esa pobre diabla que no hizo más que penar toda su vida". La Celia era linda, bordaba mejor que mamá, con un pecado mortal sin confesar "tenía manos de hada, blancas como la nieve bordando siempre" me cambió la conversación Mita "en invierno ¿dónde se puede ir con el viento que sopla?" ¿y la Celia bordaba después de todo el día trabajando con papá en trajes de hombre? Mita es socia del Club Social y el Toto "vení a mi casa, ¿por qué no querés venir? si le cuento al instructor lo de Raúl García ¿qué pasaría?" ¡juraste por tu mamá y se muere si se lo contás a alguien! pero es muy chico para saber que entre Raúl García y el instructor hay una diferencia del día a la noche, el instructor es bueno y Raúl es malo ¿te contó algo de la Celia tu mamá? "que con lo que le pagaba tu papá no podía pagar los remedios, tenés suerte de que en el colegio de monjas no hay varones" ¿no oíste si tu papá y tu mamá hablaban de la Celia? "alguïen de mi colegio se escapó a la casa en el recreo otra vez" no les digas a tu papá y tu mamá que te pregunté de la Celia "a los padres no hay que ocultarles nada, yo no le puedo contar a mamá de lo que te pasó con Raúl García porque juré pero vos no juraste ¿por qué no se lo contás a mamá?" con todos los chismes a la madre ¿qué chica se escapó del colegio? "yo no te dije si era una chica o un chico" ¿de tu grado? "es secreto" y me quedé a jugar otro rato más con sus cartones, la colección más tonta del mundo y él cree que sabe todos mis secretos: en la pieza del hotel el instructor abrió la puerta "¿qué hacés acá? sos menor de edad ¿estuviste llorando?" mi papá me pegó, el sastre gallego, jugador, con el centímetro a latigazos ¡el pan con manteca se pegó al corte de casimir del cliente! yo lo hice sin querer, usted no sabe cómo me dolió, por eso vine al hotel ¿está enojado? ay, no me pase la mano por la espalda, que me duele, y tengo que devolver el libro a la Biblioteca ¿usted lo leyó? no, no hace frío en la pieza, pero no me saque los zapatos, tengo frío en la planta del pie y me viene carne de gallina, me metió la mano en la blusa a ver si la mano fría hacía soltar un escalofrío... nada, cada vez más ganas de desvestirme toda ¿sabe una cosa? el año que viene ya me dejan ir al Club Social, para esta primavera no, para la otra que cumplo los 16, de mi casa no me dejan ir si no es con la señora Mita ¡no! no apague la luz, deje este velador prendido que es tan lindo, parece un sombrero chino "si apagamos la luz abro el ropero y vas a ver un frasco, da luz casi como una lámpara de kerosén" apagó el velador y en la oscuridad sacó un frasco del ropero "en el campo está lleno, mirá como titilan: los bichos de luz son los bichos más lindos que hay" y los agarró a la noche en el campo, la luz se prende y se apaga, quiero cerrar los ojos que me da vergüenza estar media desvestida, ¿a los bichitos usted los deja en el ropero? como una bandada, volvió a guardar el frasco en el ropero y toda la luz de la bandada no se ve más con los ojos cerrados veo para adentro de mí nada más, adentro está todo oscuro pero no importa, basta con pasarme una mano, tan traicionera puede ser la caricia más suave de Raúl García con la mano grande de hachar leña y los dedos manchados de cigarrillo, apoyados contra el camión del patio usted no es como él, usted es más bueno, y otro escalofrío se desparrama todo por dentro me corren bichitos por todas las venas, ¿usted sabe que son miles y miles las venas del cuerpo humano? con los ojos cerrados ya no está más oscuro, una bandada me titila adentro desde la uña del pie hasta la raíz de donde empieza el pelo, miles y miles de bichitos de luz, que los toque Raúl, que los toque Raúl García, Raúl, vení, tanto que me querías, ahora también quiero yo, despacito, tocarme despacito, se prenden, se apagan, se prenden, se apagan, se prenden ¡Raúl! acariciame, acariciame a mí y a todos los bichitos que tengo adentro, ya, aunque me

hagas mal, y un beso que dure hasta que la bandada
sienta ganas de escaparse y me deje, entonces yo te voy a
mirar por última vez y al cerrar los ojos por última vez,
me voy a quedar dormida... "Paquita no quiero que
pase nada más, dejame apretarme contra vos, así" ¡el
instructor se desabrochó el cuello de la camisa y no pasó
nada más! entre el cubrecama revuelto me dejé olvidada
la novela *María* y el padre cura "guay de aquella que
confiese un pecado sin estar profundamente arrepentida
de su falta" que si me hubiese muerto al salir del hotel
habría muerto limpia de pecado mortal. Todavía cinco,
seis, siete, ocho del primario para confesarse, y si ninguno de los estudiantes me saca a bailar que la Ñata "te
juro que ninguno de mis amigos te sacará a bailar en el
Social" pero todos le preguntan cuál novela es la mejor
y ella sabe de todo "¿estás segura de que elegís bien tus
lecturas? no dejes de leer *Los hermanos Karamazov*, pero
no sé si la entenderás" la Ñata, ¿será cierto que el Héctor le hizo lo que quiso? Y yo no tuve la culpa, yo no sabía ¿en qué piensa la Ñata al meterse en la cama a la noche? La Rulo piensa en las lecciones de la mañana siguiente, se tapa porque tiene frío y la bolsa de agua caliente en los pies y las manos del Héctor la empezarán a
tocar y ya tiene un pecado para confesar: malos pensamientos que no es pecado mortal. La Rulo tendrá las
manos debajo de las frazadas, entre las sábanas y el camisón, por el frío, y son las manos del Héctor cuando le
levantan el camisón y la empiezan a rozar en carne viva,
y ya tiene un pecado mortal que confesar, peor que malos pensamientos, ¿era buena la Celia, mamá? "buena
sinvergüenza" ¿entonces mamá sabe lo que dicen de papá y la Celia? y mentira que viene tomado, si se viene furioso a la madrugada es que perdió a la generala, se
pierde a lo mejor la hechura de un pantalón, o de un
pantalón y saco, y es tan jugador perdido que se pierde

hasta la hechura de pantalón, saco y chaleco al póquer, "no hay que ocultarle nada a los padres" dijo el Toto. Si me dejaran en las vacaciones con una escalera alta me subo hasta casi el techo y rasqueteo todo el moho detrás del altar, y a los costados y después una mano de pintura, entonces con que Dios hiciera llover un poco se limpiarían los vitrales del lado de afuera con toda la tierra de este invierno de sequía "hace un frío loco para estar en la calle" Mita con la barriga de acá a la vereda de enfrente y resfriada el médico no la dejó salir después de los siete meses, de miedo de que se le muriera el bebe otra vez. Al lado de la chimenea "si dieran algo lindo en el cine salía lo mismo aunque se me enoje el médico... ¿qué libro tenés?... ¡*Marianela*! es hermosa... ¿cómo era que empezaba?" y no me quería creer que saqué de la Biblioteca *Los miserables* y papá me pescó con la luz prendida al volver del bar a las tres de la madrugada que aunque sea de puro malo en verano se puede decir "levantate temprano para aprovechar la luz del día, la electricidad cuesta" pero ahora en invierno a las siete de la mañana es todavía oscuro y si le digo a Mita todo lo del instructor y le juro que no lo haré más me perdona y aunque se lo vengan a contar me lleva al baile lo mismo, Mita: tengo que contarle algo "Ay Paqui, esa pobre chica que había pasado tantas con la hiena de la Thénardier a buscar agua en baldes de madera todo el día desde el amanecer helado de la campiña francesa hasta el toque del ángelus", Mita se acuerda de todo *Los miserables* y la leyó hace tanto ¿y qué espero para contarle todo? y no me podía creer que yo había leído *El hombre que ríe*, ésa sí se la tenía olvidada, "no me acuerdo, ... Paqui... yo me voy a olvidar de todo, ¿y sabés que ya no me acuerdo como empieza *Marianela*? ¿cómo empieza *Marianela*? Paqui, en Vallejos yo me olvidé de tantas novelas..." Mita me dijo que leyera *María*, "la más divina de todas, ¿ya la leíste? ¿no es divina? pero vas a ver que si te quedás en Vallejos te la olvidás" y digo yo, no es lo mismo en Vallejos o la China o Galicia? "No, Paqui, si nunca hablás con nadie de una novela te la olvidás" y el Toto "a mí ya me contó todas las que se acuerda". Unas chozas perdidas en un campo todo empantanado porque papá siempre con que llovía y llovía, lo único que él contaba de Galicia, todo en un barrial con los chicos descalzos yo me imaginaba Galicia y resultó ser un paisaje que parece pintado, se vino solo con Balán y las últimas noticias de alguien que vio a la madre fue la Celia cuando llegó tres años después ¿pero la conocía de antes o no la conocía? la suerte de una y de la otra, la hermana de la Celia ni bien pisó la Argentina alcanzó a coser no muchos vestidos y ya se pescó al tío de la Teté y la pobre Celia encorvándose cada vez más de oficial de sastre con las agujas más gruesas y las telas de hombre tan duras se pescó una tuberculosis, en vez de pescarse un marido ¿por qué no se quedó con las clientas de la hermana? modista es más descansado "cuando no se tiene gusto para la costura es mejor trabajar de oficial de sastre" pero mamá después de tantos años que cose si no tiene gusto ella quién lo va a tener? en el baile de los dieciséis años me pesco un novio, cuanto más rico mejor, viven en la estancia de la abuela de la Teté ¡y otra que terminó de confesarse! no quedan más que siete en la fila y Marianela que se tira a un pozo porque es fea y Mita qué miedo tenía de que se le muriera el bebe al nacer, no sale al frío, y me lo dijo una sola vez "si querés venir al Club Social nos vamos a divertir muchísimo, Paqui, pero nada de subir a la terraza del Club con un muchacho porque yo no quiero que me echen la culpa de nada" ¿si en Vallejos saben que fui a la pieza del instructor qué hago? "¿cómo es que termina *Marianela*, Paqui?", Marianela se tiró a un pozo, y se lo juro Mi-

ta que en èl Club me porto bien: ni bien el Toto nos
deje solas le empiezo a contar todo "Marianela en
un pozo donde no la encontraron más y la comieron las
ratas salvajes" antes de que viniera el novio y la viera
que es un esperpento, ¡pero qué sucio un pozo! "mejor
un pozo, que si te colgás de un árbol perdido en la pampa hay ojos de pájaros, de golondrinas que pasan, y en
el mar peces que no cierran los ojos ni siquiera para
dormir" en el fondo de los cinco océanos del globo te-
rráqueo, "ojos en lo hondo que espían" y ven desde la
distancia más grande porque es en el mar transparente,
"los ojos de las sirenas" que son más hermosas que
cualquier chica por pintada y dieciocho años que tenga,
y no se le puede negar a la Rulo que es linda y si asoma
la cabeza en el mar yo la vi en la pileta con el pelo mojado y mentira que "lo único que tiene es el pelo" quiere
decir la Ñata, que con el pelo mojado y todo la Rulo en-
greída se asoma en el mar al paso de un barco y los ma-
rineros la mirarían y la tomarían por una sirena y la
Rulo antes yo creo que era capaz de ver a un marinero
que se tira al mar (que es una boca que devora de un
solo trago) y se hubiese quedado lo más tranquila, ahora no sé, con lo que le pasó. "Paquita, hija" no me mira,
mira el chaleco, el saco o el pantalón que está cosiendo
"si te quedas en casa de la señora Mita a cenar díles permiso y me llamas por teléfono así te espero en la esquina, porque ya es tarde para que vuelvas sola", pero el
Toto estaba conmigo cuando se apareció la Rulo para la
última prueba del broderie. Más de un año que el Toto
no la veía, desde que la Rulo no salió más a la calle que
no fuera para ir al colegio. Y a mentir "qué alto y lindo
estás Toto" y el Toto ya se tragó el anzuelo, enano idiota, y él "cuánto tiempo que no te veía, con el Héctor pasamos en bicicleta mil veces por tu casa el verano pasado, y nada" y ella "¿de veras?" y el bobo "sí, en la lista

estás primera" y se largó la carrera "la lista de las que
más le gustaron ¿por qué no saliste más de tu casa?" y
la mentirosa "yo siempre salgo" y el Toto "¿tanto lo
querés?" y ella "nunca más voy a salir de mi casa" ¿y el
broderie? ¿se lo hizo para ir al baño? y el Toto "Rulo,
vos sos la más linda que vi en Vallejos, y en la lista estás
primera", "no, no es por Héctor que no salgo, es que
no me gusta salir" que mentir es gratis, todo el año me-
tida en la casa y el Toto "si este verano hubieses salido el
Héctor volvía con vos y no con la Ñata, total a la Ñata..." y la Rulo olió algo y en seguida "Paquita, ¿por
qué no nos dejás un minuto solos a mí y al Toto?", y me
fui, el minuto fatal, delante mío no hubiese pasado nada, con un vaso pegado a la pared se oía perfecto todo
desde la cocina. "Totín, vos no sabés cuánto lo quise a
Héctor, y cuánto lo quiero. Es por eso que no salgo
más, cuando él no está en Vallejos no sé para qué voy a
salir, y cuando está tengo miedo de encontrarlo, y en vez
de mandarlo al diablo... llevarle el apunte de nuevo.
Pero él nunca más me va a mirar... yo sola sé por qué,
Toto", y el Toto derretido "¿por qué?" y toda compug-
nida "porque... no sé cómo decirte... los muchachos se
cansan" y la Rulo ahí nomás se habrá tapado la cara con
las manos ¿para qué diablos si no lloraba?, porque el
Toto "no te tapes la cara, el amor no es vergüenza" y se
oyó un beso que le daba la falsa, y el caramelo derretido
"Rulo... no tenés que ser así... él quería volver con vos...
y como no te vio, volvió con la Ñata" y la reina de las hi-
pócritas "sí, pero a lo mejor la Ñata lo intrigaba más" y
él "¿por qué lo iba a intrigar más?" y ella "sí..., a lo mejor la Ñata había sido más viva, y le había ocultado cosas, secretos, y al no saber bien de la Ñata, al no cono-
cerla bien..." y ahí mis oídos lo que escucharon me viene un síncope cada vez que me acuerdo: "... Rulo, ¡qué
tonta, si a la Ñata también le había hecho lo que quiso

en el zaguán, mientras la madre escuchaba el noticioso!" ay, ay, la lengua del Toto yo creo que llega de acá al
Polo Norte y la Rulo furiosa y encantada que ya sabía lo
que quería "no, son cosas que vos no sabés, sos muy
chico para saberlas" y el Toto para agrandarse "pero
no, a mí los muchachos me cuentan todo, y ese mismo
año a la Ñata y a vos y en los últimos días de vacaciones
a la Mari, y a la Porota Mascagno este año después de
abortar, que yo lo supe en la farmacia y le pasé el dato al
Héctor" ay, ay, madre mía, menos mal que en eso me
pescaste en la cocina con el vaso y tuve que volver al
probador y lo más tranquila la Rulo "para el baile de la
primavera le voy a hacer buena propaganda, señora,
con el vestido" y mamá encantada, ay, si supiera la propaganda que hizo la Rulo y a la salida del colegio en el
medio de la plaza un día había un ser enfurecido cortán-
dome el paso, empieza con eñe y termina con a ¡la Ñata!
"¡con que esas tenemos, con que chismes, con que ca-
lumnias!" aprovecharme de un chico inocente (!) para
desprestigiarla, a ella que siempre había hablado bien
de mí en el Social, porque me creía una chica inteligente, pero ahora veía que leer noveluchas se me habían subido a la cabeza y al crimen seguiría el castigo, que "no
te imaginás el boicot que te espera, ninguno de mis amigos estudiantes cuando vuelvan en el verano te van a saludar, mocosa" y ahí empezó a levantar presión y otra
vez "¡mocosa!" y con la cartera de charol un carterazo
fuertísimo, la hereje, en la cabeza y se le cayeron al suelo
los libros que tenía en la otra mano y corriendo salí para
casa mientras los juntaba, que si me pegaba con *Los hermanos Karamazov* de tapas duras esta era la hora en que
yo volaba con los ángeles del cielo. Y yo soy la culpable,
y contra el mocoso nadie tiene nada que decir, por el
primo, y en el Social nadie me va a sacar a bailar y ya
querría yo tener la suerte de la hermana de la Celia, ¡y la

Celia no era mala! Mita estuvo resfriada hasta que le nació el nene, Mita, ¡qué calor hace al lado de la chimenea!, "no te acerques tanto, te vas a pescar un resfrío como yo" para colmo todo el ajuar preparado ya del otro nene que murió, las horas no pasan nunca sin nada que hacer después de estar un rato a la mañana en la farmacia, dígame Mita: ¿la Teté es parienta de la finada Celia? "no" ¿la tuberculosis de qué viene? "la novela *María* es de lo más hermoso que hay, tenés que sacarla de la Biblioteca", la Celia trabajó con papá hasta ya estando enferma, qué suerte que papá no se contagió "la vieja no era más que la madre del cuñado, pero la cuidó hasta el final", ¿tuvo algún novio en Vallejos la Celia? "ya casi tengo olvidado el principio de *María*" ¿nadie se quiso casar con la Celia? "¿te acordás del final? yo no me lo olvidé, con ese sol rojo fuego de la primavera que termina a las siete de la tarde en las montañas colombianas, casi de noche al caer un aire helado de invierno, al galope tendido hasta la arboleda que tapa las tumbas blancas y también desde los picos de las sierras y desde el cielo se verá que llega Efraín a las tumbas y busca la más nueva, y debajo de la tierra está María, muerta a los dieciocho años, Efraín que esperaba día a día el momento de volver, de dejar la levita de estudiante para verla de nuevo, y llega a los plantíos y María no está en la casa, no cose, no borda, no va a buscar agua al pozo entre las tunas" ¿se habrá dejado tocar María? ¿Efraín le habrá hecho lo que quiso? "que Efraín para acercarse adonde está ella ahora tiene que subirse de nuevo al caballo y seguir con las últimas horas del sol hasta lejos en las sierras, y las tumbas blancas en el atardecer tienen rojas el sol de frente y María, María, es tan fácil encontrar la tumba de su María, pobre Efraín, que basta con buscar la más nueva" ¿se habrá confesado antes de morir? "y saber que está tan cerca ella, y no poder hablarle, pero tiene que hablar Efraín, hablar hasta que no le quede nada sin decir que María lo va a escuchar, que lo mira desde las sierras, o desde las nubes, y hay que tener fe y pensar que todo lo que él le dice María lo va a escuchar y si apenas siquiera una palabra se escuchara, de María que contesta, que ha estado escuchando todo, qué consuelo sería, o verla, verla un instante que aparece entre la arboleda" sería un milagro de la Virgen "que ya se ha hecho de noche y cayó el frío de la sierra, la cara de Efraín mojada de lágrimas, lágrimas redondas grandes como perlas, y esa sería la misericordia de la Virgen Santísima si existiera: cuando Efraín sufre tanto las lágrimas le van corriendo por la cara y algunas caen sobre la tumba y sobre el pasto, y en esas lágrimas como perlas la Virgen hace que se refleje la cara pálida, con el pelo largo que va hasta la cintura, y las ojeras de la enfermedad, los pómulos secos de la fiebre, la piel blanca de la tisis en la noche de cuarto menguante, en cada lágrima reflejada María, en cada perla plateada, blanca como una muerta pero sonriéndole a Efraín le dice todo lo que él quiere saber ¿todo, todo?" sí, la Virgen existe "que lo que él quiere saber son tres cosas: si está bien, si no sufrirá más, y si lo sigue queriendo, y con una sonrisa basta para contestar a las tres preguntas, la sonrisa de María, que está bien, no sufre y lo quiere como siempre, para siempre, porque está muerta, para siempre sonriendo y para siempre muerta, la sonrisa de María" la sonrisa del instructor, tantas sonrisas me ha hecho, pero no quieren decir nada, nada de seguro, uno que sigue viviendo puede hacer una risita y después cambiar de idea y no creo que el instructor sea casado. Y fue casi al principio de las clases que le presté *María* de Jorge Isaacs. Y no se me acercó más. La bibliotecaria me mata "¿por qué tardaste tanto en devolverme *María*? al diablo que sos lerda", tu abuelita será lerda, yo me terminé

María en dos noches, otra vez más la voy a leer, cinco chicas del primario tengo delante en la fila: aprovecho y me voy a la Biblioteca, y cada página la leo y la toco, si el instructor me dice que la leyó, toco cada página, cada página la rozo apenas con las yemas de los cinco dedos, de los diez dedos, de arriba abajo y si me jura que la leyó toda, que le pasó los ojos a cada palabra, los ojos asomados en pestañas, le pasó esas plumitas de pestañas, un plumerito que le fue barriendo la mugre a cada palabra, y me devuelve el libro hecho un espejo: el instructor se leyó cada palabra de *María* y ninguna me voy a dejar de releer yo. ¿Cuánto más tardará el cura para confesarnos a todas? me duelen las rodillas de estar hincada, pero a la noche, sola en mi cama, en el probador, me vio el maniquí nada más, ¿en qué piensa la Rulo a la noche después de apagar la luz?, mirando cualquier cosa en la mesa de costura desde mi cama y el maniquí, la máquina de coser, el centímetro, las tijeras y Raúl García, ¡el Toto no me puede espiar!, porque unos días después de terminadas las clases se van a bajar los estudiantes del tren y desde lejos si no me hacen una señal con la mano es porque no me han reconocido, pero si al acercarse no me miran y pasan de largo... es porque me han quitado el saludo, ya no existo más para ellos, y así se cumple la venganza de la Ñata, ¿no me tendría yo que vengar del mocoso? "en un recreo del colegio un grandote corrió a alguien para hacerle lo que vos sabés y se escapó y de la casa se quejaron al colegio", no me cuentes más porque lo que querés es sacar la conversación de Raúl García "y este año pasó lo mismo y se volvió a escapar" ¿quién se escapó, el grandote o la chica? "¿qué chica?" la que corrieron, "sí, la que se escapó fue la chica" ¿y el grandote? "no, este año el que la corrió era un chico como ella y la madre se lo contó al padre y le dijeron a la chica que no era un grandote, que por qué no se había defendido sola, pero ellos no sabían que el chico podía tener dos más que lo ayudaban: uno esperaba detrás de un árbol del fondo y otro detrás de la puerta del baño" ¿y la chica no se los dijo? "sí, eso fue la tercera vez que la corrieron" ¿pero por qué siempre la corren a ella? "porque tiene las notas más altas, y los padres le preguntaron lo mismo, ¿por qué siempre te corren a vos? y le dijeron que aprendiera a defenderse" ¿por qué no la mandan al colegio de monjas? "no te puedo decir el nombre porque juré que no lo contaba" ¿pero estás seguro de que tu papá nunca le dijo nada de la Celia a tu mamá? "que cuando trabajaba con tu papá no entregaban los trajes con atraso como ahora" salí de casa decidida a ver al instructor, mamá: no le cuentes más a nadie lo que te conté de la Rulo "esas son las del Social, tanta pretensión y son cualquier cosa" pero al Social va la gente mejor "si sé que terminás como ellas te mato", no voy a tomar la leche con mamá en el probador, y en el taller de papá con la taza de leche y el pan con manteca en la mano, te lo juro papá que no fue a propósito ¡en el corte de casimir está pegado el pan con manteca! y con el centímetro doblado en dos las marcas quedan por donde pegue "tenés una marca que te llega hasta donde la espalda cambia de nombre, ¿te duele si te acaricio?", el instructor con la mano sin anillo de compromiso ¿se lo saca para pasar por soltero? en una de las piezas que mira al patio "me pueden quitar el empleo por haberte abierto la puerta de mi pieza, tendría que ir a ver a tu papá y decirle que te cuide más" y en el baile no me saca a bailar porque es grande para mí y los estudiantes tampoco y Mita, por favor, mande al Héctor a que me saque a bailar y mándelo a que le diga a los estudiantes, todos son amigos de él, que me saquen a bailar, si es que a Mita no le contaron de que me vieron salir del hotel, ¡voy a contárselo sin perder un minuto más de tiempo, ni bien terminen los duraznos y la dejen sola, el Toto, el Héctor y el nenito, qué manitos chiquitas, me las tiende para que lo levante de la sillita, pero el Toto dice que el nene que murió era más lindo y el Héctor no quiere ir al escritorio a estudiar que hace tanto calor y Mita "si esperás que en verano haga frío no vas a dar nunca ese ingreso" ¡al Colegio Naval! Mita, tengo que contarle una cosa y el Toto "adiós River, buena tapa te puso tu papá, infeliz que sos, no querer el uniforme mejor" y "vos cagadita no te metás con River porque sos chico para hablar de esas cosas" Mita, escúcheme, yo le tengo al nene en brazos y le cuento una cosa, pero las cáscaras de los duraznos nadie había visto que estaban cerca del nenito y se había metido una en la boca atragantado sin respirar, no te asustes Toto que no se muere el nenito ¿por qué te asustás así? tose que se ahoga tan chiquito el nenito ¿y qué podíamos hacer? el Toto ahí nomás el ataque en vez de hacer algo salió al patio a gritar y llorar como si ya se le hubiese muerto el hermanito, la sirvienta fue la única que supo y le metió los dedos en la boca al nenito y le sacó una cáscara larguísima de durazno y lo mismo seguía con los chillidos el Toto, que chillar es gratis "¡nunca se saben las consecuencias! ¡las consecuencias, si deja de respirar! ¡toda la noche!" Mita ¿por qué no vamos a la cocina y le cuento una cosa, "callate Toto", gritó Mita, desde la calle se oyen los gritos del Toto "¡hay que vigilarlo toda la noche, por si vienen las consecuencias!" y el Héctor "¡basta, basta de teatro! y no llores más, te he dicho que no grites más. maricón del carajo, callate, CALLATE!!!" y el Toto "maricón será tu abuela, y lo peor es ser un intruso, INTRUSO!!! fuera de esta casa, fuera!!!" y con el dedo como las artistas cuando echan a alguien, que un poco de imitación de alguna película estaba haciendo el Toto de paso y ahí el Héctor yo creí que lo dejaba sentado en el suelo de una trompada pero se ofendió, "sabía que un día me lo ibas a decir" y se metió en la pieza bajo llave, una marmota duerme menos que él y levantarse a las doce de mal humor ¡tac! arranca una rama del helecho cada vez que pasa ¡tac! una oreja al Toto un día le va a arrancar. Mita, escúcheme, escúcheme, le tengo que contar una cosa, no es del Toto, no, yo no le salgo en defensa de nadie, es otra cosa que quiero contarle yo antes que le cuente otro "no me vengas con quejas porque entre los dos grandotes y el chiquito ya me han sacado de quicio" ¡no son quejas! "voy a hacerlo dormir a este nene que lo que tiene es sueño, no sé cuándo terminará este verano" la verdad es que esta pampa es seca como un cascote ¿y cuando papá llegó a Vallejos y vio lo que era este pueblo con cuatro plantas peladas? yo le habría escrito a la Celia para que no viniera aunque la Celia por lo menos le trajo noticias frescas de la aldea, qué rabia le dio al Toto que no le prestara la postal, la voy a poner en un cuadro, cuesta 1,50 ponerle vidrio y marco, si supiera pintar al óleo la pintaría en grande, y de arriba abriendo la ventana de una de las casitas más baratas se ve abajo el río y las huertas divididas por filas de piedras amontonadas, ¿son grandes las huertas? "no, pero los dueños las cuidan centímetro por centímetro y en la primavera se ponen todos los huertos blancos porque son todas plantas de manzana" y por qué se habrá venido a la Argentina, en la pampa tiene el dedal puesto todo el día y cierra la ventana para que no entre el viento con tierra: por suerte no sabe que los estudiantes están contra mí ¿qué hice Virgen Santa para recibir este castigo? ¿por esconderme en el camión con Raúl García? ¡por esconderme en mi cama con él... en el pensamiento! del instructor me salvé sin que el Toto viniera a salvarme y el año que viene la suerte de ir pupilo a Buenos Aires y yo para siempre en el colegio de monjas de Vallejos "Pa-

qui, Paqui, vos sabés qué regio es el colegio pupilo, la
Teté pupila con monjas todas las noches se iban al baño
a leer novelas, de a cuatro sentadas en un inodoro leyendo el mismo libro" y en las fotos de propaganda los pa-
bellones del Colegio George Washington están despa-
rramados en un parque grandísimo y los domingos el
Toto tomará el tren y en menos de una hora estará en el
centro de Buenos Aires ¡no! ¡no lo puedo creer! ¡no
quedan más que dos del primario sin confesar! ¡y después yo! Robé, falté a la verdad, no recé (falté a Dios), y
malos pensamientos, y hay más ¿un pecado mortal se
confiesa al final o al principio? para el cura confesor
querer pecar es igual, o peor, que pecar, es igual que
piense en Raúl García en mi cama a la noche o que entre
en la casa de él a la mañana temprano en vez de ir al colegio que el padre de Raúl duerme hasta las doce como
Raúl pero en otra pieza y Raúl está solo y me le meto entre las sábanas calientes de toda la noche: en mi cama
turca se sientan las clientas a probarse el vestido hilvana-
do: Dios está en todas partes y todo lo ve, a lo mejor estaba en el maniquí sin cabeza, Dios no necesita ojos para
ver: que por fin Raúl me hace lo que quiere ¡Toto, vení
a contarme quién es la chica que se escapó del colegio
"ninguna, eran todas mentiras mías" ¿no le hicieron
nada al grandote? "no, pero Dios lo va a castigar" ¿cuál
será el castigo de Dios? "no sé, alguna cosa muy fea"
¿qué será? "que se le llene la cara de sarna para que nadie se le acerque sin darse cuenta, como a un perro sar-
noso" ¿la madre de la chica se quejó de nuevo al colegio? "no, se quejó a la maestra cuando la encontró a la
salida del cine" ¿y a la directora no se quejó? "no, la directora de mi colegio nunca sale de la casa, no está ni en
las tiendas ni en el cine" ¿y por qué no la fueron a ver al
colegio a la directora? "porque a la madre de la chica le
dio vergüenza volver a quejarse al colegio otra vez más"

y ya tengo que presentarme al confesionario y decir todo, la penúltima chica arrodillada se está persignando, le debe faltar poco para terminar y fue Raúl García que me hizo lo que quiso ayudado por mi pensamiento, y para el cura confesor no importa que sea sólo con el pensamiento, y no fue una vez, todas las noches prometo que no, que no voy a pensar en él, pero se me escurre entre las sábanas con las manos grandes de hachar leña, me roza con los dedos manchados de cigarrillo y me llega a la carne viva, que es peor que malos pensamientos: una mañana me voy a despertar con los dedos de mis manos manchados de cigarrillo, y manos grandes de hachar leña, una chica de quince años con manos grandes de hombre colgando de cada brazo, ese será el castigo de Dios. Y no sabe la Virgen María la suerte que tuvo, la bendición de Dios le hizo tener un hijo y quedar virgen para siempre, quedó limpia para toda la eternidad, mirando de frente a todos nadie le puede decir que fue una cualquiera, "tantas pretensiones y son unas cualquiera" dijo mamá, y Mita "no se necesita de un pollerudo para que Dios se acuerde de una pobre diabla que no hizo más que penar toda su vida" y mamá delante de una clienta "la Celia y la hermana eran dos buenas sinvergüenzas" ¿cómo puede estar segura mamá de que eran malas? ya nada más que una del primario falta para confesarse y le digo a la monja que estoy descompuesta, y me voy corriendo como si fuera a vomitar al baño: todavía estará durmiendo Raúl y me le meto entre las sábanas que él mismo las lava ¿o el padre? la ventanita del confesionario con la rejilla negra no deja ver al cura sentado adentro, pero abriendo la ventana de las casitas más altas de todo de la montaña se ve abajo el pueblo con las florcitas blancas, cuando es otoño en la Argentina es primavera en Galicia: plantan muchas plantas de manzanas, ahora no me deja ir sola a ninguna parte, dos cuadras si me quedo a cenar en lo de Mita no me deja caminar sola y está en la esquina esperándome antes de meterse al bar ¿pero *María* no se la dejé al instructor en la pieza? ¿cómo está ahora en el taller de papá? sobre el saco recién cortado grisáceo para Berto "Paquita, este libro es de la Biblioteca ¿no? véte a devolverlo y de ahora en adelante te tienes que portar bien ¿me entiendes? así nadie le puede venir a decir a tu padre que su hija ha hecho algo de malo: ésta tiene que ser la última vez que alguien me viene a decir que debo cuidar más a mi hija, por suerte tu madre no sabe nada" paralizada no me late el corazón con el libro en la mano para ir a la Biblioteca "no, véte mañana a la Biblioteca, hoy ya es tarde, y yo no te puedo acompañar porque tengo un cliente que ya debe estar por llegar a tomarse las medidas" sí papá, *María* de Jorge Isaacs, nunca supe si el instructor la leyó o no, ¿y el instructor habrá jurado por la madre para que papá le creyera que no me hizo nada? y papá se lo creyó, porque si no después de una paliza me habría llevado al médico a hacerme revisar, me habría encerrado, seguro que me pegaba con el centímetro, me habría matado, pero por suerte le creyó la verdad al instructor, el instructor le habrá jurado por su madre ¿o por la esposa? y papá le creyó toda la verdad de lo que pasó: no pasó nada, salí de la pieza como entré, y papá me perdonó que me hubiese metido en la pieza del hotel de un hombre mucho más grande que yo, y ahora no puedo ir sola a ninguna parte, me vigila siempre, Dios hizo que me perdonara y no me pegara, ni me gritó ni se lo contó a mamá, y por suerte ya hay menos que esperar: ni bien termine de confesarse la última chica del primario me pongo primera en la fila de las del secundario, si papá me hubiese esperado a la salida del cumpleaños de la de González no lo habría visto a Raúl García "así nadie le puede decir a tu padre que su hija hizo algo de malo, tú eres muy chica todavía para saber lo que es bueno y lo que es malo" y me dio el libro para que lo devolviera a la Biblioteca "dile a tu madre que no haga cena para mí, me voy al bar a tomar un café antes de que llegue el cliente, no tengo apetito, vé y dícelo" y desde mi cama esa madrugada se oyó la puerta de calle que se abre que ya está de vuelta, Dios mío, te lo pido por todo lo que más quieras, que no me pegue, es posible que haya perdido a las barajas y esté furioso y le venga la rabia que no le vino a la tarde y agarre el centímetro y me pegue: se metió en el baño, salió del baño, se fue a su pieza, ya está acostado ¿en qué estará pensando? ¿en que no me pegó? gracias Dios mío, gracias por haberle dicho que me perdonara, y papá te escuchó, a lo mejor mientras cortaba la tela inglesa para Berto ¿o mientras pensaba que en Churanzás le habría ido mejor? ¿se pasará la vida hasta que se muera, pensando en Churanzás? no le voy a decir nada y de sorpresa le pongo el cuadro de la postal colgado en el taller ¿cómo no se me ocurrió antes? y mientras termina de confesarse la última del primario, Dios mío, te voy a rezar un rosario, te pido que me digas qué es lo que es bueno y qué es lo que es malo, la Teté decía que los muertos rezan por nosotros, ella reza por el abuelo que se le murió y el abuelo reza por ella en el cielo, el Toto reza por el hermanito que se le murió, pero el hermanito sin bautizar está en el limbo ¿será por eso que el Toto tiene al diablo al lado? mi abuelita muerta de Galicia a lo mejor reza por mí y por papá ¿y la Celia se acordará de mí? no, yo era muy chica, a la Virgen María, no, a Dios Padre Todopoderoso, le voy a rezar un rosario entero por el descanso del alma de la Celia.

XI

COBITO, PRIMAVERA 1946

Hay que darles a muerte a estos hijos de puta, ni uno se va a escapar cuando lleguen a la ratonera, el garaje maldito infectado de malhechores, en la vereda caerán y no van a tener tiempo de esconderse detrás del kiosco, turros degenerados, van a aprender lo que es traicionar a Joe el implacable, un balazo en una gamba (así no caminan más), otro en la mano (así largan la pistola) y ya están indefensos, no tuvieron tiempo de levantar la persiana y meterse en la ratonera: ellos ya se creían a salvo, en los pasadizos del garaje de la banda, el ratón adentro del queso, un queso de una cuadra de largo, lleno de agujeros, por todos lados de adentro y de afuera la cáscara impenetrable, pero cagaron que aquí el único impenetrable es Joe, y cuando me les acerque a los cobardes los escupo en la cara, dos cachetazos a cada uno, de revés se las doy con todo, y con la palma peor, turros, ¿no saben acaso que mis callos están endurecidos de apretar el gatillo? y ahí van a quedar frente a mí los judas de mi banda, que no tiene nada que ver con judío, israelita, a ver qué decido con sus miserables vidas. Pero es larga la espera, voy a estar mirando por la ventana hasta las nueve y media de la noche? el kiosco abandonado en la vereda y nada más ¿quién va a pasar frente a este colegio podrido? el domingo hasta los lustrabotas se las pican y dejan el kiosco, las latas abiertas de betún más seco que yo y los cepillos todo tirado adentro, son libres, no tienen que aguantarse al celador, y si salieron todos los pupilos y me quedé solo no me importa un corno, con los zapatos sin lustrar y el celador el viernes antes de entrar a clase "Ajá, ¿no? con los zapatos sin lustrar... y malas contestaciones" el turro, y derecho a la lista negra del domingo sin salida, pero a las nueve y media y medio minuto cuando lleguen de vuelta los traidores, un tiro a las patas y desarmados, una patada en la panza y con la boca sangrando que besen el asfalto del callejón de Chicago, y otra patada más directa al estómago hasta que larguen el secreto de la persiana y todo lo que comieron a las doce en lo de los parientes, seguro que encima del almuerzo a la tarde alguno se fue al bar lácteo, a la tarde ¿qué habrán pedido? el helado con banana triple porción, servido en un solo plato, para un solo tipo, meta cucharada para adentro el turro y de una sola patada se lo hago largar, je je, Joe va a entrar al garage ni bien le larguen el secreto de la persiana herméticamente cerrada que se abre pisando la baldosa clave del callejón. Y entro, mientras los judas se revuelcan en agonía, qué jodones, ¿no? con parientes en Buenos Aires y se van a llenar el buche los domingos y traicionaron a Joe, quien entrando a la madriguera se estudia bien los pasadizos y ¡carajo!... de haber sabido que había una salida abierta en el corredor de las aulas de dibujo no se nos escapaba Casals, con las ganas de coger que tengo, me cago en Casals. El crimen perfecto, hay que prepararlo con tiempo, es como un reloj que funciona sin atrasar nunca, Colombo el calentón quiso agarrarlo ese mismo domingo, el primer domingo de salida (que yo salí, no como hoy) y yo más calentón todavía "¿Casals, volvés para la cena o a última hora?" y el chupamedias se vino a las siete menos cinco, para ponerse primero en la fila para la cena, el primer domingo de salida quiso ser el primero en llegar de vuelta, el primero en todo, en vez de entrar a las nueve y media y medio minuto, no, a las siete el boludo, todavía de día y ya estaba primero en la fila, si yo hoy hubiese salido me vol-

197

vía último: me pegaba un salto de la verja hasta la planilla, aterrizando con una mano y no me va a poder quitar el turro del celador la planilla, je je, la rúbrica de Joe el último en llegar el domingo, a las veintiuna y treinta y medio minuto y medio segundo, después del tiroteo dejé hecha mierda la estantería del whisky en la taberna del puerto. Y a las siete menos cinco se viene este boludo teniendo parientes el primer domingo de salida, con el calor y el sol rajando todavía, a meterse en el comedor, el administrador desgraciado con lo que cobran en este cole hijo de puta a terminar de amargarle el domingo a los muchachos sin parientes con esa mierda fría, que era fiambre toda grasa, Colombo me guiña el ojo y al terminar el petiso Casals mirando al aire sin hablar con nadie ¿en qué pensás, Casals? "en nada" con la voz de violín desafinado, estás medio llorando, Casals, ¿no te gusta la comida? "¿acaso a vos te gusta?" ¿por qué no vamos a tocar un poco el piano, Casals? "¿adónde?" el petiso, y la idea de Colombo "en la sala de música, del segundo piso del edificio viejo" y el petiso "pero ahí están las aulas de dibujo y las de química" y Colombo "y al fondo de todo una sala de música ¿nunca la viste?" y a Casals se le fueron las lágrimas al carajo y subió más rápido que nosotros la escalera al 2.º y entre el 2.º y el 1er piso ya se volvía porque no había ninguna sala de música: Colombo del lado de la pared y yo contra la baranda le cerramos el paso. Y ya nos adivinó el pensamiento el petiso de mierda, y de un salto ya estaba de nuevo en el 2.º pero Colombo le había agarrado una punta del saco a tajitos. Joe tenía a su víctima encerrada y le ordenó ¡soltá! al lugarteniente ¡no hagas fuego! que este vil gusano por más que corra no tiene salida: todos los agujeros de la madriguera están bloqueados, y los gatos se van a morfar al ratón... y cuál será el cabrón que dejó abierta la puerta del salón grande de dibujo con los jarrones para dibujar y la fruta falsa (te presento mi banana) y se metió el petiso y de ahí al otro salón más chico con los yesos de las columnas dóricas (agarrame la columna) y Colombo como una liebre detrás esta vez lo alcanzó, se le prendió de un brazo y me lo tenía sujeto que no se escapara: después del salón más chico no hay otro, una pared con las columnas en la repisa, otra pared con el pizarrón, otra con las ventanas y no hay salida: y Joe que venía abriéndose la braqueta por fin le echó mano al miserable, y la puta que lo parió el salto que dio y por esa sola puerta rajó al primer salón de los jarrones y el error de Joe no se repetirá más, cuando entre en un garito detrás siempre va a darle dos vueltas de llave a la cerradura, y Colombo "¿por qué no lo corrés?" ¡dejalo, que se vaya a la mierda!, porque por la puerta abierta se escapó el petiso y de ahí a la sala grande y de ahí al primer piso, y de ahí a la planta baja hasta que no vino la hora de dormir no se apartó dos pasos del celador de turno. ¡Y mañana lunes! Botánica, Matemáticas, Castellano y Geografía, cuatro unos me encajan y ma qué me importa si total voy a diciembre con las cuatro, y media en bolas se viene la de Geografía en diciembre a tomar examen con las piernas cruzadas ¿quiere que la apantalle, señorita? que te vi hasta el apellido en el banco de la primera fila. ¿Qué le costaba a Casals dejarme el banco de la primera fila? un día solo me dejó el banco para la lección de Geografía, el banco pegado al escritorio de la profesora, total pueden tomar prueba escrita cualquier día que el petiso Casals sabe todo y no tiene necesidad de copiarse delante del escritorio: el ojo de la profesora le lee hasta los piojos que tiene en la cabeza el petiso, ni Al Capone sería capaz de copiarse en ese banco. Y a la tarde Ejercicios Físicos y Música, no se acaba más el año, tres meses más de clase, y ya pronto se empezarán a bañar en Paraná: canta la chicharra en el río, me las pico

199

de casa, me tiro a la sombra pescando en el fresco y si me quedo dormido con la caña en la mano después no puedo abrir los ojos pegoteados de lagañas si la sombra se corre y sigo de apoliyo al sol, como una vez un pibe que se murió insolado pero a mí no me hace nada, nada más que me cuesta abrir los ojos entre el calor y las lagañas, hay luz fuerte hasta las nueve de la noche en Paraná, a la hora que el viejo cerraba el negocio, no había gastos de luz, pero ahora quedó mi hermano "un mes más de gastos de internado por no eximirte, en las vacaciones por lo menos me ahorrarás el chico de los mandados", Colombo se va al campo, Casals a su pueblo, no piensan más que en las vacaciones levantarse tarde, con el cole todo el año a las siete, total en este bimestre ya cagué, pero en el que queda todavía me pueden recagar a marzo, en vez de diciembre, aunque Colombo no venga yo mañana voy lo mismo a la lavandería en la hora de descanso, ¿qué gana jugando al básquet con la chicha derretida? con el calor las lavanderas tetudas lavando se quedan en combinación, de la ventana del fondo, dale a fregar las camisetas, dale, más fuerte, que se te saltan, dale que tenés que sacarle las manchas al pañuelo, dale fuerte, que se te salta una teta de la cincha, y te echo un lechazo que si te lo doy en un ojo te lo tapono. "Me debilito", boludo Colombo, a derretirse corriendo detrás de la pelota, una buena mina en pelotas me vendría bien después del baño, en vez de ir a Estudio, mañana a esta hora en Estudio, y a esta hora y hasta la madrugada las lavanderas andarán sueltas, ya medio de noche brotan las putas como la yerba mala, por los faroles del puerto. La gorda dientuda, lavandera de mierda, gorda peronista del carajo, gorda mía, vení que estoy solo, todo el parque del colegio está abandonado hoy domingo, yo le doy charla al celador y vos te metés por la puertita de la verja y me esperás despanzurrada detrás de las casua-

rinas, gorda del carajo, sirvienta podrida, con esos zapatos mochos se viene hasta con delantal, qué calor por la
calle me cago antes de ir con ella, nadie, nadie quedó
este domingo, se las han picado todos a morfar con los
parientes, Casals a la cabeza, y no volvió más los domingos hasta última hora, pero Colombo y el paraguayo
Wagger, judas de mierda, ¿de qué se las tiran sin parientes? a las siete como moscas van a caer al reparto de
mierda frita enfriada, y a medio kilómetro del celador
por más que grite la gorda lavandera el celador no la va
a oír, detrás de las casuarinas, las patadas en el culo si
chilla y le pellizco una teta hasta que se calle, a Casals
tendríamos que haberlo llevado detrás de las casuarinas.
Las seis y cuarto, el paraguayo quién sabe pero Colombo seguro que anda sin guita ¿de qué se las tira? mirando el partido de billar en el bar de la estación, el pueblo
podrido de Merlo sin comercio ni un corno. Disimulando se lo digo "Colombo, ¿por qué no venís en las vacaciones conmigo a Paraná?" mi vieja me mata si lo llevo
y Colombo "no, yo me la paso bien en La Pampa, los
tres meses en el campo", "pero venite a Paraná que pes-
camos todo el día", macanas, y el turro se queda callado
y yo con todo disimulo "un año me invitás vos y otro te
invito yo" en el campo, este turro se queda callado mirando una mosca que pasa en el billar de la estación de
Merlo, cuesta creerlo pero no hay comercio, si mi hermano trajera la tienda aquí a Merlo no tendría compe-
tencia, ".El Tapiz Mágico" la única tienda podrida pero
los turcos no tienen la cancha de nosotros, y a mucha
honra, los dueños del próspero "Clavel Rojo" de la
progresista ciudad de Paraná, con anexo de productos
caseros de la mejor calidad para la mesa, escabeche de
salmón y arenque, relleno para pastel cáucaso, masas
surtidas, que sopa y guiso, guiso y sopa no voy a comer
más en la puta vida cuando salga del colegio, le paso el

plato a Casals, que se lo mande, la sopa, las milanesas pasables por afuera y por adentro la carne sorpresa que en castellano se llama grasa, es lo único que deja Casals, "comé todo" le dijo la vieja, y él come todo, porque es un boludo, agachó el melón sobre el libro y no lo levanta más hasta que suena el timbre que se acabó Estudio, y no lo levanta al melón, ¡si no levantás el melón te lo parto, de un hachazo, Casals!, y sería capaz de no levantarlo, la vieja le dijo que estudiara todo, ¿a qué mierda estudiás tanto, Casals?, "así pasa más rápido el tiempo", ¿no te gusta el cole? "no, y vos te vas a tener que quedar un mes más para los exámenes, en vez de eximirte", en noviembre ya está en la casa sin nada que hacer, el viejo no lo manda a laburar en el negocio, y los zapatos no me los voy a lustrar, ¿y a mi hermano hijo de puta por qué le voy a hacer caso? que no joda con hacerme atender en el negocio, mi viejo "andá, Cobito, andá al río a pescar, y si sacás un buen pejerrey lo traés, mojarritas no traigas, Cobito, no sirven para nada, andá querido, pero ponete algo en la cabeza que el sol está fuerte". Si el viejo viviera yo le escribiría, Casals le escribe a la vieja una carta por día, yo le diría que en este barrio podrido hay una sola tienda, Casals ¿con qué llenás dos hojas todos los días? y mi vieja "Querido Cobito: estamos bien y por suerte con mucho trabajo, tu hermano te va a necesitar en el negocio, ha sido un invierno muy bueno, qué contento estaría tu papá si viviera, pero yo estoy muy triste. Si el verano es tan bueno como el invierno ya vamos a sacar los gastos de la sucesión" y yo con el calor detrás del mostrador, que no estudié, Casals sí y ya está con el melón agachado a escribir la carta, entre el timbre que se acabó Estudio y el timbre de la cena ya se mandó una hoja, y después de la cena con una mano se chupa la naranja de postre ¿y con la otra qué hace? ¿se hace una puñeta? je je, nene vivo, escribe la segunda hoja y rubrica antes de sonar el timbre para el último Estudio, je je, ¿y el lunes a la noche por qué cagás dos horas encerrado en el baño después del timbre de silencio? ¡escribiendo otra hoja! ah, petiso del carajo ¿le escribís a la mina todos los lunes? "¿qué te importa?" ay, cuidado, la nena con sus secretos... y ¡zac! le arrancó el paraguayo Wagger la hoja al salir del cagadero, haciéndose en el baño una paja el paraguayo está perdido que tiene la cama al lado del celador y si la cama cruje se oye, con el ofri en patas se va el guaraní de mierda al baño a pajearse y en plena puñeta se oye la cadena y sale Casals armado de papel y lapicera y tres hojas enteras escritas "querida mami:" ¡je je!, "otra semana que empieza y una menos que falta para volver a estar juntos, qué poquito falta, una semana más de setiembre y después octubre y noviembre, mami. Si yo fuera un chico de los que tienen que dar materias me moriría casi un mes más en el colegio preparando los exámenes. La comida sigue regular pero yo como todo para no enfermarme" leía el paraguayo al compás de una paja y yo que todavía no había largado la leche me vine a ver si no estaban clavando y en la segunda hoja "... ayer domingo el Héctor me esperaba en la estación de Once, como siempre llegó tarde y el padre nos llevó en el auto directos a almorzar. Tío estaba enojado con el Héctor, no se hablan porque el Héctor no se prepara para el ingreso al Colegio Naval casi..." ¡alcahuete de mierda! "... En la pensión dieron ravioles y después carne en estofado, rica...", cómo morfa el hijo de puta "... y después el Héctor quería dormir la siesta porque el sábado se acostó tarde y quedamos en que dormía veinte minutos así a las 2 y media tomábamos el colectivo para ir a ver la matinée de *Cuéntame tu vida*, de suspenso y amor. Tanto lo tironeé que llegamos pero ya estaba empezada y me perdí las letras del principio, a ver si eran como las de los carteles de afuera del cine, en letras todas tembleques..." ¡tembleque te dejo la jeta! "... En el cine estaban algunas chicas y compañeros de 4.° y de 5.° año, de 1.° como yo no había nadie, no entienden las películas para grandes..." y ahí salió corriendo el petiso Casals de la patada que le tiró el paraguayo ofendido y le tiré el manotazo al papel de la tercera hoja pero me madrugó el paraguayo turro y se puso la hoja en la raya del culo y por fin el paraguayo de mierda agarró la tercera hoja ¿y para quién era la tercera hoja? je je, nene sabio, "... Hoy lunes la película que tengo para contarte es muy difícil, en vez de una hoja extra te tendría que escribir tres o cuatro, porque el acusado inocente está trastornado y no sabe si es culpable o inocente en *Cuéntame tu vida*, y no entendí bien, si él se escapa porque se cree culpable o si de miedo que lo agarren y lo condenen ya corre en seguida, porque si lo agarran seguro que lo condenan, si no fuera por la chica que después de esconderlo aclaró todo, porque resulta que todos lo ven como el asesino y lo persiguen y él tiene algo, una nube en la memoria, que no le deja recordar el momento del crimen, pero como cree que es culpable cada vez que alguno empieza a perseguirlo él ya empezó a correr antes, porque sabe que es el asesino, o cree que parece el asesino..." y la puta que te parió, con el asesino, y el paraguayo terminó la puñeta de dos saques y contame, paraguayo, contame de la Carmela, la pendeja puta, paraguayo turro, el año pasado a él todavía no le había crecido y se la clavaba a la pendejita recién llegada de Italia, qué putas que son en el Chaco, gringa y en el Chaco y puta, y al final de las vacaciones se la cogió el cartero, contame paraguayo ¿qué hacía la pendeja? ¿le dolía? ¿qué culo tenía? y estas vacaciones al volver al pueblo se la va a hacer el paraguayo, guacho puto, total antes de empezar las clases se la cogió el cartero, con una pija de caballo. Y le va a entrar también la mía, y a la Laurita, vení que si te agarro te hago barro, turra, andá con los de 5.°, puta, y todas las de 1.°, y la gorda Bartolli, boluda, y la petisa Marini, todas las de la primera fila y en la punta Casals, ¿de qué te sirve la primera fila, Casals? total las hijas de puta estas quieren de 5.°, al pendejo Colombo tampoco le dan corte, los mejores limones la Marini, y Laurita a qué jode si ella también es judía, cómo se la morfa Bigotitos con los ojos "Muchachos, hoy vamos a hablar de los fenicios..." y el culo de la Laura no tiene nada de fenicio ¿a qué mierda se lo mira? Bigotitos, ponete los dientes que te faltan, que se te escapa la baba, y me la viene a contar "Umansky, no es posible que usted me dé tanto que hacer, che, y delante de señoritas no se hacen esos gestos, eso no es ser hombre, es ser un chiquilín" turro, y me manda al señor Director del Internado el cual a su vez me quita la salida por un mes, judas mandaparte, nuestro padre espiritual: "¡Muchachos! en este momento es un padre quien les habla" (padre de las pelotas), "el Director del Internado desaparece para dejar paso a alguien poseído de otro sentimiento hacia ustedes, hijos, les está hablando un padre, muchachos" que hijo tuyo ni que me caguen soy, el hijo es el atorra más grande de Merlo, el pendejo fideo consumido por el cigarro y las pajas, ya se la debe hacer a los nueve años, y si no se la hace es porque tiene un cigarrillo en una mano y en la otra las fotos de culear que le afanó al paraguayo, sí, a él que le mande la filípica, al hijo de él, la filípica "Les quiero hablar del sexo, pero no el sexo como lo entiende esta sociedad degenerada por infames cartelones publicitarios... ¡El sexo es amor!" y los tegobis de la jermu, la lunga, le das un beso y te quedás ensartado, tienen que venir los bomberos a desclavarte, "la masturbación es un vicio, y como todos los vicios poco a poco se pueden ir suprimiendo, es imposible arrancar el mal de raíz, no podemos con nuestras pobres fuerzas arrancar de raíz un pino, pero cortándole un brote hoy y otro mañana, dejando pasar una noche, dos noches, cercenando las ramas menores una a una, ir reduciéndose ese hábito a dos veces por semana, y después una, van cayendo las ramas mayores y después les queda sólo el tronco: no hacerlo más, no fornicar siquiera, si es que no estamos enamorados de la muchacha que se nos brinda, porque el sexo desnudo, sin el maravilloso ropaje del amor, es acto puramente animal, y como tal, denigrante para el hombre". Y si la lunga de la jermu se saca el maravilloso ropaje de los calzones y el corpiño y quedan al aire los doscientos treinta y tres huesos del cuerpo humano, claro que en seguida le tendrá que echar encima una sábana, o el maravilloso ropaje de una frazada, si hace frío. Que la tape también con el colchón, y la ahogue, a nuestra madre espiritual, que le pedí si podía comer en la mesa de Colombo el día de mi cumpleaños, y la lunga por allá arriba movió la cabeza y "no hay que ir contra la disciplina" ¿hace frío por allá arriba, lunga del carajo? Y se dio vuelta en el consultorio y le afané la botella de alcohol, ahora le va a desinfectar el brazo con un gargajo a los pibes de la vacuna, un trago pone las bolas en su lugar, dos tragos de alcohol puro y se le pondrían coloradas las tetas a la gorda, tres tragos y veo igual con anteojos que sin anteojos, cuatro tragos me hago una paja y el gusto dura más, así debe ser coger, el paraíso terrenal, matarla a la mina si se te va la mano, y la tenés que reanimar, con respiración artificial, en vez de oxígeno se la meto y resucita, ¿será curda la Marini? con un traguito, dos traguitos, detrás de las casuarinas, no es judía, eso es lo que me caga. En Paraná desde el primer negocio pasando las barrancas del embarcadero hasta los negocios que empiezan los boliches todas las pibas son israelitas, estará lleno hoy domingo en el río, lo más tranquilo me voy a pescar, la vieja ni a palos si le llevo mojarritas las va a freír, podría ser un ahorro. Y sería mejor que la mierda del colegio, nos vamos con Colombo al río y vivimos de mojarritas, las freímos en una lata cualquiera y para mi cumpleaños afano algo en casa y comemos mojarritas frescas y masas surtidas. Del mostrador no me salvo, de visita en lo de Colombo les ahorraría la comida en casa, me cago en Colombo, no me invitó, después de los exámenes ya es diciembre me va a cagar mi hermano al mostrador por hacerle gastar un mes más de internado por no eximirme, y en febrero ya va a hacer un año, pobre viejo, hace un año cómo te habías quedado flaco, por ese tumor hijo de puta, hasta febrero que volvimos a abrir el negocio, después de carnaval ya estaba el negocio abierto de nuevo, cerrado tres días por luto, tanto que trabajaste, viejo, perdoná, ni bien llegue me voy a poner detrás del mostrador, te pasaste la vida detrás del mostrador que llegaste de Odessa con lo que tenías puesto y "El Clavel Rojo" es ahora un acreditado comercio de la progresista ciudad de Paraná, y los voy a mirar cuando entren: los enfocabas al entrar con el ojo clínico, le sacabas la radiografía a la cartera y si era algún gallego con guita los precios del "Clavel Rojo" subían como la leche por hervir, pero hay que ser como vos, sacar la leche del fuego a tiempo antes de que se vuelque que no se asuste el cliente, si vos vivieras me enseñarías. Y tantas veces que después del colegio en Paraná me iba al río a pescar y pitar detrás de las barrancas, ¿por qué no habré vuelto al negocio? a relojear como cagabas a los gallegos, me habría hecho el infeliz acomodando los rollos de hule y las cajas de argollas para las cortinas mientras me junaba toda la venta: el amague, lo que les mostrabas antes de decir el precio, el primer precio, la cagada que les mostrabas en calidad inferior si no querían gastar, y los tipos se tragaban el anzuelo, la rebajita final, y... ¡tin, caja...! ¿cuántos tin caja te habrás hecho en tu vida, viejo cagador? pero no los de precio fijo, yo digo los que vos sabés, que otra que radiografiar la cartera: vos les veías la cara a los que entraban, ¡la cara de gallego bruto con plata! mi hermano qué va a tener cancha, 25 años y siempre con esa cara de velorio no va a saber entretener a la gente ¿se habrá cogido a alguna, alguna vez? un helado frente a la estación de Merlo fue todo lo que me convidó este año cuando vino a Buenos Aires. Diez de elástico, veinte de piolín, cuarenta de clavos mochos, este verano me va a meter detrás del mostrador y la primera negra que entre la despacho, masas surtidas, escabeche de arenque, lo que sea y después la tiro al suelo, le doy un golpe con el rollo de hule, bajo la persiana, le arranco el escudo peronista y no me importa que la primera sea una negra, si este verano no empiezo a coger se me van a podrir las bolas, ¿y qué me espera? el mostrador, que a cada rato entra mi vieja o el infeliz, y las pendejas del club son peores que Laurita, quieren grandes para casarse y la puta de la isla cobra diez mangos. No le doy diez mangos a una puta ni muerto, eso sí que es negocio, pero es mi perra suerte, ¡suerte perra hija de puta! otros tienen suerte, y ya cogieron, pero lo peor es trabajar en las vacaciones ¡ojalá se mueran todos los profesores! y nuestro padre espiritual, así no queda nadie. ¡El Charrúa! si me hubiese tocado el pabellón con el Charrúa ya me habría hecho a alguna del lavadero, el Charrúa la primera vez que lo vi lo creí uno de quinto, pero el Charrúa ya está por terminar Abogacía, sin tarro de tocarme el Charrúa de celador me jodí todo el año, rubio y la nariz no es para abajo pero me pareció que podía ser israelita, pero en Estudio con el calor se desabrochó la camisa y le apareció la cadena de oro, con la cruz, y los llevó a los dos únicos pendejos del pabellón de él que nunca habían cogido a una mina, los esperaba una mina en la obra en construcción pasando la estación de Merlo, dos mangos al sereno y los pibes se sacaron las ganas, y sin pagar un centavo, el Charrúa arregló con la mina y después los dejó a los pibes y él no quiere largar el rollo pero se da toda la vuelta para que no lo vean que entra en lo de la tetuda de la lavandería, si lo agarra la lunga o su reverendo marido y padre espiritual de todos nosotros le cuesta el puesto al Charrúa, sin el laburito de celador no tiene un mango para seguir la Facultad, y fui boludo de hacerle quilombo en Estudio, cuatro gritos que hicieron temblar los cimientos "¡Todos sin salida, si no aparecen los que eructaron!", mi eructo no había sido tan fuerte pero de eco el paraguayo había destapado una botella de sidra, parecía el eructo más microfónico que le salió en el año pero cerca del banco de él el olor era como si hubieran destapado la olla del puchero de dos días antes. Y el Charrúa llegó el domingo y nadie iba a salir por el paraguayo degenerado que no confesábamos y Casals armó el despiole con nuestro padre espiritual, dijo el petiso "por el capricho del señor celador yo no me puedo quedar sin salida después de toda la semana estudiando, que se ocupe el celador de encontrar al culpable", el petiso se animó a desafiar al Charrúa, si se quedaba sin salida el petiso ya sabía lo que le esperaba detrás de las casuarinas si se quedaba todo el domingo. El paraguayo creyó que Casals iba a delatarlo y se presentó al Charrúa, y Casals no se perdió los ravioles del tío, tarrudo de mierda. Sería fenómeno meterse en Abogacía, el Charrúa se va a la Facultad con un pintón bárbaro, a mí me sale fenómeno el nudo triángulo, lo que me caga es las corbatas de mi hermano donde tengo que hacer el nudo está llena de grasa la puta corbata, tapar la grasa a ese puto nudo me lo tengo que hacer con la punta ancha de la corbata, queda un nudo fenómeno de triángulo pero grueso como la puta que lo parió, y me cago en mi hermano el infeliz de mierda, ¿no me puede dar una corbata más nueva? El Charrúa la peinada al costado sin gomina con el lope canchero largo, a mí me queda medio jodido de pelo crespo, son demasiadas las ondas que tengo. Y a él nadie lo manda, lo más choto de celador no tiene que vivir con la familia si yo me vuelvo a Paraná, clavado detrás del mostrador. Habrá que estudiar más que la mierda en Abogacía, con el marolo del Charrúa claro, no tiene que estudiar y romperse tanto, mientras vigila el Estudio estudia él, y a la noche se queda con la luz prendida de la sala de auxilios y con el marolo que tiene no le cuesta el estudio, por el cigarrillo no tengo miedo de que se me haya jodido el marolo, y la mina que dicen que tiene el Charrúa en la Facultad es un budinazo, la tiene fotografiada en la pieza que según Colombo no tiene mucha teta, el pendejo ladilla se mete en todas partes, claro que no iba a tener tiempo de hacerse una paja mirando la foto pero se la pudo hacer a la noche acordándose. Al marolo el cigarrillo no me puede haber hecho nada porque en Paraná sí pitaba pero acá no está el viejo para afanarle puchos, acá me los tengo que comprar yo, derecho al río a pitar lo que le afanaba de la cigarrera tranquilo tirado en el pasto, ¿y acá a quién le voy a afanar? ¿y en Paraná? ¿a quién le voy a afanar cuando vaya en el verano? ¿el Charrúa cuántas veces más marolo que yo tendrá? al paraguayo le dijo "vos leete dos veces la lección pensando en lo que estás leyendo y si no sos un tarado mental ya te tiene que quedar" y el paraguayo aunque no sea tarado de nacimiento con las pajas que se hace se le está secando el cerebelo, ¿se hace el doble que yo? según Colombo el Charrúa tiene la foto justo colocada para verla desde la cama a la noche y hacerse sus reverendas pajas, pero de qué pajas me está hablando si la tiene a la tetuda de la lavandería, qué boludo que es Colombo, no se da cuenta que un tipo con el marolo del Charrúa no puede haberse hecho las pajas que se ha hecho el paraguayo, o Colombo, y además un tipo que ya tiene su mina ¿qué necesidad tiene de hacerse la del mono? y coger no estropea el cerebro, nunca lo oí decir, si el Charrúa me hubiese llevado a coger a la obra, con los otros dos pibes que tampoco habían cogido nunca... suerte perra hija de puta, en vez del Charrúa podría haber estado otro celador el día que eructé en Estudio, y ya me tomó entreojos, que si no... Para el crecimiento y la mentalidad es lo peor que puede haber pasarse de pajas pero el cigarrillo también te caga, más que nada al crecimiento y también para estudiar debe ser malo, yo no me gasto un guita en cigarrillos, no se joden... y a Casals también lo debe tener entreojos el Charrúa, el petiso cuando se le retobó que se quedaba sin salida; también si se quedaba todo el domingo sin salida... me hacía ayudar por Colombo y si el Charrúa veía que lo llevábamos detrás de las casuarinas no decía nada a lo mejor porque lo tiene entreojos a Casals. Pero también me tiene entreojos a mí, me cago. Mejor era que lo llevara Colombo solo, engañado, pero difícil, y yo lo esperaba detrás de las casuarinas, y los cago a tiros a los rehenes, los prisioneros de guerra condenados a muerte, es guerra declarada entre la policía y el presidente de los pistoleros, y al prisionero que se la tengo jurada... se la voy a dar: apunten... ¡fuego! ¿Casals pensará seguir Abogacía?, que piense nomás, total va a morir en cualquier momento, hoy domingo lo tendría que hacer cagar de un balazo, en la barriga, que se le escapen por el agujero de la bala todos los ravioles que se mandó hoy ¿y esos dos? consiguieron permiso de sacarlo del colegio un sábado a la tarde, en el jol esperan dos, una pareja ¿serán algunos ex alumnos? ¿de hace cuatro o cinco años? el tipo se levantó cuando vio venir al Director que lo traía a Casals medio abrazado, y por ahí le palmeaba la espalda, y el tipo que se levantó del sillón era parecido a Casals, no era un ex alumno, era el padre, y la madre también, cuando lo vio aparecer al petiso se empezó a reír como si se hubiese sacado la lotería, cuando se empezó a reír era igual al petiso, y el petiso hijo de puta también se reía y como para no reírse, que se las picaba del colegio. Una sola vez en el año, aunque hayan venido una sola vez qué más quiere, que lo sacaron a comer. Ni ranas, ni patos alimentados a leche, ni la tortilla prendida fuego comí nunca, y después al teatro. Qué lástima da cuando ya se está terminando el helado, una chupada más, el cucurucho, y ya se fue a la mierda el helado, y después a 1,50 para el cine no alcanzo, a la noche volví a cenar al colegio ese domingo de mierda, porque total mi hermano y la vieja iban a comer sánguches de mortadela y mi vieja de queso en el hotel de Buenos Aires, mucho más caro que en Paraná casi el doble si uno se descuida y se gastaron una ponchada de guita en menos de una semana en Buenos Aires con el abogado y la sucesión. "Vieja, en Merlo no hay nada que ver", y se vinieron lo mismo, el domingo en Buenos Aires andan todos los aparatos en el Parque Japonés, y se puede ganar algo en el tiro al blanco, no es todo gasto, pero "vamos a ir a Merlo", vimos la plaza y en la calle principal la única tienda de los turcos tiene todo apolillado, mi hermano ni se avivó que era la única tienda de Merlo, pero siempre me olvido de escribirle para decírselo. Tengo tiempo ahora, hasta las siete, me cago en la cena del domingo, y Colombo si se descuida va a llegar tarde a la cena, ¿y a quién le pido papel?, aguantándole la jeta al Judas y la Lunga, le voy a afanar todas las botellas de alcohol, Lunga podrida. Y otra botellita de cloroformo para el último día de clases, antes de que se despierte le encajo el pañuelo empapado de cloroformo en la nariz del petiso, así no va a fallar. Menos mal que no lo fue a contar, lo mismo no le habíamos hecho nada, no podía denunciarnos por nada, la tarde del cloroformo: "no seas boludo, Colombo, te digo que la mejor hora es las 5 y media, después del partido de básquet, se viene a bañar y tenemos más de media hora hasta las 6 menos cinco que suena el timbre de ir a Estudio, y haceme caso: vos metete detrás del ropero, y cuando entre del baño con la toalla enroscada esperá un minuto que en seguida voy a entrar yo" y "vos, paraguayo, vení detrás mío y le amarrás las patas, que Colombo le va a amarrar los brazos, mientras yo le tapo la cara con el pañuelo empapado de cloroformo. ¿De acuerdo?"... "esperá, paraguayo de mierda, que no nos oiga, en seguida va a salir de la ducha, no lo huelas, boludo, es más fuerte que el carajo el cloroformo, como el éter, pero no te le abalancés al petiso antes de tiempo que vas a arruinar todo, hay que esperar a que entre en la pieza" "...!!!... hijo de puta, quedate quieto, amarrale bien las patas, paraguayo, fenómeno, Colombo, así, tenelo bien que... olete este perfume, petiso, olételo bien, que es bueno para el cerebro, te lo hacemos oler para que seas vos —nuestro compañero de pieza— el que gane el premio al mejor alumno, ya que sos el mejor del internado, que le ganés también a los externos, y vos no aflojés, paraguayo, tenelo, ya van cinco minutos pero tarda un poco en hacer dormir, cloroformo de la concha de tu hermana, y vos no empecés a aflojar Colombo, que se retuerza este petiso tragalibros, que ya va a caer dormido aunque no quiera, y después que me lo haga yo y el paraguayo, te lo vas a hacer vos también, pendejo de mierda que nunca cogiste en tu vida, ¿y por qué no se duerme, por qué se sigue retorciendo? la puta que te parió, quedate quieto, no te retuerzas más!!!" "y vos

213

paraguayo sos un falluto, por qué lo soltás, si el petiso
va a contar algo yo te echo todo el fardo a vos, porque
sos vos el que tenés la culpa de todo, mierda, que si se
dormía después al despertarse no se acordaba de nada,
le volvíamos a enroscar la toalla como la traía puesta del
baño y fenómeno, no se daba cuenta de nada, mientras
que ahora es capaz de ir a decirle al celador que lo quisi-
mos coger, y se arma el despelote del siglo. Vos, vos sos
el culpable, y con Colombo vamos a decir que la idea
fue tuya, ¿no Colombo?, decimos que este paraguayo
maula fue el de la idea, ¿eh Colombo?" y a esta hora ya
debe estar por caer a la cena el pendejo Colombo, ¿qué
hace en el billar de Merlo mirando toda la tarde jugar a
los otros?, ya va a caer de vuelta, aunque tenga permiso
de salida: ¿adónde va sin cinco guitas? así que no com-
padree mucho que está como yo, total en Merlo no hay
nada que ver, es un pueblo chico, yo se lo dije a la vieja,
y a mi hermano, que desde las diez de la mañana tenía
salida, pero hasta las dos de la tarde no se aparecieron
en la sala de visitas, desde las diez hasta las doce mirando a nuestro padre espiritual que le enseñaba ajedrez al
hijo, ¿qué va a aprender ese pendejo degenerado?, desde las doce y veinte que terminé el almuerzo con los pupilos sin salida hasta las dos de la tarde no vino nadie a
la sala de visitas, si traen chocolatines para algún pibe
los padres convidan a los otros pibes. Ahora tiene todo
el pelo blanco, toda de negro, mi hermano con el brazal
de luto pero ella toda de negro, toda la vuelta por el pabellón de los pupilos, la cancha de rugby, el gimnasio,
las casuarinas y afuera la plaza de Merlo, la calle principal, y después del helado, de frutilla y crema, ¿cuántas
horas hay desde las cinco hasta las nueve y media que
hay que volver al colegio? ¿no había tiempo de ir al
centro y cenar con ellos? "Si tu padre supiera que en el
colegio más caro saliste aplazado para tener que pagar

un mes más, de gusto, que el niño dé los exámenes en vez de eximirse, y vos te creés que él no te ve, aunque esté muerto, te ve y si pudiera él mismo te daría una buena paliza, pobre tu padre, ni por él que está muerto sos capaz de portarte bien" la vieja tomó un vaso chico de cerveza y todo lo otro de la botella se lo tomó mi hermano, a mi vieja le hace mal, "vos no lo querés a tu padre, cuando chico tanto que te mimó, yo le decía que no te mimara tanto, que te pusiera a ayudar en el negocio, qué tanto tomar sol, los médicos tienen razón un poco de ejercicio te hace bien para crecer, pero ¿para qué todo el día en el río? al sol y en el agua debilitándose. Ahora verá que no tenía razón con tantos mimos, si lo quisieras un poco te portarías mejor, pero no querés nada a tu pobre padre que está muerto" y ¿para qué iba a ir hasta el hotel con ellos?, compraron para comer en el hotel sánguches de mortadela y la vieja de queso porque la mortadela le hace mal al hígado, ¿y quién vino a cenar al colegio esa noche, a las siete, la comida fría repodrida del domingo a la noche para los pupilos sin parientes en Buenos Aires? ¡yo no! ¡que se la coma otro a esa mierda! las naranjas del parque son más agrias que su abuela, pero ¿cuántas se mandó Colombo? ¿tres? y yo dos, y ¿por qué no lo voy a querer al viejo?, no es cierto lo que dijo la vieja, y qué carajo sabía yo que se iba a morir así, en vez de pitar en el río me junaba bien al viejo cómo subía los precios cuando le caía el candidato, y aprendía, no como el boludo de mi hermano, ¡qué sabe ése de vender! ¿y de quién voy a aprender ahora? ¿quién está detrás del mostrador? ¡no hay nadie! porque al chicato de mi hermano le afanan lo que quieren, y aunque no le afanen, se cree que para vender hay que hacer rebaja, ¿no es cierto que no, viejo?, mirá, viejo, yo voy a aumentarles todo lo que pueda primero, y después poco a poco les hago la rebaja y ¿de qué rebaja me estás hablando?, fueron todos cuentos míos: les rebajo la mitad del aumento y gracias, y cuando venga el verano vas a ver viejo que no voy al río más que los días que el negocio esté cerrado por orden municipal, los domingos y el sábado a la tarde, si no yo voy a estar firme vendiendo; y mi hermano el chicato papamoscas se tomó todo lo que quedaba de la botella de cerveza "cuidate bien de salir bien en los exámenes porque si te aplazan en diciembre tenés que volver a rendir en marzo y son dos semanas más de pagar colegio, encima de lo que tenemos ya que pagar para diciembre, y la plata no se encuentra tirada en la calle, con todos los gastos de la sucesión. Te barrés el negocio todas las mañanas y me hacés los mandados, traés del sótano las piezas de género, por lo menos haceme ahorrar el pibe de los mandados en enero y febrero", ¿yo? ¿hacerle los mandados a él? y Colombo los tres meses de vacaciones con la familia corcoveando por el campo sin hacer nada y Casals petiso turro que se va a ir primero de todos a la casa, y está contando los días, lleva la cuenta hasta de las horas y... qué no daría yo por estar ahora en Paraná... bajando del barco... y ver el embarcadero y los negocios y comer en mi casa, y hay que ayudar en el mostrador, vender medio metro de hule, pesar un kilo de arenques, cagar medio kilo de mierda, y hacer el capricho de mi hermano, ¿y el paraguayo?, el paraguayo es el más vivo de todos, ése sí que es vivo, todas las vacaciones con las minas del Chaco, más calientes que chivas, ya se la tiene asegurada a la Carmela, la pendeja puta, y yo también me la podría hacer, tres meses en el Chaco, por el diablo mejor que Paraná... Paraná: ¡me recago en la puta madre que te parió! ¡no te quiero ver más! no voy ni un día a Paraná, que se la guarden. En el Chaco nos podríamos ir con el paraguayo a pescar todo el día, y en el medio de la selva hay dos caminos, "paraguayo, mirá, agarrá ese

camino que va a la laguna donde está el agua limpia, y llenás las cantimploras" y el paraguayo agarra el camino, sí, a la laguna, ¿qué laguna?, un carajo, cualquier camino para que se pierda, y tarde dos días en volver, así me aparezco en el pueblo, esperando que se haga de noche me voy para el barrio medio descampado, el nudo triángulo flojo medio desatado, el pelo canchero con raya al costado y la camisa desabrochada y que se ve la cadena con la cruz, ma qué cruz, la espero detrás de los yuyos donde está más espeso me escondo a esperarla y cuando pasa la agarro de un brazo: no se ve ni lo que se piensa a la noche en el Chaco de oscuro que está y una vez que se convenció de que soy el paraguayo le empiezo a levantar las polleras a la Carmela . . . . .
. . . .

Si Colombo no viene a la cena lo hago volar de una patada, ¿de qué se las tira? Si no viene es que se afanó un sánguche del bar de la estación, o lo convidó alguno de los que jugaban al billar. Ésta me la paga.

XII

DIARIO DE ESTHER, 1947

Domingo 7. — Tendría que estar contenta y no lo estoy, una pena que no es honda pero es pena quiere anidar en mi pecho. ¿Será la luz mortecina de este crepúsculo de domingo? Ya se va el domingo, con su bagaje de doradas promesas, y las promesas no cumplidas... de noche no brillan más, como mi broche de lata. La "E" de Esther, la llevo prendida al pecho. ¿ "E" de esperanza? Mi inicial recién comprada brillaba como de oro y ahora todo lo que tengo es una letra de lata prendida al corazón, porque es su puerta cancel "¡Esther!" me dicen con dulzura, ¿y yo como una tonta abro paso a cualquier voz? ¿sincera y afectuosa? ¿o engañadora y artera?

Ya cayó la noche en mi suburbio, así como en la esquina más aristocrática de la urbe porteña, para todos se ha puesto el sol, uno de tantos consuelos del pobre. Al libro de Geometría ni siquiera lo abrí, antes de la cena podría estudiar, Esther... Esther... no. te comprendo, tenés una hermana buena que antes del cine ya dejó preparada la cena, tu sobrinito es un ángel que no te da trabajo, pobrecito, si me pudiera recibir pronto de médica lo primero que le compraba era la bicicleta, entre que termino el bachillerato y siete años de facultad... pobre pibe. Sentadito en la vereda, mientras el chico de al lado da cuatro vueltas a la manzana porque tiene bicicleta. Cada cuatro vueltas se la presta una. Qué le va a hacer... si nació pobre, ¿y la tía tuvo acaso bicicleta?, nos tocó a nosotros no tenerla, pero se va a cortar la racha, Dardito, tu tía tuvo una dicha inmensa, Dios la señaló entre todos los chicos de su escuela, una populosa escuela de nuestro arrabal bordado de yuyos. Soltaría el lápiz y te llevaría hasta allá, si agarramos por el medio del baldío (¿sabés una cosa?, con vos no tengo miedo, sos un hombrecito), pisando por el estrecho sendero, esquivando las ortigas, después que saltemos la tranquera enfrente nomás podés pasar entre el alambre de púa y cruzar las vías del ferrocarril y delante de la estación está la escuela, forja de los hombres del mañana. "Una humilde niña de nuestro partido escolar, ejemplo de aplicación al estudio, compañerismo, aseo personal y asistencia, en un año de tantas lluvias y tormentas como este, no faltó un solo día a clase: la niña Esther Castagno es la ganadora de la nueva beca ofrecida por el Colegio Incorporado George Washington, de la vecina localidad de Merlo": la directora entró en el aula de sexto grado y anunció la ganadora de la beca. Para un ilustre colegio de ricos.

Pero mis hijos van a tener bicicleta, aunque nosotros no la hayamos tenido. ¿Y acaso qué? ¿Acaso fui al centro hoy domingo? Vine a tu casa, Dardito, a pasar el día, para cambiar un poco de aire... a cinco cuadras de casa. Y pasamos bien el día, aunque nos hayamos quedado solitos, tu mamá se fue a pasar toda la tarde al cine y tu papá atendió a sus deberes concurriendo al comité. Pícaro, si no hubiese sido por ti yo lo habría acompañado ¿pero cómo te iba a dejar solo?

Laurita y Graciela son ricas, claro que habrán ido al centro, como se lo tenían preparado, al cine de las tres y media, y nada de ver un programa de tres películas, o ni siquiera de dos, ¡no!, una sola, de estreno, bien cara, termina a las cinco menos cuarto y así tienen tiempo de ir a gastar más, como si fuera poco, a tomar café con leche con panqueques norteamericanos de dulce de leche. Dice Casals: "no es un panqueque arrollado como lo hacen en mi casa, y finito: es chato, redondo y grueso sin arrollar, y en el medio te sirven como un kilo de dulce de leche que vos vas repartiendo con el cuchillo por todo el panqueque", ¿y qué, ahí terminó todo?, no, mocosas mejor que se aprendieran a limpiar el traste que a lo mejor todavía no saben, bueno, no, a eso de las cinco y media o seis se van a escuchar la jazz "Santa Anita" al Adlon ¡Adlon, Adlon, Adlon!, ¿qué es ese bendito Adlon? Dice Casals: "es la confitería donde van todas las chicas y todos los muchachos, y ahí se sientan juntos y toman copetines de todos los colores: el 'Primavera' es jugo de frutillas con un alcohol fuerte". ¿Y dónde está el famoso Adlon que pasé por la calle de todos los negocios de lujo que me dijo Casals y no lo pude encontrar? Él me explicó lo siguiente: "Frente a esa joyería grande, no del lado de los candelabros de plata sino bien en frente de donde están las pulseras, anillos y todo lo de oro, y al fondo de esas vidrieras de pieles está la puerta de Adlon." Pero yo no hubo caso de que la encontrara. También mi hermana a qué tenía tanto apuro con sus sábanas, que lo mismo íbamos a llegar a tiempo a la liquidación. Vendían a precios regalados sábanas blancas con una guarda celeste bordada en las fundas y otra guarda celeste en la sábana de arriba, y nada más, eso era todo, ¿pero para qué se necesita más?

Lunes 8. — ¡Yo sabía! Algo me anunciaba esto, por algo la mano del destino me atenazaba ayer, para ahogarme casi, mano que no es mano porque es garra. ¿Se va nuestro director? ¿porque está enfermo? ¿es cierto o no? ¿qué infamia hay detrás de todo esto? En el silencio de la prueba escrita no sé cómo pude ahogar ese grito que arrancaba de lo más hondo de mis entrañas, allá donde un vigía está siempre alerta: mi agradecimiento.

Yo hubiera gritado "¡queremos a nuestro director! ¡no queremos que se vaya!" y si acaso hubiese yo podido conmover a esos niños, que otra cosa no son, esos niños inconscientes, que osaron alegrarse porque nuestro director podía ser destituido, y todo porque un día les habrá colocado alguna amonestación que otra.

Pero quien todo le debe todo haría por él. Un día un viejo maestro de ilustre carrera estampó su firma en una circular, notificando que la ganadora de la beca anual era una humilde niña de una escuela de barrio, hija de obreros, depositó su confianza en alguien a quien no conocía, poniendo así en peligro una brillante trayectoria en el magisterio, porque yo podría haber sido una mancha en el legajo de su vida. Una beca para primer año, que será renovada para segundo (y lo fue) si la alumna lo merece, y para tercero, y así año tras año, hasta que la niña deje de ser tal, pues ese día será bachiller.

Iba a contárselo a mamá pero el corazón me subió a la garganta y no pude, para qué preocuparla, ella revolvía la leche en la cacerolita nada más que para mí (¿no soy una holgazana sin perdón?) como la había revuelto apenas un rato antes para el resto de la cría. Mamá, dejame de nata, ¡no quiero la leche con nata! Me guarda la nata, se cree que me gusta, y que la necesito más que nadie porque soy la que estudia, ¡pero no me gusta!, a nadie le gusta. En casa de Laurita la tiran. Es ordinaria y fea la nata ¿te creés que si la tirás vamos a ser más pobres todavía? ¿te creés qué? ay, mi hermana a lo mejor comprendía todo mi tormento, o tal vez no, pero mis estudios peligran, a alguien necesito contarle, y total quedarme toda la tarde en estas cuatro paredes para ni abrir el libro, y ahora ya es tarde, tarde, mi mamá me mata si ve que tomo frío al sacarme el camisón y vuelta a vestirme. Si alguien me acompañara todavía, pero de vuelta el Dardito me puede acompañar, pero ya debe estar frito durmiendo. Total él de vuelta se corre las cinco cuadras en un santiamén, esas patitas de conejo.

Y no estudié, y no se lo conté a mi hermana, ¿y si este año no me renuevan la beca qué hago? Yo no comprendo nada, ¿por qué 5 en Zoología, 4 en Matemáticas y 5 en Historia? ¡porque la señorita no estudia!, abre su libro de texto, se encierra, hace apagar la radio a su pobre padre, ... y en el silencio con olor a puchero que hierve pacientemente hora tras hora los ojos recorren los renglones de la lección del día, mientras la mente emprende su propio viaje. Es el viaje sin meta y sin premio de una chiquilina más.

¡Qué tonta es Graciela! Se cree que me voy a creer todo lo que me cuenta, y si no sonaba el timbre del recreo ella seguía. Mañana quedó que en Música se sienta conmigo y me cuenta todo. Graciela y sus cuentos, no le di mucha bolilla y saliéndose del renglón en que estaba tomando el apunte dibuja una flecha que apunta a un cuadradito y en el cuadrado lo cierra y escribe "tengo una cosa que contarte", y ya sé, lo que tiene que contarme tiene pantalones, y el resto también lo sé, que "está loco por mí pero a mí me gusta más o menos". Sí, porque el padre tiene plata en el Banco ya se cree que la quieren todos. Se cree todo lo que le dicen. Ahora le pasó la locura por Adhemar, comprendo que guste a todas, con esas pestañas y ojos tan negros y el pelo rubio como un maizal, y ante todo no es un chiquilín, está en tercer año pero es tan serio como uno de 5.º, pero... estoy casi segura de que Graciela ahora piensa en alguien cuyo nombre empieza con "H". Mejor dicho, Graciela y yo pensamos en esa "H". Esa mirada triste que busca una superficie queda donde apoyar una lágrima, su pecho es una fragua templada por el fuego del sufrimiento pero de ella brota y se escurre un diamante, una lágrima acrisolada e hirviente, una lágrima de hombre. Ha mucho que él perdió a su madre. En cambio Adhemar no creo que haya llorado jamás, dulce y educado tal vez porque su vida es sólo un panal, un castillo de miel, y si un día esas paredes se desploman me lo veo llorando como un niño sin atinar a nada; otra cosa muy distinta es la lágrima de un hombre.

Raro que "H" le guste a Graciela, pero a ella le basta con variar. Pobre hueca. Pero le vi el corazón, y allí tampoco tiene nada: "¿así que lo piantan al pelado?", fue su comentario ante el drama de un viejo maestro. Pobre mi director querido.

Mi cuñado apenas si me saludó hoy, ¿se habrá ofendido porque no fui a la reunión del comité como prometí? Total el diputado por Matanzas iba a hablar y a último momento no fue. ¿Hace cuánto que yo no voy?... Bueno, desde el verano que no voy.

Martes 9. — Casals me salvó, pasó en Castellano y estuvo toda la hora casi en el frente, no se le terminaba la cuerda, que si no hoy seguro la Chancha me tomaba lección. Esther... ¿qué pasa... qué pasa??!! reaccioná, desdichada, sabiendo muy bien que hoy era casi seguro que me tocaba a mí, con la beca en peligro, con mis sueños apilados, un palacio de barajas a merced del huracán de la desdicha. Papá se cree que estoy haciendo los deberes, y no se anima a prender la radio, en el dormitorio me muero de frío si me pongo quieta a escribir ¿esta cocina a leña nos une más que el amor familiar? y nadie pone la radio para que yo haga los deberes ¿y quién soy yo? la que estudia, la inteligente ¡la que no estudia!, un cuervo se les ha entrado en la casa y no se han dado cuenta, todos en silencio, ¡y ya es más de las 10! ay mi padre, mi pobre padre, perdió el noticioso de las 10 ¡por mí!, con el brazo tronchado sujeta el diario y con la mano izquierda le da vuelta la página. Ahora que los pobres tenemos nuestro diario, sus múltiples páginas la expresión de nuestro líder, en una palabra encerrado el corazón de un pueblo... ¡Perón!, en un año que eres presidente no caben en las páginas de cada día de todos los meses de este año de periódicos las cosas que has hecho por nosotros... y sin embargo caben en tu corazón ¡juguetes para tus niños! todos los niños desvalidos del territorio nacional, ¡leyes para tus obreros! que no han de ser ya humillados, ¡auxilios para los cargados de años y los cargados de penurias! mi pobre padre, y su universo pequeño, de casa a la fábrica y de la fábrica a casa y un partido de barajas el sábado a la noche frente a una grapa: mi padre es un hombre de verdad y una grapa no pone más que una chispa en sus ojos, que un día aciago fueran transidos por el dolor...

Había una vez una inmensa fábrica y allí un capataz, el mejor que jamás hubiera. Sus manos manejaban las herramientas más pesadas y difíciles, pero él las doblegaba a su voluntad y reparaba una y todas las maquinarias del establecimiento, la inmensa forja de la que salen millones de metros de telas por día. Uno de esos días en que la producción de infinitos metros y yardas (también infinita es la perfidia del destino) se apilaba como de costumbre gracias a los esfuerzos de mi padre y su ojo alerta que no dejaba flaquear uno solo de esos herrajes... en un momento... tal vez absorbido por un algo que vio y le pareció funcionar mal, dejó por última vez reposar su mano derecha sobre el rollo asesino que se la tronchó, el rollo de las telas engomadas, el rollo que enamorado de esa mano fuerte se la llevó para siempre.

Es una simple manija la que abre y cierra la puerta del ascensor, y mi padre ahora con su mano izquierda cierra y abre infinitas veces al día las rejas plegadizas del ascensor de la fábrica... "el Dardito lo podría hacer, con ocho años que tiene"... dice sonriendo mi padre, él que otrora dominara todo un ejército endiablado de pistones, tornos, tuercas, clavos, cremalleras organizadas en ejército de la industria, por el derrotero del progreso. Y vi que eran las 10 y no me di cuenta de decirle que prendiera la radio, y él se quedó callado, para que yo terminara mis deberes, los deberes que no hice. ¡Castígame, Dios mío! porque dentro mío anida un cuervo y ha caído la noche en mi alma, teñida por el negro de sus plumas.

Casals dice que estando pupilo lo mejor es estudiar para que se le pase más rápido el tiempo. Viendo pasar a Graciela me preguntó "¿quién te gusta más, mi primo o Adhemar?", y por eso antes de que Graciela me lo dijera ya confirmé yo de quién eran los pantalones de que ayer ella me empezó a hablar. Si sabe me mata. El sábado del campeonato intercolegial, "H" estaba sentado al lado mío, entre yo y Casals. De "H" sé que le gusta más ver un partido de fútbol que ese partido de volley perdido vergonzosamente por nuestro equipo representante, sé que va con Casals todos los domingos a una matinée de cine.

El primo de Casals, que se llama Héctor, la hache no se pronuncia, sabemos que está ahí esa pequeña letra, y nada más. Hay en mí algo hoy, también, que no se pronuncia, pero está allí. Tal vez sea mejor no encontrarle un sonido. Callemos. Ese coche que pasa en este momento por mi vereda y agita las aguas del charco ya se va alejando, ya no lo oigo, ya no ha dejado más que un hueco en mis oídos, pertenece al pasado, un pasado en que se encuentra con una algarabía de voces juveniles vitoreando a un equipo de volley perdedor, y él no vitorea a nadie, lo sé ¡cuánto más le hubiese gustado un partido de fútbol! y su silencio, su voz que no vitorea, también dejó un hueco en mis oídos. Héctor, tienes una extraña sombra en la mirada ¿y eres silencioso como la primera letra de tu nombre?, casi no me dirigiste la palabra, claro, pensaste que era una nena, con mis zapatos sin taco y mis zoquetes blancos, ¡qué ridícula me habrás encontrado!

Toda una grandota de catorce años vestida de nena, sí, y con soltarme las trenzas creí que estaba hermosa, la pavota, este pelacho suelto, parezco una india, eso es lo que parezco, y mi hermana qué se cree, estúpida, y se piensa que le voy a tener que estar agradecida toda la vida porque me mandó a comprar cincuenta centímetros de cinta nueva, con quince centavos ¿qué se creyó? ¿que iba a quedar la mejor de todas? ¿no sabe lo que gastan esas mocosas en vestir? no se imagina siquiera esa ignorante que hay gente que para un vestido a la niña de la casa se gastan lo que nosotros gastamos para mantener la familia todo un mes. Todas tienen tacos bien altos, peinados de señorita y pollera ajustada. Mientras que yo por esa porquería de cinta de la que salta toda esta mata de pelo duro le tengo que andar diciendo gracias hasta el año que viene...

Cuando doblé por el pasillo para salir del gimnasio, Héctor estaba prendiendo un cigarrillo, callado, ¡él es tan grande, se aburrirá entre nosotras mocosas! Tiene diecinueve años, y miraba pensativo la vitrina con las copas de los campeonatos. Héctor, quiero cambiarte el nombre... Alberto, o Amadeo, o Adrián, o Adolfo, ¿no te das cuenta por qué? porque así tu nombre va a empezar con "a", como alegría...

Miércoles 10. — ¿Dios tuvo oídos para mí? Nuestro director ayer presentó la renuncia pero no se la aceptaron ¿por qué se habrá visto obligado a dar ese paso? ¿estaré salvada? ¿y qué hice yo por él en estas circunstancias aciagas? pero calla, Esther, calla de una vez ¿quién eres tú para ayudar a tu director? Calla y ruega, ya que "el silencio de la plegaria es la música preferida de Dios" como dijo alguien que sabía más que yo. ¿Rezará Héctor por las noches? ¿me habrías creído, Esther, si ayer te hubiese dicho que... el DOMINGO esa y otras preguntas le podrás hacer a Héctor? ¡Casals, bendito sea Casals!

Le dije yo: "Casals, ayer a la tarde le tuve que ir a retirar los papeles del Ministerio de Trabajo y Previsión a mi papá, que sabés que dan subsidio a los mutilados, y fui de paso por la calle de Adlon y no lo pude encontrar, para mí que me explicaste mal", y no recuerdo exactamente la conversación cómo siguió, pero bueno... ¿será cierto? ¿es Dios una centella? ¡qué cosa de decir! ¿y cómo me atrevo a sacar a colación esa tontería? Y bien, fue el verano pasado: venía yo de lo de mi hermana y quien mucho necesita de Dios eleva siempre su mirada al cielo, un cielo azul mar de tardecita calurosa, y por la vereda adornada de alguna pareja y una que otra comadre que sale a tomar el fresco mirando a lo alto vi una centella... ¡un deseo! ¡pronto! ¡hay que pedirle a la centella un deseo! pero me avergüenzo de sólo recordarlo, y no sé si me animaré a contarlo en estas cuartillas. Pude pedir más salud para mi madre... pude pedir la confirmación de mi beca... pude pedir más aún: que mis estudios puedan continuar hasta recibirme de médica... pude pedir ¿por qué no? una bicicleta para el Dardito... o la lotería, para todos olvidarnos de estrecheces y pagarle servicio doméstico a mi madre... ¿y qué fue lo que pedí? tan sólo se me ocurrió (en ese instante que me desnudó ante mí misma) lo que podría haber pedido Graciela, o tal vez también Laurita: cuatro letras me subieron a la garganta, me embriagaron cuatro letras como un trago de la grapa más fuerte, y una chiquilla más... pidió Amor.

Bueno, la cuestión es que ayer, a la hora en que el sol estaba en el cenit de un cielo casi blanco de luz, apenas terminamos el almuerzo llegó Casals a la mesa pero ya Laurita se había levantado y se sentó al lado mío y fuimos al parque hasta que sonó el timbre de vuelta a clase. El pasto todavía estaba mojado y hay mucho barro todavía pero por fin pudimos caminar un poco al sol y aprovechar nuestro inmenso parque después de tantos días de lluvia.

Casals entonces (ni que yo se lo hubiera pedido), empezó a hablarme de Graciela, y que Laurita antes hablaba mal de Graciela pero ahora la defiende y que Graciela es una porquería. Así se expresó Casals: "Graciela, sabés Esther, estábamos el domingo con mi primo en la 'Cabaña Canadiense' comiendo panqueques después del cine y pasó por la mesa con esa amiga que vino con ella para el partido intercolegial, esa nariz ganchuda y se pusieron a hablar ahí paradas al lado de la mesa y mi primo les dijo que se sentaran y yo lo hubiese matado que se sentaron y pidieron también panqueques y tuvo que pagar mi primo con la plata mía para Adlon" ¡y Casals se quedó sin Adlon! y a esas dos asquerosas les dijo que había visto el estreno de Ginger Rogers y según las palabras de Casals: "me dicen que es vieja Ginger Rogers, que no les gusta y me miraron con una cara como diciendo que yo era un tarado y le preguntaron a mi primo si le había gustado la película ¡y el idiota les dice que no! y yo creí que le había gustado y ellas le preguntan si yo había elegido el programa y él les dice que sí, que yo siempre elijo y ellas le dijeron pobre, qué paciencia ¡mirá qué inmundas!" y para colmo llovía y qué iban a hacer hasta la hora de volver al colegio si no tenían plata para Adlon y no podían ir a caminar por el centro porque llovía y se tuvieron que quedar ahí en esa mesa, y decía Casals "¡qué domingo! y Laurita dice que Adlon estuvo fenómeno, llegó el Charrúa con las dos Kraler, la de quinto y la de tercero también". "Nunca hablé con las de Kraler ¿vos hablaste con ellas alguna vez? el padre es dueño de casi la mitad de Río Negro, es alemán. La más grande es la más linda ¿no te parece a vos? y la orquesta dice Laurita que tocó el 'Boogie de los lustrabotas' y la de Kraler sabía toda la letra en inglés y cantó despacito en la mesa y la otra de Kraler dice Laurita que toca la batería con las cucharitas de la mesa y los vasos y las tazas y todas las mesas los miraban que ellos eran los que se divertían más."

Me contaba el pobre chico: "Héctor nos dejó en la estación y en el tren si te digo que la nariguda compró chocolate y le pedí un pedacito y me dijo que me comprara y yo le dije que la había invitado con el panqueque o si ya se había olvidado y entonces me dio la mitad y me dijo que yo era muy chico para salir con ellas". ¡Y tiene catorce años igual que yo y que él! Casals me hizo sentir avergonzada cuando agregó "yo sé que a casi todas ustedes les gustan los de 5.º ¿pero no te parece que son grandes para ustedes? tienen diecisiete o dieciocho años".

Y fue entonces que me animé, en la vida se necesita coraje, bien dicen que sin coraje no hay guerra, y le dije que me moría de ganas de conocer Adlon, y recién entonces se le ocurrió decirme por fin dónde está Adlon, en frente de la joyería y al lado de pieles "Fantasio"... pero en el primer piso, y la entrada está al fondo de la galería y por más que pase por la vereda no se ve la entrada, y habrá que mirar arriba para ver las ventanas de donde sale la música, dice Casals, cuando toca la orquesta. Y... "¿por qué no venís un domingo con nosotros?", y Esther azorada "¿adónde?" y respondió "al cine a la matinée, y después basta que me des para pagarte el panqueque y dos pesos más para una naranjada en Adlon, nos sentamos en la mesa con Laurita y así mi primo habla con ella por primera vez". Y le pregunté qué es lo que hacen los muchachos y las chicas los domingos desde que se encuentran hasta que se separan. Y dijo así: "Se encuentran en el cine y están toda la película con la mano agarrada, después van a comer algo al bar lácteo y después a Adlon donde tocan la música especial para parejas. Y en la mesa se dicen que se quieren, hablan de la película que vieron y planean qué película van a ver el domingo siguiente y lo mejor de todo es si en la semana hay un feriado así no tienen que esperar una semana y la hora se acerca de acompañarla el muchacho a la chica al colegio y en esas cuadras oscuras se besan y se aprietan." E inquirí: "¿es eso lo que te cuenta Héctor?" pero vi pasar como una sombra por su rostro y continuó con lo siguiente: "Adhemar cuando salía con la más chica de Kraler el año pasado, como ella también está pupila él la acompañaba hasta la verja del pabellón de chicas y desde ahí los espía la vieja celadora de las chicas, que es tan buena, y la de Kraler no toma alcohol porque es protestante pero Adhemar en Adlon tomaba un 'Manhattan', mezcla de whisky y no sé qué más y parece que con eso se le iba la timidez y le decía a la de Kraler lo que todos los pupilos sabíamos". E inquirí sobre lo que todos los pupilos sabían. A lo que respondió: "yo le pregunté a Adhemar si la quería a la Kraler y me contestó que 'una piba así merece que la quieran para toda la vida'. Quién sabe por qué se habrán peleado..." Y Esther taimada le dice a Casals "a vos la que te gusta es la de nariz ganchuda y no lo querés decir, claro, porque es más linda que Laurita, que creí que era la que te gustaba". Y respondió Casals con una voz que le salía del cofre de sus sueños: "Laurita es la mejor".

Pero a ella le gusta el Charrúa que tiene veinte años. Y me preguntó Casals: "¿no le gusta Adhemar? el Charrúa es un salvaje de la selva", a lo que añadí: "Pero si Laurita te gusta a vos, por qué le querés hacer gancho con tu primo?". "Mi primo tiene cuatrocientas novias, qué le importa a él de Laurita, pero lo mejor es hacerse de la barra de las de Kraler y Laurita y todos. Y esto es secreto: el año que viene mi primo no está porque le toca el servicio militar, y yo ya quedo adentro de la barra."

Pobre chico, se hace ilusiones, y se lo dije, por qué no buscaba una más chica, una del primario, y me respondió: "Con una de esas no se puede hablar de nada, son muy chicas." Y de buenas a primeras me cortó la respiración: "Voy a hablar por teléfono a mi primo a ver si este domingo vamos al cine o si él me viene a buscar a la salida después del partido de River, porque ahora ya me deja tomar el colectivo solo al centro, sabés, si querés venir entonces yo le hablo y le digo." Sí sí, sí, se oyó exclamar a una tonta colegiala, y su corazón, cual niño que gatea y de repente se larga a caminar, hoy se aventuró a dar un primer paso.

Nunca lo olvidaré, Casals me llevó hasta Secretaría a telefonearle al primo y yo quería escuchar lo que decía y justo me viene la empleada con la noticia de que el director se queda y no me dejó oír una palabra de lo que decía Casals por teléfono. Qué bueno es.

El domingo..., el domingo, Esther, es tu primera cita con la vida, al mismo tiempo que Laurita a la una del mediodía come apurada su almuerzo de domingo en su vasto chalet de rojas tejas, ¿y Graciela? me la imagino muy bien, consentida en todo por sus padres, se desata los rulos en la mesa, mientras picotea un delicado postre de cocina, en el suntuoso comedor de su departamento frente a la aterciopelada Plaza Francia; pero tanto una como la otra como la otra (¡esa tercera soy yo!), sólo obramos en pos de un sueño, un sueño romántico.

Cita a las 3 en el majestuoso jol del cine más lujoso de Buenos Aires, un palacio de las mil y una noches, donde se proyecta la película que eligió Casals. Y como si no bastara con el sueño que llevo en mi alma —y que henchida me empuja como un huracán de popa— otro sueño se proyecta en la pantalla, otro sueño de otra u otro que como yo... se apresta a amar, ama, o recuerda haber amado. Lágrimas, sonrisas, para la heroína, o para mí misma en ella retratada, y sobre la palabra fin las luces de la sala vuelven a iluminarse. Casals está junto a mí ¿te gustó la película, Casals? lo que esperaste toda la semana mientras pasabas hoja a hoja las lecciones a estudiar, y ahora a salir de este mundo de gente, una oleada de público se vuelca a las calles del centro de la gran urbe, cuyas luces (azules y rojas son más que nada las luces de mi ciudad) se van dibujando cada vez más claras sobre un cielo azul cada vez más oscuro, sobre una taffeta azul tornasolada (el cielo de Buenos Aires) lucen joyas (sus incandescentes letreros), que son pedrería prendida a la taffeta que prendida a mi carne no me deja olvidar que es día de fiesta.

Y llegó la hora de los panqueques en la "Cabaña Canadiense", "todo llega en la vida" dice mi madre, y llega un mozo con casaca ribeteada de amarillo y blanco con dos panqueques a la americana y dos tazas humeantes de café con leche. Y mientras se va acercando la hora, porque Casals calcula que a las seis y cuarto ya podrá llegar ¿quién? ¡Héctor! ¿quién otro va a ser? porque ni bien terminó el partido de su equipo favorito se largó a las calles, tomó el colectivo como una exhalación y ya está en la pensión bañándose y todavía el pelo corto (¿y un poco de carpincho?) no se le ha terminado de secar que aparece en el cálido recinto de la "Cabaña Canadiense". A las seis y algo es noche cerrada ¿y dónde está el sol? pero los rayos tibios de la corta tarde que perdimos escondidos en la penumbra de un cine... si yo estiro la mano y acaricio la mejilla de Héctor estoy todavía a tiempo de tocarlos, oh tibios rayos, ya que el astro rey dejó su encendido color en toda la muchachada encaramada en las tribunas.

Y todo llega en la vida, llega también el momento de preguntarle todo lo que se me ocurre, de qué equipo es, qué jugador le gusta más, si piensa seguir estudiando, y sus ideas políticas para ver si en su corazón hay un lugar para los pobres, todo se lo puedo preguntar, tenía razón mamá que la vida es mía, y mi hermana que dice "no te cases joven, no te cases joven" porque la juventud manda y ya llegarán las obligaciones y las responsabilidades, pero ahora es la hora de divertirse, de vivir y dar alas a los sueños que anidan en nuestro corazón, es tu hora Esther, porque después de una animada charla iremos a caminar por las veredas del centro (una vía láctea desmembrada en prolijo cuadriculado: el centro de mi ciudad) e imantados por un polo poco tardaremos en subir las escaleras por donde ya se empieza a escuchar la síncopa electrizada de una orquesta de jazz, y bajo las ultramodernas lámparas difusas de Adlon, recortándose en el aire satinado, luciendo sus mejores galas está la juventud triunfadora del Colegio Incorporado "George Washington" y Casals hace su maniobra y al sentarnos a mí me pone al lado de Héctor, y la orquesta ataca un cadencioso fox y a lo mejor Héctor se quiere cambiar de asiento y sentarse al lado de otra ¿cómo puede una pobre niña inexperta saber lo que una dama habría de hacer en esas circunstancias? ¿pero es posible Dios mío lo que estoy sintiendo?... ¿basta tan sólo esto para barrer con mis dudas —telarañas del alma— tan fácilmente?... sí, ya todo es verdad, ya nada es feo, falso, triste o malo en el mundo, porque... bueno, es tan simple... es que Héctor me ha tomado la mano debajo de la mesa, y me la estrecha, y nuestros corazones laten al compás de un fox, y Esther ¿qué más puedes pedir? ya nada más hay que pedir, porque en este mundo a la vuelta de cada esquina florecen un rosal y una pareja, y no hay nada más que pedir, sólo una cosa, sí, por favor, una cosa... que los relojes se detengan y el tiempo muera por siempre, cuando sea domingo.

Jueves 11. — La felicidad... eres mujer, y por lo tanto esquiva ¿y también mentirosa? ¿prometes y no cumples? Empecemos porque mamá no me quiere dejar, y sigamos porque mi hermana de una vez por todas reveló lo que es: una pobre orillera, la detesto. Con el tapado mostaza, que ella se cree que es lo más fino que hay y vienen ganas de darle limosna, y semejante grandota con un hijo de ocho años se quiere venir a sentar entre nosotros en Adlon. Es ella la que nunca oyó decir que una chica de catorce años puede salir sola con sus compañeros, ella solamente porque es una pobre diabla que nunca salió de este barrio de mala muerte. Y cuando se saca el tapado se cree que va a quedar muy linda con ese traje de saco que ya se le está destiñendo el teñido que era lo único que lo salvaba de esas rayas amarillas y rojas, pero se ve que está teñido, la anilina se nota porque la tela está como quemada.

Tal cual una nena de cinco años ahí con mi hermana para que no me pierda. Antes de ir con ella me mato. Y mi cuñado qué envidioso, eso es lo que es, me dice que por qué no le llevo "la barrita pituca" al comité, así les canta cuatro frescas... Un domingo quiere él que la juventud se vaya a encerrar a un comité, y se lo dije, y me contesta: "A las pendejas esas llevalas al comité, vas a ver como las hacemos divertir los muchachos." Mientras viva no olvidaré su grosería.

Y Casals hoy viene y me dice si yo me iba a dejar acompañar hasta casa por Héctor, y miraba para otro lado como para aguantar la risa. Además agregó: "¿Tu cuadra es muy oscura? pero no vas a tener miedo, porque él te tiene abrazada y te defiende ¿no?", ¿qué querés decir? "nada, mi primo ya te va a decir lo demás, vas a aprender mucho con él". Yo no pude aguantarme y le di un terrible pellizcón en el brazo, y Casals me agarró de una trenza y me dice dándome tirones como jugando pero medio me dolían: "no seas tonta, ¿no se puede bromear con vos? mi primo y yo te vamos a acompañar, así que delante mío no puede pasar nada, ¡a no ser que me hagan esperar en la esquina!", y se reía. Yo le dije: "eso es lo que querrías hacer vos con Laurita", y el mocoso pretencioso me contestó: "si yo fuera Adhemar tendría que elegir entre la de Kraler y Laurita".

En casa yo tendría que haber dicho que era una fiesta del colegio, cualquier macana pero que se hacía en el centro en vez de en el colegio. Una fiesta para celebrar la confirmación de nuestro director en su puesto, que bien merecería una fiestecita mi buen director. Pero preferí decir la verdad, yo creo que antes de entrar a Adlon con mi hermana prefiero la muerte, que me pise un auto al cruzar las diagonales del centro, aunque los autos tendrían que pisarla a ella, sí, que pise una cáscara de banana de esas que a lo mejor se lleva en la cartera para comer en el subterráneo, es capaz de eso con tal de llenarse el buche a toda hora. Yo me sé aguantar el hambre si me viene, si no tengo dinero para entrar a un bar paciencia, pero no voy a poner en la cartera un pedazo de queso como ella el día de las sábanas.

Bueno, he llegado al final de este cuaderno, y, por falta de más renglones, el final de este barato cuaderno de almacén (con alguna que otra gota de grasa), coincidirá con el final de un día que no le va en zaga, quiero decir, que también mi día está manchado.

Viernes 12. — El que no llora no mama, bien dicen, hay que luchar por todo en este mundo. Un destello de inteligencia resplandeció en las tinieblas de mi mente y se me ocurrió el argumento que convenció a mi padre: si para ir al colegio me dejan tomar dos colectivos y el tren todos los días a la hora de entrada al trabajo que está todo lleno y me tengo que apretujar contra esos cuerpos pestilentes de suciedad y lujuria ¿por qué no me iban a dejar tomar el tren al centro para ir el domingo que los trenes están vacíos y a más tardar a las nueve ya volvería a casa? Todo con la condición de que me acompañaran a casa, pero Héctor me acompañará, un ángel llamado Casals discó el número (lo sé, lo sé... Belgrano 6479), y después de charlar un rato con la condición de que yo no lo escuchara (vaya a saber las chiquilladas que de mí cuenta Casals a Héctor) otro sí se sumó a los anteriores, y por ellos me voy trepando hacia lo alto, esos sí que son los andamios de un ensueño.

El viernes según dicen no es día de suerte, día en que empiezo este nuevo diario, se acabaron las libretas sucias de almacén, total con diez centavos tengo cuaderno para un mes... Ni quiero pensar lo que habré de escribir en él en los días a venir, que serán días a volver... en lo que respecta al recuerdo. Y Casals, el mocoso, me pregunta si me besó alguna vez algún muchacho, y no me quería creer hasta que le juré por mi madre que el único fue el chico que baja en la estación de Ramos Mejía cuando el tren estaba lleno que nos agarrábamos la mano sin que nos vieran entre la gente apretada de la lata de sardinas.

"Tengo que decirte una cosa, tengo que decirte una cosa" —¿de qué? ¡decímela de una vez!— "Tenés que tener cuidado de una cosa" —¿de qué cosa?— "¿Es muy oscura la cuadra de tu casa?" —bastante ¿por qué?— "¿y tu casa cómo es? ¿tiene zaguán o es de esas que tiene el jardín delante con un portón?" —mi casa tiene un pasillo largo y ahí están las puertas de los departamentos, pero no hay zaguán, hay como un jardín delante, y un portoncito, claro— "tenés que tener cuidado, Esther"— ¿de Héctor? ¿por qué decís eso? ¿no es un caballero acaso?— "no es eso ¡y no le vayas a decir nada!"— ¿qué es entonces?— "vos no sabés lo que te puede pasar con un muchacho en el oscuro"— ¡vuelta a lo mismo! no sólo lo tratás de sinvergüenza a él sino que también de... milonguita a mí! ¿estás loco o qué te pasa? Y en eso quedamos.

Ya se ocupó el banco de Umansky, por suerte es una chica, parece simpática, es hija de rusos, pero no judía, el padre era cosaco del zar y se escaparon con la madre cuando la revolución. ¿Qué le habrá hecho la madre a Cobito Umansky? Ahora estará ya en Paraná, el asqueroso, voy a poder estar tranquila si se me subió la pollera o no, que no está ese repugnante mirando. Yo creo que no hay vergüenza más grande que ser expulsado de un colegio, pero escupirle la ropa al celador y ponerle heces en los zapatos sólo se le podía ocurrir a Umansky. Hasta mañana, cuadernito de hojas flamantes, blancas, pudorosas (guay de que te lean, sé que no te gustaría, lo sé, lo sé, y por eso te escondo entre un gordo texto de Zoología y una carpeta de Castellano), hasta mañana... mi cuaderno, hasta mañana... amigo.

Sábado 13. — Todo se acabó. No pudo ser.
Mi barrio está quedo en la noche, estas humildes cortinas de cretona me dejan ver la calle a través de sus flores tan extravagantes como descoloridas. Papá dice que en la fábrica no se puede pasar cerca de las máquinas donde imprimen la cretona por el olor de esas tintas ordinarias, sin agregar que todos los desperdicios los usan para cretona. Todo es cuestión de destino en la vida, a una tela tan ordinaria yo no me explico para qué le hacen dibujos tan locos de flores que si existen deben ser de especies tropicales muy raras, pero los colores salen

todos borroneados y una tela tan finita que se transparenta lo que hay del otro lado: la calle y las casas de enfrente. De acá veo un portón, dos ventanas, la pared medianera, después otra casa, un zaguán con una ventana al lado, dos o tres más, otra casa, esta última con verja, pero todas casitas bajas de un solo piso, y si el techo fuera corredizo como en el cine de enfrente a la plaza al irnos a dormir toda la cuadra estaría mirando el mismo jirón de firmamento, y mis vecinos cerrarían los ojos cada noche confiados, sin saber que tan imposible como tocar esas estrellas remotas sería cumplir aquello que más anhelan... Mirando a una estrella, mirándolo a él, en mí nació mi anhelo el día que lo vi por vez primera, y ese anhelo loco quiso volar a lo alto, un barrilete loco, se me escapó el piolín de la mano y se fue el barrilete alto, vano, pretencioso, quiso tocar las estrellas. Hoy sábado te vi barrilete... y estás hundido en el barro... Barro la vida, barro la ilusión, barro el parque de mi colegio después de cada lluvia. Debe haber sido por los chaparrones que faltó la de Castellano. Cada vez que falta un profesor Casals siempre aprovecha a escribir una carta a la casa o preparar las lecciones de mañana, mas hoy, durante la larga interminable hora de 10 a 11 me pidió sentarse junto a mí.

Vislumbré en seguida una sombra, pero inerte en ese banco sólo atiné a escucharlo. Empezó a contarme la película *Cuéntame tu vida*, casi toda, para él es la mejor película del año pasado, y de éste ¡y a mí qué me importa! ¡Ay, Casals, te creí incapaz de matar a una mosca y me mataste a mí! empezaste hablando de cine pero de repente cambiaste de tema: "Tenemos que volvernos temprano el domingo, sin ir a Adlon" dijo —"¿por qué?" respondí— "Es que el tiempo no alcanza, yo te tengo que acompañar con Héctor hasta tu casa y llegar a tiempo al colegio antes de las nueve y media" dijo —

"entonces no vayamos al cine, vamos a Adlon más temprano" repliqué — "no, al cine vamos de todos modos, y Adlon además está vacío antes de las seis" añadió — "Pero no hay necesidad de que me vengas a acompañar vos también: vos volvés al colegio y Héctor me acompaña" añadí yo — "¿estás bromeando?" — "no, qué tiene de malo..., es mejor para todos, y vos la ves a tu Laurita" — "no, si yo no te acompaño a tu casa no vamos ni al cine ni a ninguna parte" agregó rotundamente — "Es por capricho tuyo ¿para qué tenés que venir? yo me sé cuidar, seguro que Héctor prefiere salir con una chica sin llevarte a la rastra" — "¿qué decís?" — "Sí, vos sos muy chico para estar siempre entre los más grandes" — y ahí se me acercó y me dijo despacio "sos una porquería, no tendrías que estar en este colegio ¡chusma!... ¡andá con los chusmas de tu barrio a Adlon!" — y yo se lo dije "me alegro de pelearme con vos, porque me tenías cansada con tus disparates... de pretender chicas grandes y compararte con Adhemar, y tenés coraje de criticar a tu primo que es tan bueno con vos", y no me quería dejar hablar pero yo seguí: "te creés gran cosa y sos un mocosito maricón todo el día metido entre las chicas ¿y a qué tanto hablar de Adhemar? ¿estás enamorado de él acaso? andá sabiendo que nunca vas a ser como Adhemar, porque no sos más que un mariconcito charlatán". Se me fue la lengua, después me arrepentí y me dio miedo de que fuera a quejarse al regente del internado, que es el que lo protege. Pero se quedó mudo, al rato se levantó del banco y pidió permiso para ir al baño.

De vuelta, dándome la espalda no la dejó tranquila a la chica nueva, claro, ella es hija de extranjeros, de rusos nobles, y la madre cantante de ópera, Casals tuvo suerte de tenerla en el banco de adelante, porque Laurita o Graciela no le habrían dado charla. A la rusa le empezó con que si había visto *¿Por quién doblan las campanas?*

Me dan lástima los pupilos los sábados, cómo quedan solos, nos vamos los alumnos externos y sin clases por la tarde, pobres diablos, no saben qué hacer para que se les pase el día. Casals no la dejaba en paz a la chica nueva: "por favor quedate, el director me va a decir que sí si le pido permiso para que te quedes a comer con los pupilos. Así te quedás y después de comer estamos en el parque y te termino de contar ¿*Por quién doblan las campanas?*". La quería convencer a toda costa y se ve que me tomó rabia a muerte porque al irnos Laurita, Graciela y yo le dice a ellas "mañana las veo en Adlon".

¿Adhemar es más lindo que Héctor? bellos ojos renegridos y cabellos rubios como un maizal.

Y bueno, que se guarden su Adlon, que vayan mañana domingo, que yo iré alguna vez... ¿pero cuándo? ¿cuándo si no ahora? ¿no es acaso este el momento de vivir y divertirse? ¿si no es ahora cuándo va a ser?

Yo y mis vecinos no podemos tocar las estrellas, pero otros sí pueden, y es ese mi gran quebranto. Mis mejores años los voy a pasar detrás de esta cortina de cretona.

Miércoles 18. — Diario querido: soles y lunas se han sucedido en la bóveda del cielo sin que nosotros tuviéramos nuestro encuentro acostumbrado, el encuentro del alma con su espejo, y si en días pasados en ti me he visto descarnadamente flaca (el egoísmo devora), o desgreñadamente ridícula (los sueños me despeinan), hoy quisiera verme no bonita (¿no es ya un progreso?) sino con impecable delantal blanco (nada de tablitas, ni adornos vanos, pero blanco níveo), prolijamente peinada hacia atrás, con el lacio cabello cubriendo apenas el cuello y las puntas levemente rizadas. Lo importante, diario mío, no sería en cambio el cabello, ni el delantal, sino una mirada inteligente y segura como las manos que manejan el bisturí, o las tijeras, o el odiado torno de la arrable dentista del sindicato.

No me imaginaba hoy miércoles ir a Buenos Aires pero mi padre vio ayer a la atenta dentista y fijó la cita para mí hoy. ¡Qué disparate! pensé, tener que ir al dentista en un día de clases cuando mañana jueves tenemos nada menos que Zoología, Matemáticas y Castellano, pero cuando la atenta dentista me dijo que todo en la vida es cuestión de organizarse, porque hay tiempo para todo, me di cuenta de que muy cierto era.

De ida había ya aprovechado en el tren para dar un vistazo a los teoremas (fresquitos en mi mente, gracias a la clara exposición del profesor y a mi propia atención), y de vuelta a casa en el viaje leí Zoología y después de la cena media hora para Castellano, pasé en limpio el dibujo de los arácnidos y ya estoy libre, otra vez junto a ti. He cumplido con mi deber.

Y bien dijo la oportuna dentista que hay tiempo para todo, aun para caminar un poco por el centro. Hoy había sido un día inesperadamente caluroso, con los primeros calores dan ganas de tirar al diablo las porquerías de lana, por suerte ya no me quedan chicos los vestidos del año que pasó, y pude ponerme el celestito de algodón, con el bolerito. No me cabe duda de que es mi único vestido como la gente.

Qué suerte que ya tenía aprendido el teorema, llegué encantada y caminé sin apocamientos por la elegante avenida arbolada donde me dijo Laurita que estaban las únicas telas importadas de París que hay en Buenos Aires. Las vi, realidad y sueño netamente separados por un cristal de escaparate. Y seguí caminando, tantas, tantas cosas hermosas para comprar y si me hubiesen hecho elegir entre todas, no habría podido decidir, porque renunciar al pañuelo de gasa morada habría sido tan imposible como dejar de lado el manguito de visón, y mi cabeza explotaba, querido amigo. Qué rabia, qué indignación dan a veces ciertas cosas. Esa avenida es hermosa, amplia, la gente camina sin prisa pero con un despreocupado aire de saber adonde van y la calzada presenta una cierta subida caminando hacia el puerto, pero éste no se ve, en lo más alto hay una aristocrática plaza, embebida de sol, y un rascacielo cierra el paso, y así "decorosamente tapa la vista del río y su rumoroso puerto", según las palabras de la Chancha, perdón, la profesora de Castellano.

En la plaza a la sombra, en cambio, me di cuenta del brusco cambio de temperatura que se preparaba, de golpe se levantó un viento del río, no mucho más que una brisa, pero penetrante. Qué ganas de meterme en casa, y tomar un mate caliente, en la avenida yo sin haberme llevado ningún abrigo qué escalofríos me empezaron a correr por la columna vertebral, el vestido parecía que me abrigaba tanto como una telita de araña. Pero en ninguna de esas casas me podía meter, mi ciudad cambia de temperatura sin avisarnos nunca, de un momento a otro, cambia de humor, risas y llantos como en los niños que ríen y lloran caprichosamente.

Y me tuve que ir corriendo al consultorio, y total apenas si llegué con veinte minutos de adelanto. Qué actividad, qué ir y venir, qué hermoso es ser útil a la humanidad, esa capacitada y además hermosa mujer que me atendió no descansa un minuto durante horas, de pie junto a sus pacientes, yendo y viniendo por algodones y líquidos curativos. Ella es la que sabe adonde va y no los holgazanes mentecatos inútiles de la avenida, y quiero sentir el rumor afiebrado del puerto, señora Chancha, no me venga usted con que hay que ocultar al trabajador, y su sudor, y alabando a ese rascacielo porque oculta de la vista de los ricachones (y de sus conciencias) el espectáculo feroz (y hasta ayer triste por lo mal remunerado) del trabajo.

Pero bien lo expresó el diputado por Matanzas que habló en la reunión del domingo, "ya no pueden negar la existencia de una fuerza nueva, la oligarquía verá las necesidades del obrero aunque éste tenga que abrirle de un machetazo el cráneo y escribírselo en el seso con los dedos ¡y la tinta será su misma sangre oligarca!" Palabras brutales pero necesarias, que repudié cuando recién las oí, antes de recapacitar. Palabras brutales pero ciertas. Porque el trabajo es santo, y el trabajador es así santificado, su sudor lo baña en la gracia divina. Se suda con una pala y también se puede sudar de otro modo, con el torno o extrayendo muelas, y desinfectando caries, y más aun, operando atacados de peritonitis, o meningitis, o accidentados del tráfico callejero, en pocas palabras: administrando medicinas y cuidados a mi pueblo, mi pueblo querido, que quiero que quepa todo en mis brazos, los brazos de su doctorcita.

XIII

CONCURSO ANUAL
DE COMPOSICIONES LITERARIAS
TEMA LIBRE:
"LA PELÍCULA QUE MÁS ME GUSTÓ"
POR JOSÉ L. CASALS, 2.º AÑO NACIONAL, DIV. B.

Aquella calurosa noche de verano, en Viena la gente no se sentía con ganas de ir a dormir. Una gran sala de bailes dejaba escapar por sus ventanas un dejo de compases de gavota pero el calor era demasiado hasta para una danza tan calma como la gavota, y los ocupantes de las casas vecinas ya sea fumando una pipa o jugando al ajedrez u hojeando un diario rechinaban los dientes hartos de escuchar la misma musiquilla por veinte años consecutivos.

La última pareja está ya por abandonar el local vasto, la modorra ha conquistado su última víctima cuando un violinista de la orquesta, joven e impetuoso, ejecutando el último compás de la partitura no deja caer su arco y guiñando el ojo a un oboísta rollizo ataca un nuevo compás, repiqueteante, alegre y rápido. Los parroquianos más adustos alzan las cejas ofendidos ¿qué es esto? ¿es posible que un local respetable permita la ejecución de esta danza de bajos fondos? El vecindario también escucha y una mano depone la pieza de ajedrez sobre el tablero, un diario yace sobre una mesa y una pipa echa pitadas repiqueteantes, alegres y rápidas: todos se han puesto a bailar. Transeúntes distraídos detienen su paso, carruajes frenan sus caballos, todos se preguntan qué es esa música sin par, y de oreja en oreja transita un nombre prohibido ¡el vals!

Entonces el dueño enfurecido del salón no concibe otra solución que llamar a la policía para que quite de allí al osado violinista pero dirigiéndose a la calzada una muchedumbre le impide el paso: el timorato se pregunta si vendrán a incendiar su sala pero los invasores rápidamente se disponen en parejas y se lanzan en vueltas vertiginosas a la pista desierta. Los miriñaques son duros y las faldas son pesadísimas pero al ritmo del vals resultan amapolas livianas que giran y en unos instantes la sala está llena ¡por fin algo les ha hecho olvidar el calor! Y será mucha la cerveza que consumirán, para provecho del dueño más sorprendido que nadie.

Johann agita el arco de su violín que ahora es la batuta conductora y después del último compás estallan los aplausos: a él le parece vivir un sueño.

No lejos de allí, frente a los jardines imperiales se desplaza un carruaje abierto, un oficial de Su Majestad y una dama de cabellos dorados lo ocupan. Silencio, sólo el trote de los caballos se oye, el oficial ha intentado distraer a la dama con comentarios dispares, ella ha contestado con un sí o un no, siente mucho calor, están lejos los canales cristalinos y sombreados de su San Petersburgo.

Un débil eco se insinúa en el aire, se dirían violines cosacos, ebrios de sangre y vodka, y debido a esa razón minutos después la arrogante pareja hace su entrada en el salón. Ella se siente arrobada, no son sus cosacos pero es la misma alegría y fiebre de vivir ¡qué fuego arde en los ojos del joven director! un mechón de pelo castaño le cae sobre la frente y los ojos pero no le impiden descubrir entre la muchedumbre una radiante sonrisa de aprobación enmarcada por cabellos rubios. Le parece reconocerla ¿dónde la ha visto? sin saber por qué la imagina en un vasto escenario, pero la dama no baila ¿no gusta de su música? y se acerca hacia él, le tiende la mano pálida para ayudarse a subir al estrado y pide la partitura.

"Sueños", es el título, y sus primeras estrofas cantadas se posan sobre las notas de la orquesta como rocío sobre corolas, rocío cristalino de la voz de esa mujer deslumbradora. No se engañaba Johann, ella es la gran Carla Donner, la soprano máxima de la Ópera Imperial. "Sueños de toda una vida pueden hoy ser realidad, el rostro que yo veía cuando mis ojos cerraba, y que en silencio adoraba sin llegarlo a tocar, de repente al alcance de mi mano pómulos que acariciar, labios de tibio coral que tiernamente besar, ojos de verde esmeralda —el mar en ellos está— y yo en él sumergido busco ¿qué? lo que en él se ha de buscar ¿qué es lo que los amantes buscan allá en el fondo del mar?" Y con la última nota del vals también se oye el último agudo de Carla, el público la ovaciona pero ella sólo recoge con la mirada la mirada implorante de Johann y desaparece detrás de la figura señera del oficial.

Pasan los meses, Johann triunfa con su orquesta y un buen día vuelve a su aldea a visitar a su novia y a su madre. Qué alegría reina en la granja, hace días que el horno tuesta bizcochos, de la alacena se retiran encurtidos y se quita el polvo a frascos de dulces guardados para banquetes. ¿Cuánto tiempo se habrá de quedar Johann? Antes era tan distinto todo, Johann estaba sin trabajo a cada momento y venía a refugiarse bajo el techo de hierbas trenzadas y contaba todo a su madre, y a su novia, de lo que sucedía en Viena, su madre escuchaba todo pero no podía detenerse a contarle de lo de ella pues estaba tan ocupada en preparar paquetones de comida para cuando llegara el momento en que Johann volvía a Viena. Pero él ya no necesita nada y no come mayormente lo que le sirve su madre, él se sienta a la mesa y ella espera ansiosa que de los ojos de Johann se desprenda esa chispa de goce que, bueno, es tan propia del hambriento que va a saciarse de una vez.

No, Johann esta vez no trae hambre atrasado y come, pero mucho menos de lo que comía antes. Cunde la alarma en la casa ¿es que no nos quiere más? Y esto no sería nada: en un momento, Johann acostumbrado a contar todo cuenta también que conoció a Carla Donner. Y la chispa se desprende. Y es como si amenazara prender fuego a las plantas de verdura de la huerta, y el fuego también podría pasar a los frutales con todas las peras verdes que su madre iba a cortar para dulces de años y años. Claro que ahora no hay que preparar paquetes de comida para Johann.

La familia sigue comiendo pero Johann mira la cocina y nota que le hace falta pintura para tapar tanto hollín y los mosaicos habría que fregar para destapar los colores opacados por una capa de grasa, y mira a su madre para decírselo y tal vez primero tendría que decirle que tiene la piel del rostro tan seca que le hacen falta afeites y que para despejar la frente alta y noble debería recoger ese pelo desgreñado.

Pasa el tiempo, Johann ha cumplido su promesa de matrimonio y vive con la dulce Poldi en una zona tranquila de Viena, sus músicas han conquistado el corazón de todos pero hace tiempo que no escribe un vals nuevo. Además Viena se ve perturbada por problemas políticos, el pueblo clama por más pan y el viejo emperador yace la mayor parte del día en su lecho, sin fuerzas para enmendar tanto mal. La esperanza de los grupos más liberales, entre los que se cuenta Johann, se concentra en el nombre del duque Hagenbruhl, personaje muy allegado a la corte.

Es nuevamente verano, Johann recorre las cantinas nocturnas de la ribera del Danubio, malhumorado busca en el fondo de cada copa de vino espumante una melodía nueva para el vals que ha prometido a su ya impaciente editor. Borracho, entra en un local lujoso, y no está seguro de lo que ve, en una mesa semioculta, por entre cortinas de pesado damasco le parece entrever a Carla Donner con su acompañante acostumbrado: el oficial. Johann quiere volver sobre sus pasos y desaparecer en la noche pero ya es tarde, Carla lo ha visto y lo llama a su mesa, lo ha reconocido después de tanto tiempo.

Johann se acerca tambaleando y después de saludar respetuosamente a su acompañante la invita a bailar. El oficial se indigna y lo trata de borracho empedernido, Johann trata de ignorarlo y repite la invitación a la dama, a lo que el oficial responde con un puñetazo en el rostro del músico. Éste rueda por tierra y trata de encontrar valor para incorporarse y derribar a su vez al oficial que es tan corpulento, trata de sacar fuerzas de flaquezas y busca con la vista entre la concurrencia una señal de apoyo, o tal vez busca un cuchillo afilado sobre una de las mesas para suplir la fuerza limitada de sus puños... cuando oye al dueño del lugar gritar "Arrojen a la calle al mequetrefe que está importunando al duque de Hagenbruhl" ¿qué? ¿el duque Hagenbruhl? ¿es ese monstruo violento su ídolo político? ¿está pensando en clavar un cuchillo en el cuerpo del hombre que es la esperanza del imperio austríaco? si no hubiese sido lo que es, músico, Johann habría querido ser un político brillante como Hagenbruhl, pero se pone de pie a duras penas sin saber si agredirlo o no, perdido en su dilema da un paso adelante y el duque, esta vez con más fuerza todavía, le incrusta el puño en la cavidad del ojo.

Johann yace ensangrentado pero un grupo de concurrentes, al oír el nombre "Hagenbruhl", se rebelan enardecidos, son oponentes del duque y como un reguero de pólvora corre el furor político y de la taberna la lucha pasa a la calle y media Viena se ve agitada por un movimiento subversivo, hasta que en medio del caos Johann escapa en un carruaje salvando de entre el fuego a la bella Carla. ¿Hacia dónde huir? el cochero sugiere los bosques de Viena y bajo la lluvia torrencial se alejan de la ciudad. Carla limpia las heridas de Johann, quien vencido por el alcohol y el cansancio cae dormido en el regazo de la soprano. Ella a su vez, arrullada por el trote cadencioso del caballo, es vencida por el sueño.

Qué oscuro está el bosque, pero ya no, qué oscuro estaba, hace horas que va trotando el caballo y una pincelada rosa es el horizonte. ¿Son los pájaros los seres más felices de la creación? Es posible, porque cuando se despiertan cantan, tienen la suerte de cada noche olvidar en el sueño que existe el mal en la tierra. Además sus nidos en lo alto de las copas frondosas reciben la primera caricia de los rayos del sol, por lo cual sus trinos descienden empapados de luz para despertar a Carla y Johann, ambos tal vez víctimas de oscuras pesadillas, seres humanos, en el sueño o la vigilia incapaces de olvidar. Alzan los párpados pesados, y por entre las telarañas de sus temores nocturnos vislumbran la claridad de un despertar diferente, nada tienen que temer el uno del otro, por el contrario, finalmente podrán contarse tantas cosas. Pero no se dicen nada, no encuentran ninguna palabra digna de iniciar un día tan especial.

Haces de luz blanca se filtran por la arboleda, tratan de imitar el blanco de las gasas superpuestas del atavío de Carla, cadencioso trota sin cansancio el caballo y el cochero se da vuelta para dar los buenos días a los dos enamorados. "Buenos días", le responden, y han encontrado por fin las palabras adecuadas, "buenos días", buenos, claro que sí, bellos y dulces días a venir. Otros habitantes más del bosque dejan oír su presencia, como balidos de ovejas y el cuerno de su pastor que se agiganta en el eco. Buenos días, días, días, días, días, y el cochero a su vez saca sin perder tiempo una corneta respondiendo con su nota no del todo afinada "yo te quiero" dice el cochero al bosque, quiero, quiero, quiero, quiero, y Johann se afana pensando qué es lo que Carla quiere, quiere, quiere, y Carla lo mira y dice "sólo uno de tus valses podrá hacerme olvidar a esta voz matutina de los bosques" bosques, bosques y ya Johann empieza a sentir adentro una nueva melodía, que va a ser la voz de un nuevo vals.

"Díme, díme, díme, díme, lo que tú sientes por mí, no me atrevo a preguntar, soy tan poco para ti, miro tus ojos que miran la nieve en San Petersburgo y todos tus rasgos miro, trazados sobre tu rostro por un lápiz muy liviano con líneas que luego copian las palomas, en los giros de sus vuelos reposados, más ¡oh! sólo una vez en su vida voló aquella serpentina para repetir la gracia de un gesto de tus manos... pero yo, yo nada soy, mi madre siempre decía que su hijo valía tanto que no existiría en el mundo una mujer tan buena como para mí, mi madre porque es mi madre me quiere y se conforma, en mi cuna duerme un niño protegido por la trama de un tul de mosquitero, mi madre me cuida bien de picaduras de insectos y coloca un mosquitero, y me observa que parezco mejor de lo que soy, esfumado por la trama de un tul de mosquitero, y no sabe que soy poco para ti, mi madre porque es tan buena piensa que no es así, yo tengo miedo del mundo que te ha de arrancar de mí, nada puedo contra el mundo, y sólo atino a preguntarme lo que tú sientes por mí, no me atrevo a nada más, soy tan poco para ti, mi madre porque es tan buena piensa que no es así y si tú fueras tan buena, tan buena como mi madre ¿qué sentirías por mí?"

Y así concluye el nuevo vals, palabra por palabra le ha ido dictando Johann a Carla y ella las canta, las notas suben a las copas frondosas de los tilos, hayas y alerces y de ahí al éter que luce amarillo a mediodía. Además en el éter probablemente hay criaturas invisibles que oirán este canto de nosotros mortales, ¿nos prestarán atención? ¿o les será imposible escucharnos? ¿o nos despreciarán por efímeros y débiles? Carla canta sus notas sin dejar por eso de sonreír, presta tal vez tanta atención a sus agudos y trinos que no se apercibe del significado de las palabras, pues canta sin perturbarse y sonríe, invulnerable como una de esas criaturas del éter.

De repente un claro se abre en el bosque, donde se halla una típica hostería de cazadores que a uno de los lados presenta una glorieta vasta, toda teñida de lila por racimos de glicinas. El cochero se relame los bigotes pues ya estaba sintiendo un hambre muy fuerte, y propone a la pareja detenerse a almorzar allí. A la sombra de las glicinas se ve alguna que otra pareja ocupando pocas mesas, tomando refrescos ellas y cerveza ellos, una de las parejas parece ser de estudiantes, tienen libros arrumbados en una silla, tal vez hayan aprovechado todos los desórdenes que hay en la ciudad para faltar a la escuela, él bebe algo alcohólico, posiblemente para perder la timidez y decirle a ella lo que seguramente ya les ha dicho a todos sus compañeros aunque no a la interesada, es una pareja envidiable, ella diáfana y serena, él apuesto y de ojos renegridos y cabellos rubios como un maizal, de ánimo bueno pero nadie por ello se va a aprovechar a molestarlo, pues tiene no sólo las espaldas anchas sino también los brazos fuertes y diestros para la defensa. El cochero dice "tengo apetito" y Carla y Johann recién entonces piensan en la necesidad de dinero y después de hacer cálculos con miedo de que no les alcance consiguen reunir la suma para pagar los almuerzos, el viaje del cochero y he aquí que sólo les basta para pagar una sola habitación, ya que necesitan un descanso, y mientras el cochero se retira al establo ellos dos se presentan a la dueña de la hostería y piden un cuarto alegando que son casados.

La dueña los mira maliciosa y los acompaña a un aposento sombreado, con un lecho de dosel en el centro y divanes con almohadones. Carla elude la mirada de su compañero y se retira a higienizarse. Johann se sienta en un diván y no puede creer que dentro de breves instantes él y Carla estarán juntos y solos en un cuarto en penumbra. ¿Pero ella qué dirá? Todavía ni siquiera un beso se han dado, Hagenbruhl sí la habrá besado, y tal vez también la haya hecho suya, han sido seguramente amantes, ese hombre adusto, seco de modales, de facciones brutales crispadas aún más por el monóculo ha puesto sus zarpas sobre el cuerpo delicado de Carla... ¿cómo pudo ella jamás permitirlo?, y si lo permitió es porque tal vez esa especie de animal la atrae, ¿y Johann tendrá que besarla como la besaba Hagenbruhl?, tomarla con mucha fuerza de los hombros diminutos, hundiéndole los dedos en la carne y así dejando huellas moradas en su carne blanca, lo que significa que ese estrujar ha dañado su piel por dentro, ha provocado lastimaduras por debajo de la epidermis y el color morado viene de que se producen roturas de venas y arterias y equivalen a pequeñas hemorragias internas. Y eso es sólo el comienzo, cuando se ha desbocado como una bestia Hagenbruhl tal vez se ha servido también de los dientes, y la habrá mordido, y luego mejor no pensar en el ultraje final, su furor no se habrá calmado seguramente hasta ver correr la sangre, y ella cada vez más debilitada habrá tenido pocas fuerzas para defenderse, y habrá sido su víctima más veces, la víctima del verdugo encarnizado que quiere ver sangre. ¿Pero cómo es posible que Carla haya accedido a tal cosa? Se me ocurre que hay algo que me escapa al entendimiento, algún secreto infausto, Hagenbruhl tal vez está en posesión de un secreto comprometedor de Carla, alguna trama oscura de espías del viejo San Petersburgo, por algo muy terrible debe Carla haber permitido que se hollara su piel blanca.

Su piel blanca, que no me digan que el blanco es la falta de color, porque es el color más hermoso, y es el color de la pureza, y por supuesto que el blanco no es la falta de color: los profesores de física han descubierto a todo el mundo que en un copo de nieve, alineados en un blanco inmaculado están ocultos sin embargo el violeta de los lirios, o sea la tristeza, la melancolía, pero también está presente el azul que significa la calma de contemplar reflejado en un charco de la calle el cielo que nos espera, porque el azul está al lado del verde que es la límpida esperanza, y después viene el amarillo de las margaritas del campo, que florecen sin que nadie las plante y se presentan sin buscarlas, como buenas noticias cuando menos se las espera, y el color de las naranjas que ya están maduras por el verano se llama muy apropiadamente anaranjado, el azahar dio un fruto que el verano madura a causa del calor, qué goce saber que germinó la semilla, creció la planta que es la adolescencia y se va a entrar en la juventud del fruto que da el goce anaranjado, el fruto jugoso y refrescante de las tardes calurosas. Pero de ahí al rojo de la pasión hay un solo paso. El rojo también está oculto en el blanco, también esta en ella, en Carla, que es tan blanca. ¿Será por eso que Hagenbruhl quiere verle la sangre para convencerse de que ella es tan baja como él?

Pero las cosas no tendrían que ser así, si Carla es blanca como la nieve, el símbolo de la pureza, tendría que ser tratada como se trata a la pureza misma, ¡tiene que ser tratada como se trata a la pureza misma!

Pensando todo esto Johann no aguanta más el encierro del aposento, tiene calor, el sol arde, las chicharras se oyen cantar, esto indica que debe haber algún lago cercano, el cual se halla en efecto detrás de un ramaje tupido y después de cerciorarse de que nadie lo ve el joven se desviste para refrescarse. Sopla un céfiro casi imperceptible pero tibio que le enardece la piel, su imagen reflejada en la superficie de las aguas en cambio le irrita: su tórax hundido, los brazos flacos, la espalda un tanto corva. Se detesta, pero ese céfiro lo envuelve más y más en oleadas cálidas y se arroja al pasto.

Sí, sí, se lo confiesa a sí mismo que la desea a Carla, un animal como los otros había resultado ser Johann, y quiere ya correr a su encuentro, y se incorpora, con decisión, algo le dice que todo marchará bien, que ella lo aceptará tal como es y lo amará posiblemente tanto como él la ama. Johann mira el ramaje y hacia arriba el cielo azul y hacia abajo el cielo reflejado en el lago en el cual también se refleja inevitablemente él mismo, y se vuelve a detestar con más fuerza que antes todavía, él quisiera ser ese estudiante que vio bajo la glorieta, bello y fuerte, para no dudar de que Carla lo va a amar, y en ese momento se oyen pasos y Johann se cubre rápidamente como puede, espía por entre el follaje y ve que son el estudiante y su amada que pasan a pocos pasos de allí, dirigiéndose a algún solitario y apacible rincón del bosque.

El estudiante, alentado por un poco de alcohol, ya le habrá confesado a la compañera todo su amor, y ahora no hay duda de que buscan un lugar donde estarán solos. Johann piensa y piensa cómo hará el estudiante para reparar el mal que le pueda acarrear a la inocente, ¿qué le dirá para convencerla de que no se está aprovechando para después de pocos encuentros abandonarla y burlarse con sus amigos? ¿qué hará el estudiante para que ella se dé cuenta de que la quiere físicamente porque así se lo impone la naturaleza? él tiene que inclinarse ante la naturaleza, cuando en realidad lo que quería es acurrucarse junto a ella y tomarle la mano para impedir que se levante a buscar florcitas del bosque, el estudiante está acurrucado junto a ella y teme que ella se levante incauta a recoger florcitas silvestres y que se interne en el bosque donde hay tantos peligros, y puede haber animales feroces y hambrientos, entonces la tiene tomada de la mano y le pide que le cuente cualquier cosa, y a lo mejor hablarán de los valses de Johann que ahora son conocidos en toda Viena y el estudiante quiere que su amada le diga cuál es el vals que más le gusta y ella por ese milagro que es el amor, elige justamente el que más le gusta al estudiante. Es la felicidad más grande saber que lo que le gusta a uno le gusta también al otro y no van a tener nunca un desacuerdo en esta vida, y menos aun en la otra vida, en que el amor los transformará en criaturas del éter de visita a la Vía Láctea, o si lo prefieren al llegar el verano tal vez se remontarán a las cuatro estrellas pálidas de la Cruz del Sur.

"¡Johann!", se oye una voz que llama a Johann y no es otra que Carla, quien ya se ha cambiado de ropa y lo busca. Juntos toman refrescos en la glorieta y la orquesta por ser ya la tarde ejecuta uno tras otro los valses de Johann sin saber que el compositor está presente en el local y Carla bajo las glicinas las canta con su voz que es realmente única y el aire se llena de melodías, las ondas sonoras se van llevando los estribillos, uno detrás del otro, los cuales quién sabe dónde irán, y donde lleguen llegarán cargados de perfume de glicinas.

Oscurece, y debido a que el sol se va poniendo, se empieza a sentir un poco de frío y la pareja que ha dejado los abrigos en el aposento entra a buscarlos, quieren salir a caminar bajo la luna y por lo tanto necesitarán alguna prenda de lana. Pero se encuentran con una sorpresa, la dueña tan diligente y buena comerciante ha encendido el hogar del cuarto tan bonito y de ese modo los está incitando a quedarse y pasar la noche también allí en la hostería.

No encienden la luz al entrar, el fuego ilumina tenue pero cálidamente la pieza, ya estaban sintiendo escalofríos afuera pero aquí adentro una dulce tibieza embalsama el aire, Carla estira el brazo para tomar su abrigo y Johann hace lo propio, pero de repente sus miradas se cruzan, dan un paso el uno hacia el otro, y otro más, y se aproximan de la mano a la chimenea. Entonces acercan las palmas a las llamas para casi tocar esas especies de mariposas vibrantes que brotan de los leños y Johann se arrodilla ante Carla y Carla se arrodilla junto a Johann.

Ella se siente por fin despertar de una pesadilla, no tiene más alrededor a seres brutales y sedientos de escarnio, y tampoco tiene más que estudiar tantas horas para mantener su voz dentro de una técnica perfecta, todo eso quedó atrás, precisamente como en una pesadilla, y ahora su mirada del fuego pasa a ese ser que tanto la quiere, y que se lo ha dicho con la excusa de escribir letras para valses. Lo mira y qué bello se lo ve alumbrado por esas llamas doradas, nunca lo había visto así, esas espaldas fuertes y dos brazos robustos que estarán siempre listos para defenderla, qué alivio saber que no tiene ya nada más que temer, y las llamas hacen lucir más negros que nunca los ojos y pestañas de él, mientras que sobre el cabello le arrojan reflejos dorados, ahora los cabellos del joven parecen dorados como un maizal. Lo cual significa que está ocurriendo una especie de milagro de amor.

Y Carla lo abraza sin poder ceñirle entero el tan ancho tórax ¿y qué palabras podrían expresar lo que los ojos negros de él?, ella lo mira y no tiene por qué preguntarle si la quiere bien o mal, porque en los ojos la maldad se traiciona a sí misma y se reflejan en el iris los filamentos en cortocircuito de la mezquindad, lo cual nunca sucede en los ojos de él, al contrario: porque tiene ojos de bueno.

Carla se acurruca en esos brazos fuertes y mira las llamas del fuego, pero no, prefiere mirarlo a él, en los ojos. Entonces se echa sobre la alfombra espesa y lo mira y Carla de todos modos ve las llamas reflejadas en las pupilas negras y algo más, como una chispa, que a diferencia de todas las chispas no se extingue, brilla inmutable esa chispa en los ojos renegridos, y Carla se aventura a pensar que es el alma de él que se ha asomado para contemplar las llamas de la chimenea. Carla ha tenido la suerte de estar ahí junto al fuego, y el alma de él la está mirando.

Sí, Carla se adormece para emprender juntos el viaje peligroso a que él la invita y es como si se durmiera en los brazos de él, dentro de instantes dormida empezará a soñar, y ella está segura de que él no la va a abandonar después, tan segura como si él se lo hubiese jurado delante de diez jueces, y se acurruca contra él, más todavía, llena de impaciencia pues ya quiere saber qué sueño le tocará soñar esa noche, y ya duerme profundamente. Ambos tienen el mismo sueño, que visitan juntos las estrellas de una constelación más allá de los planetas como Júpiter y Marte pero que están al alcance de sus cuerpos. Sus cuerpos son uno solo, un muchacho fuerte surca los aires con sus cabellos de maizal al viento y Carla de a ratos teme desprenderse de sus brazos y por eso le ha pedido que la mire de tanto en tanto para poder tranquilizarse viendo que él está tranquilo, mirándolo en las pupilas. Las pupilas de él, las cuales son inmensas, porque en ellas ya no se reflejan más las llamas de la chimenea sino el cosmos entero en la noche oscura que él va surcando en su vuelo.

Pero la pobre Carla está tan acostumbrada a no ser

feliz, que dormida, sueña que durante el viaje se duerme y sueña que está soñando otra cosa: que él toma rumbo a las luces más lejanas de todas, las Galaxias, estrellas pulverizadas más frías que el hielo, de sólo mirarlas hacen temblar por el frío que emanan, y a Carla repentinamente le ataca miedo, y le pide cambiar de rumbo, de vuelta a la Cruz del Sur, y se resiste a que él siga hacia lo lejos, y trata de volverlo hacia la Cruz del Sur, por lo cual en ese forcejeo, sin querer, se desprende de los brazos de él, estira las manos y apenas llega a rozarlo con las yemas de los dedos, y él trata de alcanzarla pero por alguna razón desconocida en la zona de las Galaxias, los cuerpos se separan, y se alejan, poco a poco ya están lejos que no oyen lo que se dicen, Carla trata de mirarle el color de los ojos, y ya no se le distingue, se repite a sí misma que eran negros, negros, negros, para no olvidarse, y piensa en la nariz, el corte de la cara, para tenerlo aunque sea en la memoria, ya no lo puede tocar, no lo oye, no lo huele, apenas si lo ve, aunque algo en la boca le dura del dulzor de tantos besos, ¿y la sonrisa cómo era? ¿cómo se desplegaban sus labios al sonreír? ¡no se acuerda! ¿los ojos parecían de chino al sonreír? ¿sí o no? ¿se le marcaban hoyuelos en las mejillas? ¡no se acuerda! Ella en el viaje no tenía más fuerzas, tendría que haberle pedido que la cargara al hombro como si estuviera muerta, y así habrían proseguido el vuelo, ella posiblemente se habría muerto y él la habría llevado al hombro, un peso muerto, y al irse disecando con el tiempo pesaría cada vez menos y se le adheriría a las espaldas como un cuero de oveja, él por la eternidad continuaría dominando el espacio, con un cuero de oveja pegado a él como su propia piel. Pero ni siquiera eso fue posible y Carla perdida en las Galaxias lo vuelve a mirar a la distancia y ya sólo ve una silueta indefinida y es el mundo que se agranda más y más porque él se empequeñece, hasta ser sólo un punto en el espacio.

Por suerte la tristeza la despierta pues fue todo una pesadilla, y volviendo de cada uno de esos viajes se preguntan qué era lo que más les gustó, y les basta con sonreír calladamente porque ya saben que lo más lindo fue la estrella cometa, y reflexionan y se ríen porque no están diciendo la verdad, era que se habían olvidado de que, más lindo de todo, era cuando los dos soñaron con desgracias pero se despertaron y no estaban separados sino juntos, y se rieron de la pesadilla, qué cosas de hacer, perdidos en constelaciones, como si fueran dos chicos que se ríen de cualquier cosa, y ni siquiera saben los nombres de las constelaciones, y no tiene necesidad Carla de buscarle el nombre a las constelaciones porque ¿qué le importa, si está con él, saber tan poco de Astrología?

Bien, pasan los meses, los dos enamorados no vuelven a Viena sino que recorren las capitales de toda Europa, dando recitales, de éxito en éxito, hasta que tanto les exigen que vuelvan a Viena que se animan a afrontar la ciudad del primer encuentro. El éxito es atronador y mientras Carla va a su camarín a cambiarse de vestido para la escena final, y a todo esto Johann está siempre en el proscenio de la orquesta dirigiendo a los músicos, de modo que Carla entra en el camarín y se encuentra a alguien esperándola: ¡Poldi, la esposa de Johann!

Es una muchacha frágil y buena, que sólo quiere el bien de Johann y habla a la soprano diciéndole que Johann no es para Carla, es un hombre demasiado sensible, Carla llegará el día en que lo abandonará, llevada por su carrera que la obliga a viajar siempre y si para ese entonces deja a Johann él no se consolará jamás. Poldi le dice que en cambio si lo deja ahora será más llevadero para Johann porque él se encuentra en el pináculo de la fama y podrá olvidarla sumergiéndose nuevamente en el trabajo, allí en su Viena.

Carla al principio se muestra dura y altanera, pero poco a poco se da cuenta de la verdad que encierran las palabras de Poldi. El traspunte golpea a la puerta, como un símbolo de que su carrera la llama y se despide de Poldi respetuosamente, para volver al escenario. Es un delirio el éxito del músico y la cantante, en la primer opereta escrita por Johann y que se acaba de estrenar esa noche en Viena como primicia mundial.

Johann pregunta a Carla qué es lo que querría hacer para festejar el triunfo. Suben a un carruaje y Carla ordena al cochero que se dirija a la ribera del Danubio, más precisamente al muelle de las naves que de noche remontan el río hacia otras tierras. Sí, Carla se va, nunca habrá un momento más triunfal para Johann que éste y así la podrá olvidar más fácilmente.

Él ignora que Poldi es la causa y la ve en la noche alejarse en esa nave a vapor sin atinar a nada. ¿Qué la pudo haber hecho cambiar así, de un momento para otro?, ¿alguna intriga política que escapa a su entendimiento?, no puede ser nada que le hizo él, pero algo tiene que haber sucedido, claro que por importante que fuera la causa si ella lo hubiese querido locamente habría estado sorda a cualquier razón. El milagro de amor terminó, Johann ha vuelto a ser Johann.

Es así, se quiere locamente o no se quiere, y él se da cuenta en ese muelle apenas alumbrado por antorchas de sebo sucio que nunca logró que ella lo quisiera con locura, querer con locura quiere decir perder la cabeza y hacer cualquier cosa con tal de estar junto a la persona amada. Las antorchas se reflejan en las aguas del río, éstas corren negras, cargadas de limo, llevando al barco que se aleja lentamente: Johann queda en el muelle, no atinó a nada. Un muerto que cae fulminado por un balazo tampoco puede atinar a nada, recibió una herida mortal y queda tirado en el suelo hasta que alguien lo lleve al lugar de su último reposo. Pero ese último reposo a Johann le será difícil encontrarlo.

Buscando sosiego a su desesperación se pone a trabajar más que nunca y compone sus mejores valses, pero esto de nada le sirve. En su búsqueda tan afanosa como inútil un día, en su casa de Viena, se pone a pensar en la casa natal, en la aldea, en todos sus primeros años, su habitación con el techo de hierbas trenzadas, con sus juguetes de niño, qué hermosa habitación, una especie de altillo, con un cubrecama de colores alegres, y el silencio de la aldea.

De repente Johann vibra de ganas de volver, tiene la idea de que allí va a recobrar la paz, en esa casa que ahora está abandonada después de la muerte de sus padres pero que una vecina siempre va a limpiar por encargo de Johann el cual no quiere que el polvo se deposite sobre todos esos objetos ya que su madre se pasó la vida tratando de tener la casa limpia, fregando pisos y sacudiendo muebles. Y un día Johann se anima y vuelve a la aldea, para dormir otra vez en su cama de niño.

Son las cuatro de la tarde, es otoño, y por lo tanto se trata de la última hora de luz, la naturaleza parece detenida, si un pichoncito se moviera en una de las plantas vecinas Johann lo oiría: tal es el silencio. Entra a la casa, todo está en orden, sube a su habitación, abre la puerta, la habitación está a oscuras, va a la ventana, la abre y entra la luz crepuscular y fresca de la campiña, pero la habitación no está linda como la recordaba, el cubrecama es el mismo, los juguetes están intactos, nada ha cambiado, el recuerdo no lo había engañado, pero sombras inesperadas se ciernen sobre esos objetos: es que al entrar, Johann dejó la puerta abierta.

¿Quiénes han aprovechado para introducirse subrepticiamente? Ha entrado el dueño déspota y despreciativo de aquel local que sólo tocaba gavotas, entra su madre, su madre santa, pero está toda desgreñada, en los últimos tiempos Johann le había enviado atavíos y adornos, pero su madre ha entrado desgreñada en la pieza, el rostro ajado por el descuido y un delantal gris como su cabello canoso, Johann quiere que se ponga la ropa nueva pero su madre no le contesta, se coloca en un rincón y se pone a pasar un trapo por los muebles, mientras el dueño del local la mira. Tamborileando sus dedos impaciente sobre la mesa de luz está también su editor, que lo ha estafado más de una vez, y va a echar mano a nuevas páginas escritas por Johann que las acaba de traer de Viena, Poldi está allí también y se las arrebata, para poner orden, Johann le ha dicho mil veces que no le toque sus papeles y ella terca los está apilando para que no haya desorden y por la puerta que quedó abierta acaba de entrar al cuarto ahora también Hagenbruhl, el cual hace a un lado a la madre para que le permita revisar todo lo que hay en la pieza, entra a revisar todo, y cuando Johann está por decirle que no se atreva a tocar nada entra también Carla, y no lo mira, no tiene ojos más que para Hagenbruhl y se recuesta en la cama desfalleciente de cansada y Hagenbruhl se le acerca y le dice que duerma, con un designio diabólico en la mirada. Y es así que la habitación que Johann añoraba tanto en Viena era tal como la recordaba, pero al abrir la puerta con él han entrado esos seres que no son más que sombras pero que echan a perder todo, y es tal el quebranto de su espíritu que se arroja al rincón de los juguetes y abrazándolos rompe en un llanto silencioso y amargo.

Pasaron los años, muchos, muchos años, y el gobierno ha invitado al anciano y glorioso compositor de valses a un festejo en palacio. Una pareja de viejitos entra en la sala del trono, son Johann y Poldi, quienes acompañados por los edecanes se acercan al emperador y lo saludan. Oh sorpresa, el venerable anciano que desciende del trono no es otro que Hagenbruhl, quien abraza a Poldi y Johann, se trata de un emperador ejemplar que ha derramado. el bien sobre su pueblo.

Agradece a Johann y esposa el honor que le hacen de acudir al palacio, a lo que Johann responde que el honor es para ellos, de saludar al monarca que tanto bien ha hecho a Viena. El emperador sonríe, replica con emoción sincera en la voz que si bien él ha hecho mucho por Viena, Viena es la novia de otro hombre, el corazón de Viena tiene un dueño para siempre, y al ver que Johann no comprende hace un gesto indicando el balcón cerrado. Uno de los miembros de la corte se adelanta y abre de par en par las puertas y pide a Johann que se asome. Pobre Johann, es un viejo ya con pocas fuerzas, los años y las penas se han llevado su ímpetu de otros días, no se atreve a salir al balcón, pero ante la insistencia del emperador finalmente se asoma.

La inmensa explanada de jardines, la plaza más vasta de la ciudad, está delante de él, y una multitud, toda Viena, la colma con sus pañuelos al viento. Al aparecer Johann estallan las salvas, todos lo esperaban, es el homenaje que el emperador le preparaba en secreto, y las voces que vitorean poco a poco toman un ritmo sostenido, un ritmo de vals, y todos corean aquellas estrofas de amor: "Sueños de toda una vida pueden hoy ser realidad, el rostro que yo veía cuando mis ojos cerraba..." y sin cerrar los ojos Johann cree ver allá en lo alto, por encima de la multitud, a una criatura del éter, y la visión se hace más y más nítida, es una hermosa mujer joven, sí, es Carla que canta sus versos, y su piel no es blanca ni sus labios de rojo coral ni sus ojos de verde esmeralda, sobre el cielo de Viena su figura ahora se refleja transparente, y Johann se afana pensando de qué color es esa sublime visión, y no lo puede distinguir, y se empieza a angustiar, ¿cuáles era los siete colores del prisma?, violeta, azul, rojo, amarillo, verde... no, ninguno de ellos, es este un color que no existe sobre la tierra, es un color mucho más hermoso, pero tanto afanarse y ¿cómo puede hacer ese anciano para encontrar un nombre a un color que no existe? no existe sobre la tierra.

Pero la visión se vuelve cada vez más resplandeciente y más cercana, se acerca como la realidad un día se acercó al sueño, y sí, "sueños de toda una vida pueden hoy ser realidad", se dijo Johann al tener un día a Carla en sus brazos, pues por pocos instantes a su alcance hubo "labios de tibio coral que tiernamente besar, y ojos de verde esmeralda —el mar en ellos está— y yo en él sumergido busco ¿qué? lo que en él se ha de buscar, ¿qué es lo que los amantes buscan allá en el fondo del mar?" Esa es la pregunta que sigue coreando feliz en la explanada toda Viena, la ciudad que sabe amar y conoce la respuesta a la pregunta del vals, y Johann, que nunca la supo, no se puede unir al coro, en cierto modo porque está algo sordo debido a la edad y principalmente porque lo entristece morir sin saber lo que tanto quería saber, y es tal la pena, que maldice a este mundo y al otro.

Pero poco a poco la visión transparente de Carla en color cuyo nombre no se sabe se torna tan cercana, pero tan cercana, que Johann de repente piensa que si él le pregunta cómo se llama ese color que no existe sobre la tierra, ella lo va a oír y le va a contestar.

264

XIV

ANÓNIMO DIRIGIDO AL REGENTE DEL INTERNADO DEL COLEGIO "GEORGE WASHINGTON", 1947

Me parece que esta vez te equivocaste feo, jefe. Porque no está bien que propongas, como se chimenta, al santito Casals para mejor alumno del año.

Permitime que te abra un poco los ojos, los libros te están dejando chicato de tanto leer, vaya a saber. La cosa es que el quilombo que se está armando vos no te lo imaginás, porque la piba de sexto grado primario Leticia Souto está que no sabe dónde esconderse, lo mismo que la otra, Beatriz Tudalian, desde que Casals y Colombo les dieron una cita en el Parque un sábado a la tarde, después de anunciarles a todos los muchachos del internado que las pibas habían dado ya el sí tan suspirado, ¿junás, pibe? las susodichas habían prometido dejarse pirovar, según los dos caballeros nombrados. La cuestión es que la cita tuvo lugar y las pibas no se dejaron tocar la epidermis ni por equivocación, a pesar de lo cual los dos canallitas a la noche contaron de que se las habían morfado.

El lunes a la mañana, en la clase de alguno de los ilustres maestros que vos conocés, a las mentadas les pasaron el cuento y ahí nomás la Souto se largó a llorar. La cuestión se está poniendo fea, pibe. Porque el chisme se está corriendo, y si el hermano más grande de la Tudalian se llega a enterar, SE ARMA. Y ya de esto hace unos cuantos días, la bombita de tiempo puede estallar en cualquier minuto.

Así que ese es el candidato tuyo para mejor alumno,

que a todos nos daba lástima por su amor no correspondido hacia la rusa cosaca que nos cayó este año, y que niega ser judía pero debe ser más israelita que la sinagoga, porque difícil que sea rusa y no judía, ¿no te parece? Bueno, pero volvamos al pendejo Casals, ese degeneradito que además es adicto a costumbres raras, y si no preguntale a Adhemar, que está podrido de que el pibe le diga que quiere ser igual que él, y el grandulón qué más quiere que le digan que es lindo. Y el pibe Casals lo mira y le pregunta cómo hizo para desarrollar el pecho y los músculos y le pregunta a Adhemar cuántas pajas hay que hacerse por semana para que le crezca la pija igual que a él. Y el pibe se estará haciendo tantas pajas que por eso se le está perdiendo la razón. Cuando empezó el colegio no lo niego que era un pendejo inteligente pero ahora está como Colombo, que vos sabés bien que no necesita presentación. Te felicito con ganas, vos que sos el padre espiritual de los muchachos del internado, por los hijos que te están saliendo.

XV

CUADERNO DE PENSAMIENTOS
DE HERMINIA, 1948

. . . .

. . . .

. . . .

"Mary Todd de Lincoln fue una de las mujeres más admiradas y envidiadas de América, hecho natural ya que pocas mujeres, como ella, encontraron campo tan favorable al desarrollo de la personalidad. Mientras fue sólo Mary Todd se desenvolvió en círculos intelectuales de la entonces incipiente cultura americana, en los que se la conocía por su inteligencia así como por su carácter impetuoso, podía ser profunda en la reflexión y repentinamente apasionada en las decisiones. Después de un noviazgo borrascoso con Abraham Lincoln pasó a ser Primera Dama de los Estados Unidos, dando evidencia de su vitalidad y raro poder intuitivo, por lo cual se le atribuyeron injustamente actos de brujería. Pero era amada como mujer y respetada como esposa del presidente, se puede decir que para ella el mundo tenía siempre todas las luces encendidas, como en días de fiesta.

Fue precisamente durante una celebración, una función de teatro, que el Presidente Lincoln, sentado al lado de su esposa en un palco, fue asesinado por un tiro de revólver. Mary Todd de Lincoln vio apagarse todas las luces aquella noche, y algunos años después una junta de médicos la declaraba víctima de insania total y por consiguiente la desposeía del uso de sus bienes."

Esta breve referencia periodística me apena y al mismo tiempo me hace reflexionar. No sé en este momento si es mejor ver todas las luces encendidas aunque sea por poco tiempo, y con el peligro de pasar a la oscuridad de un momento para el otro, o como en mi caso —caso tedioso y vulgar de la solteronía— ver apenas una luz débil allá por la primera juventud, que se va apagando poco a poco. Tengo treinta y cinco años y ya estoy arrumbada en un rincón. Creo que a los cuarenta perderé el poco de esperanza que me queda y eso será la oscuridad total.

En un artículo de la edición dominical de "La Prensa" el pensador dinamarqués Gustav Hansen, cuya obra tengo que confesar que ignoro, pero que ya ha escrito para la misma sección de rotograbado, como decía, Gustav Hansen, habla de la inmensidad de lo material en contraposición a la insignificancia de lo espiritual.

Tal aserción provenía de las impresiones que había tenido en una visita a los alaoríes, raza indígena de la Polinesia. Allí había sido acompañado hasta una de las viviendas reliquias de la tribu, en la que estaba intacto el trozo de pan cortado por el patriarca momentos antes de abandonar la casa a causa del terremoto que asoló a la población y sepultó la nombrada casa, hasta que un mismo alaorí la descubriera siglos después.

Dice Hansen que había detalles conservados con una frescura impresionante: el doblez de una especie de mantel, las formas humanas impresas en almohadones, manchas en los mismos almohadones, etc. Aquí Hansen apunta que se vio tentado, en un momento en que el guardián no lo vigilaba, a dejar la propia huella de su paso por ese lugar, e hincó los dientes en una repisa de madera y clavó la uña del pulgar derecho en una mesa, en la que describió un torpe círculo. Y pensó en las impresiones tan profundas que le habían causado esas ruinas y el vibrar de su espíritu, ¿pero qué más?, esas emociones pasarían, y aunque las recordara mientras viviera, después de muerto pasaría su ser a fundirse en un orden divino desconocido, mientras que esos garabatos y ese mordisco impresos en algo material permanecerían indelebles por siglos y siglos.

Bien, me molestó mucho esa digresión, no porque no sea verdadera, lo es, pero ahora que hace unos días que leí el artículo, se me han ocurrido cosas que si bien no me permiten rebatir a Hansen por lo menos me hacen ver que en no todos los casos tiene razón. Este año se cumplen 17 años que recibí la Medalla de Oro del Conservatorio, después de tocar el Preludio de *Tannhäuser* en la versión arreglada para piano. Si yo los hubiera escuchado a todos, y les hubiese creído los elogios y las predicciones, me habría llevado la desilusión más dura.

Pero hubo una razón que no me permitió ilusionarme, no es que yo me dejé vencer antes de luchar, porque ya el médico había dicho que con mi asma había que dejar Buenos Aires. De asma en realidad no se muere nadie, pero puede atacar al corazón si no se toman cuidados, y del corazón se puede morir cualquier concertista. Como compensación el aire seco de la pampa vallejense hace vivir hasta los noventa a las profesoras de piano, aunque sufran de asma.

Pero no me había dado cuenta de que el aire seco me había secado tanto el cerebro; Toto se asombra de que no me gusten los compositores modernos. Él hace muy mal en reírse de los románticos, una petulancia propia de sus pocos años, y descarta de plano a un Chopin, un Brahms, un Liszt. Tiene rabia de haberse quedado en Vallejos, con todos los exámenes para preparar por su cuenta en vez de ir pupilo otro año más.

Claro que es posible que hace tanto que no escucho música nueva que los discos que trajo me chocan. Vallejos tiene la culpa, porque ni siquiera la radio se puede escuchar, fuera de las estaciones tangueras que pueden pagarse antenas fuertes para que el pueblo se eduque escuchando cómo el compadrito le dio una puñalada a la negra de al lado.

Sin querer me he ido por las ramas. Quería solamente señalar uno de los días antes de mi examen final, luchando con los trémolos de *Tannhäuser* que no salían limpios, y los acordes en octavas y novenas que realmente son para manos de hombre, y pese a la tos que me había venido a hacerle compañía a la agitación de pecho acostumbrada, yo seguía encorvada sobre el piano, y de repente al toser me cayó saliva con sangre sobre las teclas y la pollera. No alcancé a llevarme el pañuelo a la boca y escupí sin querer. Como susto fue suficiente, ya me sentía tuberculosa encima de todo lo demás. En realidad se trataba de una falsa alarma, un derrame debido a una irritación laríngea, los pulmones no tenían nada que ver, pero en ese momento me decidí por dentro a dejar Buenos Aires.

Ahora bien, a las manchas de sangre en las teclas las limpié en seguida, y a las manchas de la pollera las refregamos bien en la batea y también desaparecieron. Pero en mi recuerdo están intactas, me basta pensar en aquel momento para ver de nuevo la saliva veteada de sangre. Materialmente la mancha tuvo una existencia corta, mientras que en mi espíritu sigue viva como entonces. Claro que yo, como profesora de piano, a los noventa me voy a morir lo mismo y ahí terminaré con mis trémolos y mi mancha, pero señor Hansen, permítame presentarle este pequeño triunfo de lo espiritual.

Nada de lo que he leído sobre los sueños me satisface plenamente. Todas las suposiciones de los espiritistas y astrólogos baratos son completamente inatendibles y las interpretaciones de Sigmund Freud, por lo poco que me ha llegado de él, me suenan un poco acomodaticias, cataloga todo de modo de confirmar sus teorías. Modestamente se me ocurre que todo es mucho más complicado de lo que ellos pretenden, aunque algún significado debe haber en el soñar.

Hacía tiempo que no soñaba tan fuertemente como anoche. Me veía en mi cama en una noche de calor y me estaba por aplastar una locomotora, pero que me caía del techo, y caía despacio como si no tuviera peso, se me iba acercando infinitamente despacio, como a veces se ve una hoja caer lentamente de un árbol, y meciéndose en el aire, pero de más está decir que al tocarme me iba a aplastar. Y esa visión se repetía y repetía, me despertaba y al dormirme volvía a soñar lo mismo. Hasta que me di cuenta de que estaba durmiendo del lado del corazón y cambié de posición, poniendo fin así a la pesadilla. Gracias a Dios pude volver a dormirme porque no tenía el pecho muy congestionado.

Me gustaría consultar a un médico, tuve la ocurrencia de que al dormir del lado izquierdo, oprimiendo el corazón, la sangre corre con dificultad y al lograr salir del corazón se abre paso de a chorros, y al irrigar la corteza cerebral lo hace con tanta potencia, no sé si me explico, que alcanza a las zonas más escondidas, esas especies de surcos o circunvoluciones ennegrecidas. Ahí pienso yo que están como arrinconadas en un sótano todas las reminiscencias malas que la gente logra olvidar por un tiempo.

Ahora bien, me gustaría interpretar mi sueño, pero durante todo el día he pensado y pensado sin resultado, aun durante las lecciones de la mañana y de la tarde. Después del último alumno me sentí abrumada y pensé en que me haría bien un baño, y me decidí a calentar dos ollas de agua y después encender un poco el brasero para calentar el aire, pues si se toma frío a la noche se cierra el pecho y prefiero cualquier pesadilla a no poder dormir. Es terrible no tener un cuarto de baño, bañarse en una tina de madera es una tortura.

Al final me decidí por lavarme la cabeza e higienizarme un poco en general pero sin meterme en la tina y sin esperar más de una hora hasta que se calentaran las dos ollas. Me miré al espejo antes de lavarme la cabeza y no podía creer lo sucio que tenía el pelo. Me he vuelto abandonada, tenía el pelo untado de la propia grasitud del cuero cabelludo y realmente me dio asco. Si no me miro al espejo no me doy cuenta de lo sucia que ando.

Todo se debe en realidad a la falta de comodidad. Es muy difícil vivir en una pieza y no tener más que un excusado al fondo del patio y una canilla de agua fría, al aire libre, sobre todo ahora en invierno. Mamá no lo siente tanto porque está tan viejita y ya a esa edad se transpira menos y se aceptan las cosas de otro modo. Esta es la suerte que me trajo el amor a la música. Hubo una frase que papá dijo tal vez una sola vez pero que a mí me volvió a la mente infinidad de veces cuando estudiaba en el Conservatorio: "La vida de Schubert tiene un significado sublime." No creo que papá me engañara cínicamente, él estaría convencido de lo que decía. En cambio para mí Schubert fue un músico excelso pero que murió sin tener el menor reconocimiento, después de pasar sus pocos años de vida en buhardillas heladas y lavando las tinas que quedan con una capa grasosa gris de suciedad después de un baño. Schubert sí murió tuberculoso, y quién sabe si no habrá empezado por tomar un frío al bañarse.

Yo creo que el sueño de la locomotora tiene un significado, con alguna relación a dormir del lado izquierdo. Ayer todo el día fue malo, en parte probablemente por la noticia del compromiso de Paquita. Yo no soy envidiosa en general, pero saber que esa chica de diecisiete años, pero que para mí es una criatura, ya está construyendo su vida, con un muchacho que parece excelente persona, me dejó mal. Toto me dijo que al principio pensó que el muchacho sería casado, como la mayoría de los empleados del Banco que llegan trasladados a Vallejos, pero ahora que vino la futura suegra a conocer a Paquita, quedó todo aclarado. No digo que no le esperen en la vida disgustos, etc., pero es tan distinto teniendo un compañero, y que tiene buen empleo, además Paquita se recibe de maestra el año que viene, y puede emplearse también.

Si yo hubiese estudiado para maestra en vez de darme entera al piano, al menos tendría un empleo fijo. Yo no le echo la culpa a papá, debe ser que él amaba más que yo la música en realidad, la amaba de veras, como buen milanés. Lo que me pone de mal humor es que mamá repita como un loro lo que él decía: "mi hija por la música deja todo." Pensar que cuando gané la Medalla de Oro Paquita sería recién nacida. No debería decir esto, pero cómo envidio a papá que se haya muerto. La última vez que soñé con él, lo veía leyendo un diario de Milán, y me decía que la guerra estaba por terminar. Mejor todavía habría sido que se hubiese muerto antes de la caída de Mussolini y de tantas derrotas italianas. Pero por lo menos ahora está en paz.

El único significado que le encuentro al sueño de la locomotora es que vivo bajo el peso de la pobreza. Porque no hay dinero para ropa voy mal vestida, aunque podría por lo menos ser más prolija para peinarme y cuidarme las uñas, pero aun cuando más joven la vista siempre rojiza se deberá a la irritación por la fatiga del pecho siempre latente, me causa este efecto en vez de darme color a los pómulos, grises como velas de iglesia.

La locomotora era negra como todas las locomotoras

y pensándolo bien, la madera de mi piano es del mismo color renegrido, puede ser que la locomotora era el símbolo del piano. No debería decirlo porque gracias al piano me gano el pan, pero aunque mal esté decirlo, odio al piano.

Es notable cómo se pueden sentir cosas distintas por una misma persona o por una casa o por un lugar. Si yo pienso en esta pieza miserable y su separación de tabiques, la odio, por ejemplo cuando algún chico está dando la lección de solfeo y se distrae porque oímos a mamá detrás del tabique que abre la puertita de la mesa de luz para sacar las chancletas y las deja caer en el suelo, indicando sin querer que se va a levantar y va a encender la hornalla para el mate. Los chicos parece que supieran lo nerviosa que eso me pone porque hasta que no oyen la hornalla que se prende no retoman el ritmo del solfeo. Quiero explicar que en ese caso detesto esta pieza, pero si en cambio pienso en esta misma pieza cuando me sorprende una lluvia por la calle, me la imagino como un refugio, aterrada por mojarme y tomar un enfriamiento. Pero este no es un ejemplo muy bueno, mucho mejor es el caso de Toto para ilustrar lo que quiero decir.

Toto es un chico que tiene el poder de irritarme como nadie. Debe ser por la presunción de opinar, sobre todo y todos, teniendo sólo quince años. Lo odio verdaderamente cuando critica a las gentes que no piensan más que en comer, dormir y comprar un auto. Lo subleva que nadie lea, cuando él lee casi un libro por día, y que nadie escuche música. Él no sale con nadie, no es amigo de nadie en Vallejos, dice, porque no tiene nada de qué hablar con nadie. La excepción debo de ser yo, porque todas las tardes se me aparece a charlar. Pero también a mí me critica porque me gustan los músicos románticos, no sé quién le habrá inculcado ese odio a Chopin. A lo mejor es la moda en Buenos Aires ahora.

Pero yo también tengo parte de culpa en esto, porque nunca me he animado a decirle que me cambiaría con gusto por cualquiera de las amas de casa de Vallejos. Es notable, pero cada vez que se lo voy a decir, hay algo adentro mío que no me deja. Me cambiaría por cualquier ama de casa, y tener mi casa, mi radio, mi baño, y un marido no demasiado bruto, que sea soportable, nada más. Del auto no me importa. Además si una vez por año pudiera ir a Buenos Aires a ver alguna ópera bien cantada o una buena obra de teatro, ya sería más que feliz.

Pero por otro lado a veces Toto me da una lástima que me demuestra que le tengo cariño. Por ejemplo cuando vino Paquita a decirme que no tendría que tratarme con Toto porque es una basura. No hay duda de que es cierto lo que me contó: Toto una noche salía del cine y caminando para la casa se puso a charlar con el novio de Paquita, que a veces charla con los estudiantes. Y Toto le contó de que Paquita había estado enredada con Raúl García hace años y que etc., etc. El novio le dijo a Paquita que no le importaba nada lo pasado, pero que no le hablara más a Toto, ni le fuera a la casa. Yo comprendo que estuvo mal Toto en hablar, pero el chico tiene celos de que Paquita se case, tan compañera de él que era, y lo comprendo porque si yo no tuviera los años que tengo, que me frenan los impulsos, en el caso de haberme encontrado por ejemplo con la madre del novio durante los días que estuvo de visita en Vallejos, a lo mejor me hubiese largado a decirle que en Vallejos hay mujeres mejores que Paquita, con otra madurez, otra sensibilidad, algunas de mis alumnas de piano ya recibidas, que pueden alegrarle la casa con música.

Que un chico inteligente como Toto tuviera necesidad de rebajarse tanto con un chisme me prueba que el pobre se siente muy mal, lo sé por experiencia propia. A propósito, tengo una curiosidad enorme por conocer a la rusita, ya que Toto es tan exigente la chica que ha elegido debe valer mucho. Pero no me quiere mostrar las cartas, lo que me hace pensar que a lo mejor es todo un invento.

Recapitulando entonces, a veces Toto me irrita y otras me da lástima. Y hay otras veces en que ni una cosa ni la otra, me resulta totalmente indiferente, un extraño, sobre todo cuando se viene con rarezas que no comprendo, porque son propias de un loco. Sucedió el otro día. Tenía en la mano *El loco* de Chejov, y le pregunté de qué trataba, a ver si lo había entendido. Yo no lo leí nunca pero sé que es de un enfermo internado en un hospital de tuberculosos, y nunca lo quise leer porque me entristecen esos temas. Bueno, y empieza a contarme que es de un muchacho en Rusia que está enamorado de una chica que vive en la capital y él se siente muy solo en su aldea (aquí empecé a sospechar) y obsesionado por la soledad una noche espera en la plaza el paso de la sirvienta de los vecinos de enfrente, que todas las noches va a llevar las sobras de la comida a la casa de ella, que está lejos después de cruzar la plaza. Y al encontrarla empiezan a conversar, y el muchacho sabe que la sirvienta gusta de él, porque siempre lo mira, y la acompaña en la oscuridad hasta el portón de la casa de los patrones. Allí en la total oscuridad empieza a besarla a la sirvientita, y pese a que su ilusión era que la primera mujer que poseyera no sería otra que su amada lejana, se siente tentado a poseer a la sirvienta. Ésta se niega al principio, y él comienza a acariciarla, ya con suavidad, ya con fuerza, tratando de seducirla. Pero algo extraño sucede: la está tocando y no la está tocando, porque apoya las yemas de sus dedos contra la carne de la sirvienta y no siente el tacto, como si sus dedos fueran de aire. Y queda allí contra el cuerpo de la sirvienta, durante una hora, y vuelve a la noche siguiente, pero sucede lo mismo. Entonces saca un fósforo y lo acerca encendido al dedo índice para ver si siente algo, y se quema, y grita de dolor. Lo oyen y empieza a correr el rumor de que está loco, la gente lo dice canallescamente, alegrándose de que en el pueblo haya un loco.

Entonces el muchacho se prepara para ir a ver a la amada lejana y terminar con las pesadillas. Para eso le escribe anunciándole la visita y cuando está por partir con su atado de ropas al hombro recibe un mensaje de ella diciendo que no lo espera porque pronto será la esposa de otro hombre. Este es el golpe final, y el protagonista se vuelve loco, de modo que los del pueblo, llevados por la maldad, habían adivinado sin querer la verdad. Y fin.

¿Qué necesidad hay de mentir de modo semejante? Yo no me explico cómo un chico que tiene todo en la vida, o que lo va a tener, se pone a pensar esas tonterías de dedos de aire y demás disparates, inventándole una trama diferente y triste a un cuento que ya bastante triste es de por sí. Es eso lo que me hace sentir indiferente a Toto, alejada, como si no habláramos el mismo idioma. Es cierto que la adolescencia es la edad del desequilibrio.

Bueno, pero veo que no he dicho qué es lo que me hizo pensar en todo eso. Fue que ayer domingo Toto vino a decirme que tenía la radio libre porque el partido de River se había suspendido y el padre no lo iba a escuchar. Entonces sugirió que era la ocasión perfecta para escuchar la transmisión de los domingos de Ópera del Teatro Colón, la única transmisión del Colón que se hace por onda corta y que se puede escuchar en Vallejos. Bien, transmitían la matinée de *Il trovatore* con nada menos que Beniamino Gigli. Nos sentamos y se escuchaba divinamente, como adentro del teatro mismo, yo hacía años que no escuchaba ópera transmitida directamente. El primer acto fue una maravilla, y estábamos en el principio del segundo acto cuando llegó el señor Casals y nos dijo que se había arreglado lo de River y empezaban a transmitir el partido. Todo con muchas sonrisas pero tuvimos que irnos, para dejarle la radio a él, y pasamos de la sala al patio porque la mamá me quería cortar unas flores y estaba el hermanito de Toto jugando con un tren armado con vías, estación, luces, etc. Un juguete carísimo y hermoso. Las vías forman un círculo y el tren va dando vueltas y al pasar por las diferentes estaciones, los puentes y los pasos a nivel, se encienden luces de diferentes colores.

Así es, el mismo trencito enciende luces rojas de peligro, verdes de paso libre y amarillas de no sé qué, del mismo modo que pensando en Toto que critica a los burgueses, o que denuncia a Paquita o que inventa tonterías de dedos de aire, yo siento por él respectivamente rabia, cariño o indiferencia.

Hoy tuve ganas de ir al cine pero por suerte se hizo tarde con las lecciones y no fui, de lo cual me alegro porque si no había mucha gente se sufre el frío sentada dos horas en la sala, y sentándose cerca de las estufas al salir a la calle hace mal al pecho.

No conocía a ninguno de los actores de la película, me había tentado el título, simplemente. Y aquí va el título: *Lujuria*. Para mí es como si la película se hubiese llamado *Atlántida* o *El Dorado* es decir algo que significa una cosa prometedora pero totalmente desconocida. Pensándolo bien, la palabra *Lujuria* siempre me resultó algo dudosa, como si designara, exagerando, algo que existe pero en proporción mucho menor. ¿Qué es eso de Lujuria? Un momento de tontería de alguna sirvientita que se deja hacer el amor por el patrón.

Pero si recapacito veo que no puedo juzgar, no puedo hablar de algo que no conozco. Además si abro un poco los ojos a mi alrededor voy a ver que estoy diciéndole buenos días todas las mañanas a un tropel de lujuriosos. Empecemos por mis vecinos, y ya con ellos habrá bastante. Delia por ejemplo. Yo creo que el marido es el único en Vallejos que no sabe que Delia se acuesta con medio pueblo. Y ahora con Héctor ¡ese muchacho enredarse con una mujer casada!

¿Pero qué estoy escribiendo hoy? Esto es pura chismografía. Basta, no tengo nada edificante que decir así que mejor será callarme. Y hago muy mal en abrir juicio, sí, hago muy mal, para poderlos juzgar tendría que ser como ellos, es decir que tendría que tener salud. Debe haber algo en la Lujuria que la hace irresistible a la gente de buena salud, yo ni sé el significado de la palabra Lujuria, debe ser algo que se siente cuando la sangre es rica, cuando además de no tener asma se come bien, sobre todo mucha carne y frutas, que son los artículos más caros.

Literalmente imposible asomar la nariz afuera, el viento y la tierra que soplan no permitirían ni siquiera caminar las dos cuadras de distancia hasta el cine. Mi máxima favorita es "no hay mal que por bien no venga". De ese modo ahorro los veinte centavos de entrada. Dicha máxima es mi favorita porque la puedo aplicar siempre, según la necesidad del momento. Porque soy asmática nunca podría haberme embarcado en el Titanic, pues en alta mar hay bruma y se me humedecen los bronquios. Los bronquios míos deben ser como de papel, si el papel se moja se deshace en jirones con sólo tocarlo. Aunque no hubiera sido asmática dada mi falta de solvencia tampoco podría haber estado en el Titanic. Por lo tanto soy una mujer doblemente afortunada.

Siendo hoy el único día de la semana que no tengo alumnos a la tarde decidí pasar el tiempo desasnándome leyendo el diccionario, en un primer momento pensé en empezar *La montaña mágica* que me prestó Toto, pero me agobia empezar una novela tan larga. Bastante paciencia le debo a mis alumnos, no la puedo derrochar en leer novelas.

Volviendo al diccionario, pese al exotismo de la letra "w", hubo un vocablo que empieza con esa letra al que siempre rechacé instintivamente. ¿Cómo es posible que se rechace una palabra sin saber su significado? Es algo que me ha ocurrido varias veces. Pese a que la palabra "wyllis" figuraba en el ballet *Giselle*, tan famoso, siempre rehusé leer el argumento, algo me había puesto en guardia contra *Giselle*, sabía sólo que Giselle era una wyllis.

Hoy no pude menos que enterarme. Las wyllis son simplemente las vírgenes que se suicidan y van después de muertas a habitar los bosques donde de noche bailan hasta el amanecer tomadas de la mano para no perderse, repitiendo los pasos de danza de la reina de las wyllis, quien para impedir que las desdichadas escapen con algún pastor extraviado en la foresta, inventa pasos más y más extenuantes, y obliga a todas las wyllis a danzar y danzar hasta agotar las fuerzas. Llegada la luz del día sus cuerpos se desvanecen, sólo la luz de la luna las podrá tornar corpóreas, nuevamente, al caer la noche.

Vaya destino, ¿pero cómo yo sin saber el significado rechacé la palabra? Una voz interior me avisaba que no me convenía enterarme del significado.

Pero "no hay mal que por bien no venga", esta noche cuando me ataque la agitación del pecho y me empiece a revolcar en la cama sin poderme dormir voy a pensar menos en que encima de la canilla del patio, debajo del espejo y sobre la repisa, detrás del jabón, está la hojita de afeitar, que pese a estar un poco desafilada de haberme afeitado las piernas ya varias veces con ella, como decía, pese a estar desafilada, bastaría para abrirme las venas y terminar con la agitación y el insomnio. Pero no me convendría. Por eso voy a pensar menos en la hojita de afeitar, mientras me acuerde de la wyllis, porque algo de cierto debe haber en esa leyenda. No quiero pasar a otra vida para seguir sufriendo.

Por asmática no sé si la reina de las wyllis me haría bailar, posiblemente tendría más indulgencia conmigo, además como soy tan linda, ella pensaría que ningún pastor se animaría a raptarme y me dejaría sentada en un rincón, sin hacer tanta pirueta. Ya sé lo que me haría hacer; me haría tocar el piano para que las otras bailen.

A la noche se paga por lo que se ha hecho en el día. Se me ocurre que esta noche voy a dormir mal. Todo por haber salido al aire libre esta mañana, con tanto viento y tierra, apenas para lavarme la cara en la canilla, y después un ratito a lavar los platos del mediodía. El viento y la tierra irritan las vías respiratorias y después hay que dar vueltas y vueltas en la cama, horas y horas antes de que se ablande el pecho. Pero me parece que lo peor, para una persona que sufra mi misma enfermedad, es después de dormir tres o cuatro horas, tal vez destapada, porque se le corrió la frazada sin darse cuenta, despertarse a la madrugada con el pecho tomado y que no se pueda dormir más.

Era lo que me pasaba el invierno pasado. Tal vez será porque ahora al poner el brasero delante de la puerta el aire se calienta al entrar y el brasero no se apaga en toda la noche porque la ventolera que se cuela por las rendijas de la puerta mantiene las brasas prendidas. Mamá antes insistía en ponerme al brasero cerca de la cama, y se apagaba a las dos o tres de la madrugada. No sé por qué, pero prefiero decididamente tardar en dormirme —se me cierra el pecho y apenas pasa un hilo de aire, que silba— en lugar de dormir unas pocas horas ni bien me acuesto y después despertarme a la madrugada —porque a ese hilo de aire parece que yo tuviera que ayudarlo a llegar a los pulmones— y sin siquiera la esperanza de volver a dormirme.

Hacía tiempo que no tenía una discusión como la del otro día. Es propio de vanidosos enojarse por perder una discusión pero a veces no puedo evitarlo.

Toto empezó hablando del hombre bruto, que ni siquiera tiene noción del absurdo de la propia vida, pues come y duerme para poder llevar a cabo sus largas horas de trabajo, y trabaja para poder pagar lo que come y la casa donde duerme, cerrando así su círculo vicioso. Yo por primera vez me animé a decirle que con gusto me habría casado con alguien así, pues esa simpleza es la base de la felicidad, y nada mejor que vivir al lado de alguien feliz.

Como no se quería convencer le agregué que según mi modesta opinión la fortaleza consiste en vivir sin pensar. Me preguntó entonces por qué no empezaba yo misma por no pensar y le tuve que decir que era a pesar mío que pensaba, y que ser simple es una bendición del cielo que no todos tenemos.

Su argumento siguiente fue que ser simple no es ser fuerte. Dijo textualmente con todo desparpajo: "yo soy fuerte, más fuerte que un bruto, porque pienso" pues fuerte es quien piensa y se sabe defender.

Se lo rebatí diciéndole que el hombre cuanto más piensa más se debilita, pues sus interrogantes no encuentran respuesta, y finalmente se tiene que suicidar, como ha sido el caso de filósofos tales como Schopenhauer y otros.

Eso lo dejó sin saber qué contestar por unos minutos, se debatía interiormente como una fiera herida que quiere aparentar que la bala no dio en el blanco. Como no respondía le seguí diciendo cosas, especialmente lo difícil que es conducirse en la tierra para el hombre inteligente, asediado por tantas incógnitas, mientras que para un bruto bendecido de Dios todo es tan fácil: trabajar, comer, dormir y reproducirse. Para la mujer también puede ser fácil la tarea, pues se casa con un bruto y se ampara en él.

Toto volvió al ataque preguntándome qué me hacía pensar que Dios bendecía a los brutos, y ante todo en qué me basaba para estar tan segura de la existencia de Dios.

Para responder me valí del argumento católico, es decir que la existencia de Dios nos es revelada en un acto de fe, la cual es ciega y ajena a lo racional.

Me preguntó entonces qué haría yo si no creyera más en Dios, y le respondí que en ese caso me mataría. Entonces arguyó que yo me servía de la idea de Dios para rechazar la idea del suicidio. Mi respuesta fue que la fe es la intuición que se tiene de Dios, y las intuiciones no se explican.

Me preguntó entonces si había visto una película francesa cuyo título él había olvidado. Para tratar de hacérmela recordar me la contó toda. Jamás la vi ni la oí nombrar. Trata de lo siguiente: un señor feudal de la Borgoña, poderosísimo y respetado por sus siervos, cría a sus numerosos hijos junto con niños escogidos entre los más fuertes e inteligentes nacidos en la gleba. El señor feudal se propone formarlos como verdaderos soldados y estrategas y durante el día los hace adiestrar con los mejores maestros de Francia. Pero este señor feudal tiene una doble faz, tan bueno de día pero de noche se dedica a destruir lo que construye de día. A cada uno de sus protegidos (a sus hijos incluso), durante el sueño, aplica un tratamiento diferente. A uno le coloca sanguijuelas en los brazos y el cuello, para que le chupen la sangre y lo vuelvan débil físicamente; a otro le abre la boca y dormido le hace sorber licores creándole poco a poco en el organismo la necesidad de más y más alcohol, que le irá afectando el cerebro; a otro le susurra en el oído terribles historias en contra de sus compañeros, le dice que es el mejor alumno pero que todos se han confabulado para negarlo; a otro más, un niño ya adolescente, le presenta una esclava semidesnuda que desaparece por un pasadizo secreto en el momento en que el adolescente la va a perseguir; y así a cada uno de ellos, aprovechándose de que mientras duermen sus fuerzas inconscientes están sueltas y seguirán las pistas fatales que el señor feudal les indique.

Pasa el tiempo, pese a todo en muchos de estos jóvenes guerreros hay buenas dotes innatas que se han desarrollado como han podido. Llegará pronto la primera batalla. El señor feudal ha prometido riquezas sin fin a sus hombres si se imponen en la batalla; les ha prometido una existencia feliz que incluye la condición más preciada en la Edad Media: paz de espíritu.

Para poner a prueba a los jóvenes, el todopoderoso feudal ha contratado secretamente a un ejército de mercenarios al servicio de la destrucción y al alba de una negra noche hace sonar el clarín de la pelea. La batalla dura días, los ejércitos se encuentran en un bosque espeso. Las mujeres de Borgoña esperan a sus hombres con ansia.

Y ellos vuelven derrotados. Algunos físicamente no resistieron, otros para calmar los nervios tomaron demasiado vino antes de la pelea, otros envenenados de envidia ante compañeros superiores atacaron a éstos por la espalda para probar el filo de sus sables, antes de enfrentar al verdadero enemigo.

El señor feudal recibe a los vencidos, y los increpa, echándoles en cara no haber sabido desbaratar las trampas del mundo: gula, lujuria, envidia, miedo, etc. Llega la hora de los castigos, y a cada uno de sus guerreros tiene reservado un castigo adecuado a la culpa. Y termina la película con que el señor feudal deja la cámara de las torturas pues es de noche y tiene que ir a ocuparse de los niños de la nueva generación, que están durmiendo en otra ala del castillo.

Este era el argumento. Me preguntó qué pensaba yo del protagonista. Le dije que era un monstruo. Y me espondió que no era tan monstruo, si lo comparaba con Dios. Casi lo estrangulo, pero me contuve y le pregunté por qué.

Respondió que el señor feudal se aprovechó de seres tiernos para inyectarles los venenos de la tierra y después, llegados a la edad del libre albedrío, someterlos a pruebas superiores a sus fuerzas. Si hubo alguno fuerte que resistió, allá él, pero la mayoría sucumbió a las tentaciones y terminó su existencia en la expiación, es decir el tormento. Y todo podría haber sido evitado, si esos guerreros hubiesen sido preservados de las infecciones del mal. Si el señor feudal hubiese desterrado de su castillo al mal, todo se habría evitado.

Bien, aquí, en un momento impulsivo yo sin pensar dije una tontería; que el señor feudal podría no haber efectuado su obra destructora pero que el mal lo mismo se hubiera colado por alguna grieta de las piedras del castillo. Entonces Toto respondió que por eso Dios era peor que el señor feudal, pues Dios sí tiene las fuerzas para hacer lo que quiere, es todopoderoso, y por lo tanto podría también terminar con el mal en la tierra, pero que en cambio prefiere divertirse viendo cómo sus débiles criaturas son aplastadas por las fuerzas superiores del enemigo.

Respondí entonces con el argumento católico, es decir que el hombre tiene libre albedrío, y que si cae es por su propia culpa. Dijo Toto entonces que si el hombre caía era porque su propia estupidez y su propio vicio así lo querían, pero que nadie desea la propia perdición, y si todos nacieran no estúpidos e impermeables al vicio no habría necesidad de infierno, porque todos lo sabrían evitar muy bien.

La tesis final de Toto fue que Dios ha hecho posible la existencia del mal, y ha creado seres imperfectos, por lo tanto no puede ser perfecto, y más aún, tal vez Dios sea una fuerza sádica que se regocija en contemplar el sufrimiento. Por tanto él prefiere no pensar que existe un Dios, porque si fuera imperfecto resultaría el peligro público número uno.

Bien, esta fue su argumentación. Yo no supe encontrar el modo de rebatirle la tesis, y le corté el tema diciéndole que otro día, cuando estuviera lista para seguir la discusión lo iba a llamar. Estoy segura de que se me va a ocurrir algún argumento válido.

Me levanté del taburete del piano y abrí la puerta de la calle. Me preguntó si lo estaba echando, lo cual no se me había ocurrido ni remotamente, y antes de que le dijera nada ya se había ido a la calle, sin decirme nada más.

Ya volverá. Fue una lástima que no se quedara porque no sé si habrá sido por la rabia pero me puse a tocar *La Aurora* de Beethoven y me salió como nunca.

Ya está refrescando, pero en este aire saludable de las sierras de Córdoba basta con ponerse un saquito de lana y no hay que tener miedo a un enfriamiento. A esta hora incomparable del atardecer, ante mis ojos las sierras se van volviendo azuladas, y detrás de ellas uno puede adivinar el sol que está bajando la línea del horizonte, que es lo único que me gusta de Vallejos. La línea del horizonte en la pampa está hecha de un solo trazo limpio. Pero volvamos a Córdoba, ya las sierras del azulado estarán pasando a un violáceo y cuando ya no haya más luz vamos a volver al hotel a comer unos platos suculentos en el comedor, no demasiado cerca de la chimenea a leña. Durante el día fuimos a andar en sulki y cuando llegamos al arroyito hubo que pasar en lomo de burro. El sol se pone más fuerte a eso de las tres de la tarde y me pude quedar con la blusa sola, nada más, sin riesgo de enfriamiento porque el aire es tan sano. El agua del arroyo es cristalina, fresca, y se ve el fondo pese a que es agua torrentosa que baja con fuerza de la surgente. Hay que tener cuidado de ponerse algo en la cabeza por temor de un golpe de sol, es la única precaución que hay que tomar. Por todo el ejercicio hecho durante el día al aire libre, a la noche llegamos con mucho apetito al comedor. Y luego jugábamos algún partido de damas o dominó hasta sentir que la digestión marchaba bien y ya nos podemos retirar a dormir, pues estamos realmente cansados. Es la vida que se hace en las sierras de Córdoba. Hace dieciocho años que fuimos quince días con papá y mamá a ver si se me pasaba el asma, en octubre hará exactamente dieciocho años. Al volver a Buenos Aires me volví a sentir mal como antes.

La madre de Paquita irá este año a Córdoba, después del casamiento de la hija. Me quisiera poner en su pellejo y volver a ver las sierras. A casi una hora del hotel donde estábamos se podía ir en sulki hasta un pueblito antiguo con ruinas de las misiones y una iglesia vieja hecha por los .jesuitas. Cada piedra parece que con los años se hubiese vuelto viviente, e impregnada de fe. Los tañidos de las campanas de la mañana dan el sonido más afinado que ningún instrumento pueda dar. La madre de Paquita entrará a misa con el marido, y los dos darán gracias a Dios por una vida llevada a cabo con sacrificio pero tocada por la bendición de Dios. Será el primer viaje de la madre de Paquita, y la primera vez que el padre salga de Vallejos desde que llegó de España. Pero verán que todos sus sacrificios han sido premiados, han cumplido su misión, de criar una criatura y darle una educación y encaminarla en la vida. El padre de Paqui es un hombre que no dice ni una palabra, no tiene conversación para nada, pero a la hora que uno pase por la sastrería está ahí cosiendo sin moverse.

Me habría gustado tener un marido callado, me parece que debe tener cierta riqueza espiritual. Qué aventura será para una mujer casarse con un hombre y poco a poco ir desentrañando su alma. La madre de Paqui cuando llegue a esa iglesia, pues se la voy a recomendar con todo entusiasmo, se va a hincar y no va a poder pensar que "Dios es una fuerza sádica que se regocija en la contemplación del sufrimiento". Ella va a rezar dando gracias por todos los bienes recibidos, y hasta es posible que de felicidad se sienta en deuda con Dios y le ofrezca alguna pequeña dádiva o promesa.

Aun en el caso de que la madre de Paqui fuera como yo, o digamos directamente, si la madre de Paqui fuera yo con mis amarguras por dentro, y mis dudas con respecto a lo que Dios se propone, aun en ese caso habría una solución, porque yo seguiría el ejemplo de mi marido, que es un hombre lleno de silencio, de aceptación de su destino, lo cual lo hace tan trabajador. Con un ejemplo así en la casa basta, y apoyando mi cabeza sobre su hombro cada noche al dormirme, algo de su calma y fortaleza se me contagiarían.

Por eso me repito que la belleza de las sierras, el agua cristalina, las campanadas, la música de Chopin, y la del pobre Schubert, existen en la tierra, así como indudablemente existen mujeres que logran descansar toda la noche, con la cabeza apoyada en el hombro de un marido que a la mañana se levantará para trabajar y dar a su familia todo lo que pueda. Tal vez yo esté idealizando demasiado, todas las mujeres casadas se quejan de la vida que llevan, pero yo, como de costumbre, no puedo decir nada, porque no sé cómo sería vivir al lado de un hombre para toda la vida. Me moriré sin saber nada de la vida.

De alguna de esas cosas lindas le querría hablar a Toto, pero todo argumentado de una manera que descarte su tesis. Por dentro algo me dice que la tesis de Toto no es cierta, pero no sé cómo atacársela. En realidad es un atrevimiento de mi parte ponerme a filosofar, y lo mismo de parte de él. No me quiere decir de qué autor sacó su famosa tesis, pues ya aclaró que no era de una película; cuando se apareció a mostrarme la fotografía que le mandaron sus compañeros del "Washington" (seguramente para hacerme rabiar de que él tenía alguien que le escribía y yo no) se lo pregunté y no me quiso decir.

En la foto está su famosa Tatiana, dos chicas más de su división, más bonitas que Tatiana, que me pareció un poco desteñida, y un muchacho que según Toto es celador y ya se está recibiendo de abogado, y otro muchacho más, rubio, buen mocísimo. Pero todos parecen ser grandes para ser amigos de Toto, y Tatiana me parece ya una señorita hecha, no para Toto. Éste estaba inflado como un pavo real, orgulloso de su foto: entró sin mirarme, tenía la mirada perdida en un punto equis del espacio, como el profesor de Armonía del Conservatorio, Toto cada vez me hace recordar más a ese antipático invertido, está muy afeminado de modales. Que Dios me perdone el mal pensamiento pero los veo muy parecidos, aunque no le deseo esa desgracia, si todos los invertidos son como el de Armonía resultan una peste, gente venenosa y llena de chismes y favoritismos. A las alumnas mujeres nos daba una vida de perros, y delante de todos miraba al muchacho de la limpieza, que pasaba con la pala y la escoba, un tipo de las cavernas, y lo miraba pasar como a una corista del bataclán. Se sentía atraído por el tipo cavernario, porque los extremos se tocan. Qué desgracia.

Esa mala idea se me puso en la cabeza cuando Toto vino con la foto, antes jamás se me había ocurrido, y me avergüenzo de mi maldad. Pero le pregunto a Toto quién era el muchacho rubio y me contestó que no lo conocía, y se puso colorado como un tomate. Yo mirándolo fijo en los ojos le pregunté por qué se había puesto colorado. Me contestó lo siguiente: "Me daba vergüenza decirte pero resulta que es el más buen mozo del colegio y una chica me dijo que yo me parecía a él, y que al llegar a quinto año yo voy a ser como él". Bien, basta de malignidad, es cierto que las solteronas tienen la imaginación más negra que haya. Lo que debo hacer es no permitirme más cierto tipo de discusiones, si yo tengo mi fe es porque la tengo, quién es él para venir a inspeccionarla. También me irritó su nueva idea de irse al Tibet; según él no se dará paz hasta ir a conocer el Tibet. Siempre pidiendo lo imposible.

Yo me conformaría con ir a conocer Mar del Plata, ya que nunca vi el mar. Pero en realidad me parece que lo que más satisfacción espiritual me daría es otra cosa. Claro que si la pido estaré también yo pidiendo lo imposible. Yo simplemente querría quedarme aquí en Vallejos, y conocer a un hombre de bien. Hablo de un hombre simple, alguien como el padre de Paquita que trabaje largas horas sin queja, en silencio, para mis hijos. Sé que estoy pidiendo lo imposible, pues nadie me quiso cuando joven, y menos me van a querer a los treinta y cinco años, con la palabra solterona inscripta en la frente.

Quién sabe qué recompensa espera a las solteronas en el otro mundo, o qué torturas. Yo no he hecho mal a nadie, ni bien tampoco, no sé qué pensará hacer Dios con mi alma. Le será difícil juzgarme, porque de la conducta de Herminia la solterona no hay nada que decir, ni bueno ni malo, mi vida es una página en blanco.

Yo me conformaría con que la muerte fuera simplemente un descanso, como dormir. A veces en la oscuridad total es lindo abrir los ojos y descansar la vista, pero sólo por un rato, porque si no el descanso degenera en insomnio, que es la peor tortura. Cuando digo descanso me refiero a dormir. Sería una bendición que la muerte fuera como dormir eternamente, y no acordarme más de que existió Herminia.

XVI

CARTA DE BERTO, 1933

Querido hermano:

Aunque sin tener ninguna tuya a la que contestar, me pongo a escribirte esperando que estés bien y que tu mujer se haya repuesto con el aire de España. Ni sabemos si le sentó el viaje en barco, como de costumbre has dejado de escribir por mucho tiempo: no te voy a pedir que en el telegrama pusieras muchos detalles, pero por lo menos lo más importante, y desde entonces ni una línea.

Aquí estamos con mucha lucha pero bien. Mita bien, mi Toto precioso, ya va para los ocho meses, es una bolita de grasa. En cuanto a tu hijo estamos muy contentos con él, Hectorcito se porta muy bien y ya está entrando en confianza en la casa. Yo no sé si habrás sido vos el de la idea de que "para tirarse un pedito", como dice él, se tiene que bajar los pantalones y sentarse en el inodoro. Mita vio que se metía a veces en el baño y no tiraba la cadena, hasta que se dio cuenta del asunto, nos hemos tirado al suelo de la risa. Qué hijo educado te salió, no se parece al padre.

La verdad es que no te perdono que no me hayas escrito durante tanto tiempo, pienso que estás de paseo sin nada que hacer y no encuentro ninguna excusa para que no escribas, vos sabés que a veces uno quiere tener noticias, y alguna palabra de aliento, porque a los perros flacos no les faltan pulgas y con la sequía de este año en Vallejos no sé por donde empezar a rascarme. Te acordarás de lo que pasó en el año 27, lo mismo está pasando ahora, se están muriendo los animales en el campo, los bancos no dan plata y los que se benefician son los que tenían queso malo y sin vender del año pasado, tenés que ver a qué precios venden la mercadería. Cuando me viene a la mente la plata que perdimos aquel año porque no me quisiste hacer caso, me golpearía la cabeza contra la pared. Yo al campo lo conozco y sé cuando se prepara una sequía, malditas sean, ese año si me hubieses hecho caso de comprarle la producción a todos los tamberos, con la amistad que te tenía el gerente del Banco, estaríamos llenos de oro.

Este año me la vi venir de nuevo, pero no podía contar con ningún Banco, y ya los tamberos se acordaban del 27 y te pedían demasiado por los cuatro quesos podridos que nadie quiso la temporada pasada. De veras, Jaime, cada vez que me acuerdo de esa errada tuya, y encima agregale todos los apuros que estoy corriendo ahora...

Bueno, hablemos de otras cosas, tengo unas ganas bárbaras de que me veas al pergenio mío, es un negrito precioso, a la noche yo me la paso mirándolo dormir, y mirándola a la madre que duerme en toda paz, está gorda por la crianza, al fin ahora por el hijo se largó a comer como yo quiero que coma, y está redonda, antes se sujetaba de comer por la silueta, pero ahora que tiene que pensar en alimentar al crío con el pecho, se ha puesto a comer a gusto y está con el peso que debe tener, sabés que nunca me gustaron las huesudas. Mita es muy miedosa en la cuestión moneda, y si ella hace la digestión tranquila es porque yo no le dejo ver la gravedad de la situación, desde el principio la acostumbré a que me tenga confianza.

El que se está poniendo las botas con esta situación es el gerente del Banco Regional, vos no lo conocés, hace menos de un año que está aquí, es un vasco hijo de su madre, y le prestó plata a todos los tamberos para que hicieran frente a los gastos y aguantaran unos meses sin vender ni un queso hasta que el precio estuviera por las nubes. Yo vi los papeles del préstamo al gringo Lucchetti y el préstamo estaba al interés del 3 % anual, lo más bajo que hay, así que no eran excusas del gringo cuando me dijo que las ganancias no eran tantas porque las tenía que dividir con un socio de Buenos Aires ¿de qué Buenos Aires me están hablando? Macanas, seguro que es el gerente mafioso que va con un cincuenta por ciento del negocio.

Yo no te lo conté pero fui a fin de año a hablar con el gerente, ni bien vi que tenía que cerrar la cremería si no empezaba a llover pronto. Le dije que quedaban siete peones en la calle y no le importó. Yo le pedí plata para ir al sur donde todavía llovía algo, y hacerle un contrato a algún tambero de allá aunque el flete de la leche costara un ojo de la cara, y no me quiso dar un centavo. Qué alma de buitres tienen algunos.

Yo no te lo conté antes porque para qué te iba a dar malas noticias, y a lo mejor tampoco te interesaba, qué te importa que yo reviente. Te lo digo en broma, no me hagas caso.

Dios quita por un lado pero da por el otro, hay que creer en que la justicia al final triunfa, yo soy un convencido, no me importa que el vasco buitre se haya llenado de plata y que haya siete peones en la calle, porque ya se van a arreglar las cosas para nosotros mientras que el vasco va a seguir sufriendo de diabetes hasta que se muera. Está a cada rato en lo del médico. Yo creo que Dios me va a ayudar, Jaime, tengo fe, porque nunca le hice mal a nadie. Pero no quiero que la alarma llegue a la familia de Mita, todo iba tan bien, ni bien vendí los novillos y compré la cremería, la madre le escribió a Mita de La Plata diciéndole que estaban tan contentos de habernos tenido confianza cuando le fui a pedir la mano de Mita. Vos sabés que ellos para Mita querían lo mejor y la hicieron estudiar con sacrificios, y después no es fácil dársela al primer atorrante que se les presenta en la casa.

Perdoname el largo de la carta, pero son las cuatro de la tarde y no tengo absolutamente nada que hacer, la semana próxima lo voy a llevar a uno de los ingleses que compraron la estancia de Drabble hasta el campo de Juancho Carranza, el inglés está interesado en comprar campo para pastoreo ahora que cuesta menos la hectárea, y creo que ya tengo la venta hecha, con la comisión tengo para vivir medio año por lo menos. Mita hoy está de turno en el hospital hasta las seis, la voy a ir a buscar, por suerte encontramos una niñera que no lo descuida al nene ni un minuto.

No sé si en la otra carta te conté que esperábamos a Adela, la hermana de Mita, la más alta, rubia, que te gustaba. Hasta hace unos días estuvo aquí pasando un mes, pero no hay como estar los tres solos, yo, mi mujer y mi hijo. Ese es otro asunto que mejor no te cuento, no te quiero amargar. Jaime, hoy me he acordado tanto de mamá, como si hubiese sido hoy que se murió, me parecía que los años no habían pasado y que todavía yo estaba sentado en un rincón del velorio y te veía a vos que recibías el pésame de la gente que llegaba. Vos ya eras un hombre, pero yo era un chico, y ahora que soy un hombre y tengo un hijo todavía no me puedo resignar a que mamá se nos fue para siempre y no la vamos a ver más.

Perdoname que te hable de cosas tristes, pero es que hoy tengo unas ganas tan grandes de estirar los brazos y abrazarla fuerte a mamá. No sé si estaría contenta de encontrarme como estoy, ella quería que yo estudiara y me recibiera de algo, pero dentro de todo tan mal no estoy y no sé qué daría, Jaime, por mostrarle al nieto negrito que tiene, con dos ojos que son dos uvitas. Jaime, si tan siquiera vos me escribieras más seguido, una carta tuya me va a dar mucha alegría, y no te perdono si te volvés del paseo sin ir a ver los parientes en Barcelona, quiero que al volver me cuentes todo hasta el último detalle, y si se parecen a mamá y a nosotros. Si se parecen a vos deben ser unos buenos malandras, me imagino que no estarás dejando títere con cabeza en Madrid, ya habrás degenerado a la mitad de las madrileñas.

Qué distintos somos en eso, Jaime. Yo desde que la conocí a Mita me olvidé de que existen las mujeres, te juro que no son macanas, a vos justamente no iba a tener vergüenza de decírtelo, gran crápula. Pero me parece que vos tenés razón de pasártela bien, total yo qué gano.

Interrumpí la carta un momento porque entró la Amparito, la niñera, con el nene que se despertó de la siesta. A las seis nos vamos a ir a esperarla a Mita en coche a la salida del hospital, tenés que ver los colchones de tierra que hay en el camino, está todo seco, no se ve una hoja verde en todo el camino. Cuando la madre salga del laboratorio dentro de un rato, se le va a iluminar la carita al negro, ojalá la tenga por muchos años a la madre, que no tenga mi mala suerte de perderla, así lo puede criar bien como yo quiero y le dé toda la educación que ella puede darle, a Mita le sobran estudios y preparación para eso. En ese sentido no puedo reprocharle nada. Pero ni bien las cosas se arreglen quiero que deje el hospital, podemos arreglarnos sin ese sueldo tan pronto como vea la situación más clara. Si la semana que viene cierro el trato con el inglés soy capaz de que me da un ataque y la hago renunciar ese día mismo. Yo creo en Dios, que ve quien se merece un poco de suerte, si no hubiera justicia en el mundo y triunfaran los tipos como el gerente, que ven a los pobres peones quedar sin trabajo, bueno, eso no sería mundo. Alguna justicia tiene que haber.

No se lo he contado a nadie y quería que nadie se enterara, pero antes de volver Adela a La Plata ocurrió algo que me hirió mucho. Ella se fue un martes y el domingo anterior, a la tarde, me había ido a jugar a la pelota en el frontón del Club y cuando volví Mita estaba hablando con Adela, las dos tiradas en la cama, y se me ocurrió escuchar lo que estaban hablando. Yo me acerqué despacio hasta la ventana que da al patio para espiar si estaban durmiendo y no despertarlas, pero estaban hablando. Adela le decía a Mita que hacía mal en darme el sueldo de ella ¿me entendés? le decía que esa era plata que se ganaba ella misma y que no tenía por qué darme todo, al máximo la mitad, para los gastos de la casa. Fijate qué hija de puta. Vos sabés que antes que las cosas anduvieran mal yo hacía que Mita le mandara todos los meses a la madre todo lo que quisiera del sueldo, pero yo no tengo la culpa si todo se me pone en contra, y últimamente me ha dado íntegro el sueldo.

Vos dirás que yo hago mal en darle importancia a lo que diga la tilinga esa, pero es que Mita la tendría que haber parado en seco y mandarla a la mierda, y no le dijo nada, estaba callada y casi le daba la razón. Yo no le dije a Mita que escuché, pero se debe haber dado cuenta, porque me nota raro, pero no le voy a dar el gusto de pedirle explicaciones. Adela también le decía que yo no le tendría que haber dado tres pesos a la monja que vino esa mañana pidiendo para los pobres, es una hija de puta que no cree en Dios ni en un carajo. Yo no creo que me haya equivocado, Mita es la mujer más sensata y con la cabeza mejor puesta que he conocido en mi vida, pero tendría que haberle contestado otra cosa a esa hiena que tiene por hermana. ¿Vos no creés que Mita es de lo mejor que pueda haber?

Cómo me gustaría que me contestaras pronto contándome de tus paseos, y decime qué tendría que hacer con este asunto. Vos me dirás que a qué diablos te vengo a embromar con mis problemas. En cuanto a Hectorcito, ya Mita lo está preparando para que entre al colegio el año que viene, a los siete años ya pueden entrar directamente a primer grado, así que Mita le está enseñando todo lo de Jardín de Infantes. Pienso cuando el mío empiece el colegio, aunque yo tenga que salir a asaltar a la gente por la calle le voy a dar todo lo que necesite para estudiar, y que tenga su título, después posiblemente le va a parecer que el padre es poco para él, hay hijos que dan muy mal pago, pero no me importa, así se va a salvar de la lucha infame que tuvo el padre, la verdad Jaime es que no le deseo a nadie la lucha que estoy teniendo, sin ningún arma, las uñas nomás.

Mita sigue insistiendo en que nos vayamos a La Plata y me emplee en cualquier cosa y mientras termino de noche el bachillerato y después sigo abogacía, lo que siempre me gustó, pero yo no la puedo enterrar en la casa de los padres, viviendo de favor, en una casa que no es nuestra, con un sueldo de hambre, hasta que me reciba, siete años casi. No, eso no es posible, los mejores años no se los voy a hacer pasar con privaciones, y yo le prometí a los padres que le iba a dar todo lo que le hiciera falta. Ya no es hora de estudiar, ya se me pasó el cuarto de hora. Qué lástima haber dejado el colegio a los quince años, eso nunca comprendí como pudiste decidirlo. Si necesitabas ayuda en la fábrica te podrías haber conseguido cualquier muchacho de confianza ¿qué necesidad había de que me sacaras de la escuela, simplemente porque necesitabas alguien de confianza con vos? No, Jaime, eso nunca pude comprenderlo, cómo pudiste sacarme del colegio, antes de que pudiera hacerme de algún arma para luchar en la vida. Y después se te ocurrió vender la fábrica e irte a Buenos Aires Y te fuiste. La cuestión es que el señor haga su gusto, y siempre has hecho lo que has querido.

Bueno, para qué hablar de pleitos perdidos, ya es tarde ahora, no tiene arreglo. Lo que me da rabia es que me hayas dejado tanto tiempo sin noticias, aunque sea por Hectorcito, que pregunta por el padre y si la madre ya no tiene más dolor de cabeza. Pobrecito, se porta mejor que el padre, no nos da ningún trabajo.

Ahora me voy a tener que gastar una fortuna en estampillas para mandarte esta carta, más larga que esperanza de pobre. ¿Y a qué me voy a gastar un centavo en escribirte, para que no me contestes, como a la otra carta? No sé para qué te escribo si no te importa nada de mí, y creo que nunca te importó, Jaime, estoy lleno de veneno hoy, y no te voy a mandar esta carta me parece, no te quiero amargar, vos también tendrás tus problemas con la salud de tu mujer. Pero te cuento todo esto para que tengas mis noticias, aunque sean malas ¿no esperás carta mía? ¿no te importa recibir mis noticias? ¿verdad? Si no te importó sacarme del colegio cuando era un chico, yo eso no te lo puedo perdonar, y total se te antojó cerrar la fábrica después y quedé en la vía, trato de pensar que sos lo único que tengo, mi hermano mayor, lo único que me queda, y vos también tendrás tus razones por todo lo que hiciste, pero por más que trato no te puedo perdonar, Jaime, no te puedo perdonar, maldito sea tu egoísmo y malditas todas las putas que sigas por la calle. Esta carta va al tacho de la basura, para vos no pienso gastar un centavo en estampillas.

ÍNDICE

Impreso en el mes de abril de 1978
en I. G. Seix y Barral Hnos., S. A.
Avda. José Antonio, 134-138
Esplugues de Llobregat
(Barcelona)